爱情三部曲

鲁晓鹏／著

感伤的岁月
回北京
西域行（乌克兰之恋）

中国華僑出版社

图书在版编目（CIP）数据

爱情三部曲 / 鲁晓鹏著． -- 北京 ：中国华侨出版社，2015.8
ISBN 978-7-5113-5594-2

Ⅰ．①爱… Ⅱ．①鲁… Ⅲ．①短篇小说－小说集－中国－当代 Ⅳ．①I247.7

中国版本图书馆 CIP 数据核字（2015）第 178447 号

爱情三部曲：鲁晓鹏小说集

著　　者 / 鲁晓鹏
出 版 人 / 方　鸣
责任编辑 / 王　嘉
装帧设计 / 贾惠茹
经　　销 / 新华书店
开　　本 /710mm×1000mm　1/16　印张：21.5　字数：221 千字
印　　刷 / 北京朝阳刷厂有限责任公司
版　　次 /2015 年 8 月第 1 版　2015 年 8 月第 1 次印刷
书　　号 /ISBN 978-7-5113-5594-2
定　　价 /35.00 元

中国华侨出版社　北京市朝阳区静安里 26 号通成达大厦 3 层　邮编：100028
法律顾问：陈鹰律师事务所
发行部：（010）64443051　　传真：（010）64439708
网　址：www.oveaschin.com
E-mail: oveaschin@sina.com

序　爱情与命运的交织

Preface

吕红

一直以来，北美华人创作所呈现的发展态势为学界关注。依据地域背景及创作特色而划分为三大群体，比如老一代华侨作家，饱经生活磨砺，作品有底蕴有质感；而60年代由台湾赴美的留学生作家带来北美文坛气象，学贯中西，从创作走向学术，成为美国高等学府的中国文化研究者。正日益壮大的新移民作家群，思维活跃出手不凡，成为海外创作最重要的一支生力军。[①] 令人惊喜的是，在各路英豪汇聚北美国际论坛之后，加州大学戴维斯分校比较文学教授鲁晓鹏的新书《爱情三部曲》，即将由中国华侨出版社出版！

因缘际会，人生很多时候是有些奇特的。作为美国华文文艺界协会会长、红杉林杂志总编，当初向大学教授鲁晓鹏约稿，我本意是想约学术类的稿件，甚至可能是英文的评述。却不料，收到的却是厚厚的、接二连三的中文小说稿……每一部都是一个新的跨越，内容涵盖了半个多世纪的风风雨雨、悲欢离合、命运转折与情感跌宕……不能不让我在意外之喜中为作者的痴迷、执着、和坚毅而感慨万分。

《爱情三部曲》由三篇独立而又连贯的故事组成：《感伤的岁月》，

① 吕红：突围与回归——跨域华语创作嬗变及影响。《长安学术》2014，第6期；北京商务出版社。

《回北京》，《西域行》（又名《乌克兰之恋》）。它们讲述了跨越家庭背景、阶级、族裔、文化、国境的爱情故事。通过描绘一个家庭及其主要人物的遭遇，作者绘声绘色地展示了中国几十年的历史巨变、人世沧桑、悲欢离合。

小说的时间和地域的跨度大：从20世纪50年代到21世纪初；从南方的广州和香港，到西部地区的兰州和西安；从首都北京到江西农村再到美国，乃至欧洲的乌克兰。

小说感情真挚，文笔生动流畅，心理描写细腻，刻画出主人公在跨文化环境中的寻寻觅觅、上下求索、艰难取舍、自我反思的气质。同时小说也展现了不同类型、不同国度女子的风采。作者以丰富的人生阅历和特有的跨文化视野，敏锐地捕捉生活细节和人物心理。

第一部《感伤的岁月》反映了家族变故而劫后余生的一个时代的缩影。每当历史发生巨大变化时，大浪淘沙、泥沙俱下，总有惊心动魄的人性善恶的冲突交战。那些见风使舵的投机分子或许会飞黄腾达将他人玩弄于鼓掌，而正直的人善良的人反而成为他们阴谋诡计的牺牲品，这是时代的悲剧。在动荡的时代，个人无法左右自己的命运，有时还会含冤负屈，悲惨牺牲。小说中的父亲便是无数被冤屈的人之一。作为一个走南闯北为革命奉献热血青春的老红军，随着时代而被诬陷，还因为妻子的海外关系，种种莫名其妙的理由原因而迫使他不断的写检查，最终被迫害致死。

作品以真切而又平实的笔调表现了即便在艰难中仍有向善的因素存在，那就是爱。小说塑造了母亲的形象，表现了中华女性的灵秀聪慧、内敛隐忍，尤其是在艰难中与丈夫不离不弃、相互温暖鼓励，令人感动。

比如，提起不堪回首的往事，吴缦华对她的孩子们说：

“一个人深爱着你、你也同样爱他，他却因为你的缘故，长期被连累，而这缘故又不是自身的错误。双方只能处于无奈的压抑中。”这样的爱，该有着怎样的份量！

“直至他含冤去世，从没有一句怨言。这是一种无法用语言表达的痛苦。我在你们父亲去世这么多年之后，再一次翻阅一大摞为他昭雪的申诉书底稿和一堆记录着文化大革命中他被迫无限上纲上线的自我批判、认罪的笔记。我的心情已经不再是悲愤，而是对历史的沉思和对人生的感悟。我一页一页地撕碎、扔掉那些记载着在那场极左路线之下的浩劫中人们互相残酷斗争的材料，那些颠倒黑白、捏造罪行、践踏人的起码的尊严、蹂躏人的心灵的文字。不过我还是保存了一些，好让活着的人对那段沉重的历史仍然保留着记忆。”

经过作者的娓娓道来，展现历史大转折大变动中的家族关系、细微至从西北偏远地到京官或及被关押之后妻小柴米油盐酱醋茶日子，读来令人鼻酸。子曰：“《关雎》，乐而不淫，哀而不伤。”情感表达处于控制之中，不滥情，不失度。作品基调可以用“怨而不怒，哀而不伤”来形容，与主题“感伤”的意境是吻合的。就连最悲痛的一段，父亲姜朴去世，一家人悲伤欲绝，好似天塌了下来。也是一笔带过……这一家人必须顽强的生存下去。一个女人要负担起赡养子女的责任。而这种内敛更凸显了女性的坚韧，也体现了中华母亲的精神特质，还有那份刻骨铭心看似平淡实则深远的爱。

小说最后写到：80 年代中期的一个春天，吴缦华收到一封来自美国的信。打开一看， 是从前的恋人孙文英的信！他们几十年没有联系了。文英来到缦华的家里。他的头发已经花白，可是他温文尔雅的风度依旧。他诉说他们分别后几十年的经历。他考上了加州大学医学院，毕业后在旧金山行医。他和一个华裔女子结婚。他们的孩子都大了，远走高飞，不在身边。前年夫人去世了。他从来没有忘记吴缦华。冷战时代，双方书信断绝。他对缦华还是一往情深。他想圆当年没能实现的梦。最终吴缦华还是婉拒文英的追求。目送文英的身影逐渐消失在远方。读到这里，令人想起了张扬的《第二次握手》，之所以那篇作品当年引起轰动，也正因为海内外有太多人有类似的经历，并引起共鸣。

鲁晓鹏的《爱情三部曲》生动展现了一个家族逾半个世纪的命运跌宕、情感纠葛、风风雨雨，展现了一个东方少年如何怀着希望出发，异域寻梦，从遵从前辈要求到遵循自己内心的声音；从大学理工科转向为文科，好像冥冥之中有一种看不见的力量，让他成就了今天。

而这一切，皆因血液中无法分割的对母语的爱和对文学挚诚的信念……他不仅以清新质朴的风格特色、流畅自然的文笔及内涵为海外作家群增添新鲜血液，并以其真实性、丰富性及深刻性在跨文化创作中更显其独特价值。

作品几乎就是作者人生轨迹的写照，比如说这一段：

“晓峰被麦德森大学录取。起初他计划学习土木工程，后来又想学习物理。最终，他选择了最不实用的专业——比较文学。大学有一些香港、台湾、和中国大陆的留学生。他们的专业选择都很实际。几乎所有华裔男生学习工程或理科，尤其是机械工程，电机工程，化学工程，材料学等。在晓峰的华人朋友圈里，只有他一个男生选择文学专业。他觉得自己在朋友们的眼里是异类。亲戚得知后，都为他遗憾，因为他们认为晓峰的理科一直不差。他们惋惜他失去了一次学习现代科学的好机会。家人费劲周折力气，把他送到美国留学，为他交付数目不菲的学费，难道是为了学习文学吗？他毕业后找不到工作怎么办呢？对此事吴缦华最想不通。她因为自己的文科专业，饱尝人间辛酸，她不想看到自己的孩子重蹈覆辙。可是事与愿违。晓峰摆脱不了家庭熏陶和命运。”

为培养孩子成才，作为母亲真的是呕心沥血。吴缦华夸奖晓峰说：“写的好，你又进步了。”可是她皱起眉头，心里有一种说不出的滋味。她想：“这种环境里长大的中国孩子，怎么能去西方国家留学呢？他们这样的思维习惯能适应外国的生活方式吗？要是真的把晓峰送到美国去，他会变成什么样子呢？这个时代的中国学生，和弟弟阿嘉当年去美国留学的情况，太不一样了。”

生于西安的鲁晓鹏，少年时随父母调动而到北京生活。因父母受运动冲击，他童年曾在江西农村生活三年。1979 年赴美国留学，先后就读高中、大学、研究院，获比较文学博士学位。曾在美国匹兹堡大学任教十年。现任美国加州大学戴维斯校区比较文学教授。他在学界耕耘二、三十年，中、英文著述甚丰，读者众多，桃李满天下。2000 ～ 2001 学年，在北京师范大学文艺学研究中心工作。2004～2005学年，作为美国福布莱特学者在乌克兰首府基辅工作。

从喜欢阅读文学作品，到自己创作文学作品，鲁晓鹏可谓走过了一段非同寻常的路程，正如作品中所展现的主人公的心路历程那样，是曲折而又微妙的。他没有循着上辈人希望的理工科道路，却在西方比较文学领域打下了一片天；从英文写作转向到中文写作；从学术写作到文学创作，无疑这个跨度是比较大的。并通过努力将自己多年来的思考化为艺术创作，在学术研究之余，利用闲暇或假期完成了三个中篇小说《感伤的岁月》、《回北京》与《西域行》（乌克兰之恋），足可谓“失之东隅，收之桑榆”。

小说描写了美国华人知识分子观察敏锐、不满足于现状，喜欢思考、喜欢接触新鲜事物，具有开拓精神的特性。其中有关主人公网恋的一段经历，颇有现代气息，反映当今社会男女时尚的交往方式。在与新女友交往时讨论到小说《钢铁是怎样炼成的》，与奥尔哈的对话的思想冲突，刻划了主人公的内心的矛盾，以及感情的丰富和细腻。尤其是苏联对中国民众的影响，人们从不同角度看这个国家解体的各类反应。

女友尤莉娅见母亲与姐姐，俄语对话凸显了上辈人的纯真向往。与俄罗斯姑娘同唱《红莓花儿开》的细节也很温馨。那一代人都是唱着《共青团员之歌》成长起来的。这些细节微妙的将两代人精神血脉连起来。

作品中大段的景物描写也明显受苏俄文学影响。作品在描写主人公追求爱情的过程还穿插了乌克兰的革命。汉思参与了“橙色革命”，娶回了俄罗斯新娘。可谓是大团圆，完美结局。

在小说结尾：“在自己家里，秦汉思润色他的小说。这也是他的劳动生产。但是，尤莉娅在进行另一种更有成效、更实在、更有形的生产。在医院里，他们的女儿出生了。他们給女儿取名秦美兰。她好似美丽纯洁的兰花，又代表中国、美国、乌克兰的结合。”“美兰出生的四年之后，他们的儿子出生了。儿子取名秦迈克，Mike Qin。Mike是常见的男孩名字，而迈克中“克”又寓意乌克兰。孩子们会长大。到时候，他们会见证历史，懂得历史，创造历史。”

现代性的社会是一个开放的、多元的、充满悖论的、极其复杂的社会，“历史观”对于叙事文学非常重要。正如名作家韩少功所言，小说是一种“能做出高难度动作”的体裁，离不开作者对道德标准的自我疑问。需要作家正视历史、深入人性，敢于并善于面对写作的难度。

鲁晓鹏虽然是文学新人，但所受的艺术熏陶及文学素养是多方面的。作为比较文学教授，他不仅迷恋古典文学或西洋经典，而外公林碧城是香港著名词人，影响至深（小说《回北京》中亦有提及）。今年5月在旧金山参加国际文学论坛，他特别赠书与我：《碧城乐府》，是他为外公词集做的编著。而另一本则是他的专著译作《从史实性到虚构性：中国叙事诗学》。“叙事的作用不再是作为事实的记录或可信的历史，它的合法性来自于它创造出了一个栩栩如生的新世界。”专著被称为——“英语世界一本全面研究传统中国叙事理论和历史的著作。”

由于全球化与信息化的迅猛发展，思想文化交流超越时空，交叉渗透相互影响的东西方文化，打破了地域屏障。蓬勃兴起的海外移民作家群和其他族裔学者的研究理论丰富和扩展了人们对跨文化领域的认知、并带来多种意义的启迪。

鲁晓鹏以他学者型的睿智及历史观，洞察类比，在阐释中完成新的思考，为时代留下一面真实的镜子。期待他以优异的学术背景及广阔的人生阅历，趁天时地利，凝聚才情与天赋，跨越各种界限，在纪实与虚构中不断超越自我，在学术与创作之间自由翱翔；随心所欲穿梭在“东方”与“西方”之间，从而创作出更多更好的鸿篇巨著！

目录

Contents

第二部 回北京

第三部 // 215

西 域 行
（乌克兰之恋）

PART ONE

第一部

岁月的感伤

南国春秋

一九四九年八月，中国人民解放军攻克西北重镇兰州市。在野战军政治部的会议上，宣传部长姜朴讲话，总结几个月来部队的宣传、动员、和教育工作。兰州成为西北某军区的所在地。滚滚的黄河流经雄伟的古城。

在与兰州相隔五千华里的南方人都市广州，是另一番景象。私立教会学校华南大学国文系三年级学生吴缦华，从香港家里返回广州校园，准备秋期学期的开始。此刻，陕北汉子姜朴与南国才女吴缦华无论如何也想不到两年以后他们相逢，命运把他们结合在一起，患难与共，历经磨难。

故事先从吴缦华这边讲起。

吴缦华的家族兴起于广东番禺。她的祖父吴移南在清朝末年任两广盐运使。由于他对朝廷在财政上有功，被清廷授予“荣禄大夫”的头衔。吴家是位于广州珠江南岸繁华市区的一座豪门巨宅。这个钟鸣鼎食之家上上下下近百口人。大宅前后横跨两条大街，庭院套庭院，房间连房间，占地一大片。宅子的正门上方高悬“荣禄邸”三個大字，表明主人的显贵身份。

在工业革命以前的农业社会，盐运、织造行业是重要的财富来源。吴移南在满清末年算是广东、广西一带的巨富。他每运完一次盐，都给家里带来一大笔钱财。当人们来到一个世纪以前为他修的墓地，一定会惊叹墓地的辉煌气势和上等风水。墓地中有用汉白玉石雕刻的各种装饰。坟的前方耸立着标志官阶的华表和大小石狮子。墓地旁边是吴家的祠堂。他当年在家乡的口碑相当不错。他在家乡一带“修桥补路，功德无限。”每年他都令家人做很多粥饭，散给贫民，赈济穷人。一九四九年以后，吴家的宅院被分给无数家缺房的当地居民居住，被称做“百家院。”据说，广东省拍过一步反映所谓“百家大院”的电影，便是取材和拍摄于此宅院。

为了接受新的西式教育，吴移南的儿辈孙辈的子女许多被送到广州华南大学读书，甚至华南小学、华南中学。华南大学是私立教会学校，学费昂贵，广东的富有人家才会选择把他们的子女送到这所贵族学校。

吴移南的次子，即吴缦华的父亲吴汝信，从小好读书，聪颖过人。他和他的几个妹妹毫不例外地就读华南大学。当他父亲去世后，他分到了父亲那一份遗产。有了钱，他要圆他的出洋留学的宿愿。二十世纪二十年代末，他自费来到美国哥伦比亚大学，攻读国际关系和法律。学成回国后，他在南京的国民政府任职。

在二十世纪战火纷飞的年代，中国政局动荡不安，官场风云千变万化，吴汝信做官不得意，便辞去官职，退居香港经商。当政坛商场失意时，他便在家里潜心研究诗词音律，填词赋诗。宦海的惨痛经历，加上风流倜傥的生性，使他的词写得感人肺腑，韵律铿锵而情思缠绵。

吴汝信与夫人彭怀玉育有二儿一女。他们的大儿子吴贞忠就读燕京大学国际关系专业。出于他在政海沉浮的经验，父亲想着不能把两个儿子都留在中国，想把小儿子吴贞嘉送到美国留学，以免有朝一日全军覆灭。

一九二七年末，共产党人在广州市发动了著名的广州暴动，殷实的吴家为了躲避广州的动乱，临时搬到香港居住。期间家里遇到一次奇特经历。两个云游和尚来到吴家门前。此时吴汝信刚好不在家。彭怀玉请他们进门歇脚。两个和尚给彭怀玉预测将来。他们神秘地说："您下一个孩子命硬，一生坎坷，将来会克母、克夫。"彭怀玉听罢惊诧不已，不解其意，想问个仔细。两个僧侣赶忙说："您丈夫马上回来，我们不便多言，贫僧告辞了。"僧人说完，飘然而去。他们刚走，吴汝信便回来了。彭怀玉把刚才的经过讲给吴汝信，吴汝信觉得此事荒唐，没放在心上。

不久彭怀玉有身孕，肚里怀着吴缦华。此时吴汝信已经办好去美国留学的手续，彭怀玉一直打算跟随丈夫去美国。可是她有身孕，不益远涉重洋。这样吴汝信便一人赴美国留学，将彭怀玉留在香港。彭怀玉叹息道："果如和尚所言，我肚子里的孩子命中克我。"

当彭怀玉怀吴缦华到了七个月时，她得了伤寒，危在旦夕。医生说，最好把孩子取出来，否则大人、小孩都难保。彭怀玉喃喃念道："这孩子又克我，要我的命！"这个怀了只有七个月的婴儿提前剖腹产出生。早产的吴缦华出生时，浑身血红，奄奄一息，好像活不下来。彭怀玉本打算放弃这个孩子，多亏吴缦华的奶奶把她拾起，报回去抚养。奶奶给她喂米汤，把她从死亡边缘救活。吴缦华就是这样降生于香港。

吴缦华青少年时候随留学归来的父亲在广州、上海、天津、南京等地生活和上学。由于受父亲的熏陶，她自小喜爱中国古典诗词，能背下一百多篇词谱。四十年代末期，吴汝信辞官隐居，情绪消沉。他们的两个二子都在远方读书，不在身边，只有尚未上大学的女儿缦华在家里陪伴他。吴汝信的生日在冬天。有一年女儿买了水仙和橘子祝贺父亲的生日，并给他写了一首祝寿诗：

水仙雅淡不染尘，
丹橘经冬绿更荫。
谨与寸心同祝贺，
丹橘如寿花如人。

父亲读罢女儿的诗，喜上心头，夸奖她懂事，赞誉她的才气。当缦华到了上大学的年龄，根据家里的传统，她也被送到华南大学读书，就读中国文学专业。华南大学是广州教会学校中唯一的高等教育名校。校内有许多港、澳、东南亚地区的学生。在解放战争的平津战役、淮海战役的前夕，北京、天津、上海、南京的富家子女南逃求学，有不少也进入了华南大学。国民党政府撤离南京，将广州作为临时首都。一下子，广州又来了许多的中央大员和他们的子女。

吴缦华在校学习优秀，拜著名学者沈应科为导师。由于受家庭的影响，她喜欢研究词。她在华南大学的学术刊物《南国》发表了一篇有关吴梦窗的论文，得到老师的欣赏。同学们也对她刮目相看。她被选举为大学的国文同学会会长和全校的文化委员。

吴缦华不仅学习优秀，而且性情活泼。跳舞、打桥牌、喝酒，样样都行。学校的俱乐部是同学消闲娱乐的场所。按当时的惯例，女生去俱乐部应当有男生带着，而吴缦华漠视成规，经常自己携女同学一起闯入，无需男生陪伴。

吴缦华身材窈窕动人，才貌双全，成了校内众多男生追逐的对象。在这些男生中，她与孙文英同学比较要好。孙文英在上海长大，父亲曾是上海一家银行行长。后来由于内战原因，一年前他父亲带着家人迁移到香港。孙文英在香港的家宽敞，华南大学的同学们经常选择在他家中举行派对。随着解放战争的向南蔓延，一批批的富商、名人、名医、大牌学者由北向南撤离。他们之中的许多人不愿去台湾或留在解放区，此时聚集在广州。其中又有一部分人进入英属殖民地香港，不受中国政权的管辖，免于战乱。孙文英和吴缦华的家庭就属于后一种境况。

孙文英就读华南大学医学院。华大医学院设在市内的中山医院。他平日去中山医院修课，晚上和周末回到华大宿舍。他比吴缦华大一岁，可是由于医学院是五年学制，而文学院是四年学制，他们是同级学生。孙文英本人儒雅大方，一表人才。根据家庭的安排，他命中注定要赴美国留学。吴缦华的心中疑问自己是否要嫁给他，远离中国而去美国生活？

珠江南岸的华南大学校园，风景秀丽，草木繁茂，鸟语花香，百卉盛开。远方的白云山顶，飘荡着朵朵纤云。近处坐落着一栋栋精致、典雅、庄重的中西合璧的红色教学楼。校园中心是一个中国园林风格的亭子，名叫心亭。校园内生长着广东特有的榕树和棕榈树。木兰花、杜鹃花、紫荆花、桃花开遍校园，姹紫嫣红，绚丽多彩。空中蜂蝶飞舞，香风飘散。

吴缦华白天上完导师沈应科的“唐代诗文”的课后，晚上回到女生宿舍，换下脏衣服给校工，让她打扫房间、洗衣服。明天是星期六，她和孙文英有约会。

吴缦华和孙文英在珠江南岸散步漫谈。

文英问缦华：“你对未来有什么打算？”

缦华若有所思，说：“我还没想好。首先我得把书念好、大学毕业。”

文英说："父亲希望我大学毕业后，去美国留学。"

吴缦华说："你的英文好，又是学医的，应当出国。可是我的专业是国文，去美国能做什么？"

文英没有马上回答。停顿一下后，他说："我知道你是有志向的新女性。在国外，如果你能有工作，当然最好。如果不能马上如愿，在家相夫教子不是也挺好嘛？"

缦华说："我的哥哥阿忠在北平的燕京大学读国际关系法。他时常给我写信。他说，世界在变化，中国也在发生大变化。他劝我留在国内，参加工作，建设未来的新中国。"

文英说："我佩服你哥哥的理想和决心。可是眼下国内兵慌马乱，满目疮痍，不知道何日才能好起来。"

缦华说："对了，说到留学，我弟弟阿嘉被美国加州大学化学系录取，马上要走了。我下周末需要回香港送别他。你知道我弟弟吗？"

"我当然知道他。他是我们华大化学系的高材生。"

两人边走边聊，来到华南大学校内的俱乐部。那里已经聚集了很多同学，男生女生都有。伴随着乐曲，同学们搭伴，兴致勃勃地跳起华尔兹舞、狐步舞、探戈。时间渐晚，大家离开俱乐部，各自回到宿舍。明天是周日，他们打算再约两个同学一起打桥牌。孙文英是全校有名的桥牌高手。打桥牌、划船、跳舞，这是华南大学这所贵族大学里的阔少小姐们的课余消遣。

几天后吴缦华回到香港家里。她和父亲吴汝信、母亲彭怀玉来到码头，送别弟弟吴贞嘉赴美国留学。弟弟被位于柏克莱的加州大学录取。贞嘉坐船去美国念书，赶着秋季入学。那时，姊弟俩人怎么也没有预料到他们下次见面需要等待整整三十年。父亲为送别儿子还填写了一首新词，表达对子女的不舍之情和对祖国的的热爱。

抗战胜利后，国民党腐败无能，民不聊生，社会治安混乱，黑道横行。那时国民党的金融体系濒于崩溃，货币不断贬值，今天金元券，明天银圆券，钱不值钱。吴缦华在大学上学时，每月拿着金条去金铺，割掉一小块，兑换足够一个月生活费用的现钱。华南大学内也通用港币，因为港币不随便贬值。

解放军进入广州前夕，吴缦华在学校听说城市里很多地方可以看到国民党军队狼狈撤离。于是，她带着好奇心只身从学校到河南边，过海珠桥入闹市，观看一番，便又过桥返校。过桥时见许多国民党军队在桥上来回走动，当时不解其意。返校不久便听远处轰鸣巨响，接着得悉国民党为阻止共产党军队顺利解放广州市，令军队炸毁当时贯穿市区河北、河南唯一的桥梁——海珠桥，而炸桥前老百姓却毫无准备。他们炸桥，为什么不事先通知百姓？她庆幸自己死里逃生，也更加痛恨国民党草菅人命。

一九四九年十月一日，中华人民共和国宣告成立。十月十四日，解放军占领广州市，国民党军队败走。广州解放后，城市变了样。解放军战士军纪严明，秋毫不犯，市场物价稳定。新政府彻底扫清了黑社会的势力。共产党的干部和工作人员平易近人，纯朴勤俭，毫无矫柔造作的官场习气，使人耳目一新。吴缦华感到自己确实生活在一个新社会。

当吴缦华读到大学四年级时，面临将来一生的选择。一个有教育、有思想、有能力、家里有钱的女大学毕业生将来做什么工作？按常规，是嫁给一个富家子弟，做一个出色的太太。有钱人家的女子是不工作的，如果工作反而显得自己不富裕而丢脸。只有家境贫寒的女人才出来工作。一个女子的才貌、学识、交际能力、家庭出身都是为了将来做一个好太太的资本，以此为丈夫赢得荣誉。摆在前面的熟悉的道路，是跟自己未来的丈夫定居美国或香港，过一辈子舒适平淡的太太生活。吴缦华的心里的另一面却十分羡慕她见到的共产党的女干部。共产党的女干部不屑打扮，头剪短发，朴质无华，作风干练，独立自主，自己控制自己的命运，不靠丈夫。吴缦华心里萌生了做一名女干部的想法。

一九五零年底，抗美援朝战争爆发。这极大地激起民众的爱国热情。全国随即开展批判崇美、惧美、亲美思想，树立仇美、反美思想。大城市中的教会学校是这方面的重点。许多教会学校在校内开揭发、控诉美帝侵略罪行大会。华南大学这所贵族教会学校可以说是崇美、亲美思想的学生集中之地。这类学生的比例多。思想教育、思想动员是当时的学校宣传重点。

早在上中学的时候，吴缦华就是话剧迷。她演过田汉话剧。她扮演《南归》里的女主角农村少女春姑娘。在《苏州夜话》里她扮演女主角卖花女。她曾经的一位中学同学、现在的大学同学告诉大家，吴缦华非常会演话剧。这样一来，在华南大学的文娱活动中，少不了吴缦华的话剧。她的每次演出赢得同学们的喝彩。这次他们演的节目是配合当时形势发展的新戏剧。她出演话剧《群猴》，扮演国民党官员的太太冯霞造。戏剧讽刺抗战胜利后国民党官场的腐败。她还在东北小歌剧《妯娌争光》扮演大媳妇。这出剧讲述几个媳妇争先恐后让自己的丈夫参加解放军。她模拟东北腔，把农村妇女演得活灵活现。大媳妇对着公公唱道：“叫你大儿去参军，有主意打仗赛孔明。”戏剧结尾媳妇们送丈夫参加解放军，大家一起唱：

欢送呵欢送，

解放军是老百姓的子弟兵。
欢送呵欢送，
老百姓是全东北的主人。
军队在前方打仗，
老百姓紧跟上。
前方和后方工作都一样，
最后的胜利必归咱们。

全国掀起了参军、参干热潮。华南大学也不例外。学校设立报名参干处。缦华报名参干须经学校党、团组织批准。当时华南大学许多学生的家庭在香港，社会上有一些反共分子在“参军”“参干”上大肆一种言论，说共产党威逼学生这样做。学校党政组织为此让缦华及其他两个内定参干而家在香港的女同学回家说明情况，征求家庭同意。只有取得家庭同意后学校才正式批准。华南大学的学生英文基础比较好，朝鲜战场需要许多懂英文的人，而当时又有不少苏联军事顾问需要俄文翻译。因此华南大学这批报名参干的学生被内定为送入军队俄文训练班后进入朝鲜，吴缦华本来也在其中。后来恰值西北地区的一个军区政治部需要两名懂普通话、文字水平较好的干部。吴缦华被选上，便改变了内定受俄文训练后给苏联军事顾问当翻译的计划。

学校让吴缦华回家征求父母的意见和同意。怎样才能说服父亲同意自己参干呢？吴缦华坐在从广州到香港九龙的火车上不断思索。

吴缦华回到熟悉的家中。她家依傍九龙半岛的海湾，从窗户可以眺望海景。阴天时，淫雨连绵，波涛拍岸，云雾弥漫。晴天时，骄阳当头，碧空万里，惠风吹拂，清波荡漾，舟楫航行在海天之际。海鸥振翮翱翔，时而低飞掠过海面，时而高飞，冲向长空。

家里的客厅古色古香。墙壁上挂有两幅国画。一幅是一位岭南画派的名家送给吴汝信的《荷花图》。另一幅是当年的一位同事为他们夫妻画的《红梅图》。墙上还悬挂着一幅书法。这是一位民国元老、吴汝信的朋友写给他的一首诗。桌子上摆放着一对青花瓷瓶。茶几上放着一套乾隆年间烧制的彩釉茶壶和茶杯。书柜里装满线装版的词书。房内家具，大多是木质黑漆描金家具。墙角有一座美国造的留声机。面对海湾的窗口的花盆里栽了一束黄色的菊花，幽香四溢。

吴缦华到家时，父亲正坐在藤椅上阅读辛弃疾的词集。母亲见到爱女回到家里，喜上眉梢，让家里老佣人静姐马上去街上买条缦华爱吃的桂鱼，做清蒸桂鱼给缦华吃。一家人边吃边谈。缦华说明来意，问父母意见如何。

父亲和母亲先是吃了一惊。

父亲问："你为什么想到要去参军呢？"

缦华回答："参加建设新中国。"

父亲说："你不要说抽象的大道理。讲讲你的个人前途问题。"

缦华回答："抗美援朝，中国和美国交战，这个时候我怎么能去美国留学呢？既然决定不去美国，就得在新中国生活。香港太小，经济状况还不如上海，不是留人之地。我响应共产党号召去参干，对前途总会有好处的。"

母亲说："你一个女孩子离开家，远走高飞，我们放心不下。"

缦华说："抗美援朝看来只是两、三年的事，战争结束之后我就可以回家了。"

母亲担心地说："朝鲜在打仗，那里不安全。"

缦华说："我们几个岭南的同学，被安排先学俄文，等候给苏联专家当翻译。我们不直接去战场打仗。"

父母琢磨着：苏联专家呆的地方应该是安全的。他们最后也就同意缦华去参军。

吴汝信转换话题。他说："缦华，有另外一件事，我一直想跟你谈，但是不知是否合适。如果我说的不对，就当我没说。"

缦华说："爸爸，我是你女儿，你有什么想法，就直接说吧。我听你的。"

吴汝信语重心长地说："那好，我就直言不讳地讲。'男大当娶，女大当嫁。'你也不小了。终身大事，早晚要考虑。我希望你以后不要找一个搞政治的丈夫。我在宦海浮沉多年，深知其变幻不测、翻云覆雨。我本人深受其害。你远走西北，不在父母身旁，与人交往一定要小心。"

缦华说："爸爸，我明白您的意思。我会小心的。"

吴汝信说："华南大学应当有不少优秀的男生，如果你碰到合适的，可以选择。"

缦华略显羞涩，低头说："我会留心。请您不必多虑。"

彭怀玉说："那我们就放心了。我知道你爸爸想得太多了。这个时代，年轻人的婚姻自己决定，我们不干涉。"

按照学校规定，吴缦华回家必须当日返回香港，次日清晨便须到达学校。父亲想到朝鲜寒冷，连夜带她上街买了一些御寒衣服，一块名贵手表，一支名牌钢笔，一条粗的金项链。他还给缦华了一笔为数不少的钱。此刻他们没有料到这竟是父女最后一次见面。

在这大变革的历史时期，孙文英此时也不清闲。学校和社会要求医学院的学生去乡下实习，为普通百姓看病服务。他和吴缦华在校园内见面的时候越来越少。一次他从乡下回到校园，两人终于有一次机会坐下来长谈。他们两人早已互怀爱慕之情，心中你知我知，只是从来不挑明。

吴缦华说，近来的时局发展太快，谁能料到呢？她把报名参干、参军的原委讲给文英。

孙文英说，我能理解你，我佩服你。至于我自己的将来，现在也难以预料。原来家里希望我留学美国，目前谁也说不清楚。

因为意识到吴缦华即将离去，他们要分开了，他们的言谈更加坦诚，两人首次明白地倾吐了对彼此的爱慕和佩服。他们同时也是理智的年轻人，没有做无意义的山盟海誓。祖国每日发生着巨大变迁，谁能猜测到我们的未来呢？

文英用英文说："Do not promise"（不作承诺）。

缦华说："我们不在一起的时候，保持通信，交流思想，互报平安。"

文英又说："我知道你下月就要走了。如果可能，我尽量从乡下赶回来送你。"他从书包里拿出一样东西，说："这是一瓶美国进口的抗菌素，一百粒。我从中山医院买的。你带上，西北那边可能缺医少药。遇到小病，吃上它能管用。"

吴缦华对未来充满浪漫憧憬、颇有理想主义色彩，把父亲给她的钱捐献给抗美援朝和资助经济困难的同学。但是她带着文英给她药。后来在西北，这瓶抗菌素的确让她躲过不少可能的病痛袭击。

吴缦华想到自己马上要离开华南大学，远走他乡。她决定去照相馆拍照留念。她照了两张照片，一张正面头像，寄给家里的父母；一张头部微侧的肖像，送给文英。这是她最后一次的留有波浪式烫发的照片。

参军临行前，同学们为吴缦华开了一个欢送会。她当着同学的面，进行了“落发仪式，”把一头秀美的披肩烫发剪掉，改成女干部式的短发。同学们一起唱着苏联歌曲《共青团之歌》、《我的祖国》为她送行。她们这些年轻女子热血沸腾，唱起革命歌曲：

听吧！战斗的号角发出警报，
穿上军装，拿起武器。
共青团员们集合起来，踏上征途，
万众一心，保卫祖国。
我们再见吧，亲爱的妈妈，
请你吻别你的儿子吧！
再见吧，妈妈，莫难过，莫悲伤，
祝福我们一路平安吧！
再见吧，亲爱的故乡，
胜利的星光照耀着我们。
再见吧，妈妈莫难过，莫悲伤！
祝福我们一路平安吧！

吴缦华一九五一年一月正式参军和参干，与中山大学和华南大学同一批参干的二十多人，由广州出发，乘火车和汽车前往甘肃兰州。

南方冬季的清晨，潮湿阴晦，烟雨蒙蒙，薄雾凄迷。凉风挟带细雨，在空中吹拂，掠过街头，田野，道路，房屋。白云山笼罩在朦胧的云雾之中。岭南大地仿佛是一幅梦幻般的湿润的水墨画。

雨停时分，天气转晴。一轮红日穿破云雾，喷薄而出，光焰四射，在天空中画出一个大大的七色彩虹拱门。万物沐浴着雨露和阳光，山川焕绮，草木欣欣向荣。

当汽车即将开离华南大学校园时，缦华看到远远一个人骑着自行车，奔向车站。仔细一看，那人正是孙文英！吴缦华眼前一亮，心中兴奋。他不是在乡下实习吗？难道他请假回来送我？他的衣服已被雨水打湿。

“文英！” 吴缦华大声喊着。

“缦华！”文英回应。他跳下自行车，停下来，向缦华挥手告别，目送她远去。

缦华从粘满雨点的车窗凝视文英，直至他从视线中消失。

从那日起，缦华二十多年没有机会回到生育她的美丽的广州市。整整三十年后她才能重访自己的出生地香港。

励志西北

吴缦华一行人离开广州，来到位于西北兰州的某个军区。她被分配到军区政治部内的宣传部工作。

温暖宜人、风光明媚的广州和冰封雪冻、寒风凛冽的西北是两个完全不同的世界。在生活习俗、衣食住行多方面，西北与华南有天壤之别。吴缦华参军出发时正值严冬季节，在广州穿一条薄单裤、一件薄毛衣足够御寒。部队冬装按不同寒冷程度地区发给，西北部队的一套军衣，上衣和裤子，据说是五斤重，还加上一双大棉鞋。冬装在快到湖北的火车上发给大家。他们在火车上换装，穿上新装，一个个顿时身躯臃肿成胖墩子，几乎不会走路。几个南方来的女战士不禁相顾失笑。她们不再穿适身合体的时髦衣裙，而换上了臃肿宽大的黄绿色军装。

在军区，吃饭是八个人共领一份供八个人吃用的饭菜，找个地方放在地上，大家围着饭菜蹲着吃。主食基本上是馒头和小米饭。吃惯大米的广东人，吃馒头、小米都觉得咽起来费劲，下咽得慢。军区政治部男多女少，男的吃得又多又快，吴缦华两个从广州来的女兵，往往一个馒头还没吃完，菜就被男兵们吃光了。

广东人的习俗是每天洗澡冲凉。西北的军区算是照顾女战士，每月给她们发一张澡票，一个月可以去澡堂洗一次澡。吴缦华睡的是两条木凳支起的床。她不知道从库房领来的旧床都藏有臭虫，需要用开水向木凳、床板的缝隙浇注灭臭虫才能用，结果弄得她天天喂臭虫，浑身起疙瘩。

生活习俗不同也常惹出笑话。吴缦华参军时带了一双白色球鞋，一次周末她穿上玩球，被文化部的王科长看见。他把她叫去，告诉她："这里的习俗是只有丧夫居丧的媳妇才穿白鞋。你怎么能穿哪？"于是这双心爱的白球鞋从此只能束之高阁。

小时在家里，吴缦华的个人生活上的一切杂物有佣人照料。在华南大学期间，她把衣服送给校工洗。来到西北的军区，吴缦华第一次自己洗衣服。她觉得这是很简单、自己应当做的事。她把洗完的衣服晾在外边。王科长看到她晒在外边的衣服，不禁笑了，说："小吴，你洗的衣服怎么这么多白圈子？衣服用肥皂洗了以后，要先用水涮干净，然后再晾。”吴缦华抬头一看，果然自己洗好的衣服上面很多白圈子、白道道。她不好意思，脸红了。她说，“科长，我闹笑话了。我以前没洗过衣服。现在在部队里，我一定努力锻炼自己，做一个自食其力的新人、一个合格的革命战士。”

王科长说：“你们从祖国最南端、经济文化最发达的沿海大城市到西北部，到经济文化落后、寒冷干旱风沙弥漫的地方；从资产阶级优裕生活的家庭、具有浓厚美国教育和生活方式的贵族学校，到我们军区政治部这样一个无产阶级的军事机构，二者之间的反差一定很大。不过没关系，我相信你们会慢慢适应新生活的。”

吴缦华说：“科长，请放心。我一定彻底改造自己。”

吴缦华起初在生活上极度地不适应西北的条件，可是年轻人因为有了信仰和热情，生活上的不便马上被克服了。她每天早上出操跑步、住集体宿舍、过集体生活，这一切都是新鲜而朝气蓬勃。在这个军区，像她这样的受过西式教育的大学生是凤毛麟角，各个部门都争着要她。军区总政治部让她担任军区的刊物《革命军人》的责任编辑。从此她为了做好组织交给她的任务，夜以继日地努力工作。一切她都要自己做，从选稿、改稿、校对、排版，她忙得不亦乐乎，几乎每天晚上干到深夜十二点，甚至次日凌晨一、二点。那些文化水平不高的干部和战士送来的稿件有的实在不能用，她退稿时便要解释清楚稿子为什么不能用。文字通顺的能用的稿子，她也要费一番精力修改。尽管工作繁忙，她觉得自己在军队的生活充实而有意义。

西北的这个军区的政治部里面的文化部是个人才济济的地方。其中有美术组、摄影组、文艺科等。他们之中的一些人当时已经颇有名气，后来在自己的领域中是全国的领军人物。他们喜欢这个刚从广州过来的年轻美貌的女兵吴缦华。美术组组长、大画家王舟主动给她画了一张肖像。来自全国各地的才华横溢的文艺工作者聚集在军区总政治部，使得这个部门朝气蓬勃、异常热闹，一度成为新中国在西北地区的一个红色文化中心。

当时中国和苏联的关系密切，结为同盟。苏联专家遍布中国各处，西北的军区也不例外。军区需要更多懂俄文的干部。军区文化部考虑到吴缦华有英文的底子，再学一门外文相对容易，便安排她进入军区的俄文速成班学习俄文。一期俄文课程持续几个月。读完一期后，吴缦华能够初步阅读俄文书籍，进行简单的俄文对话。有时候总政治部派她给俄国专家充当翻译。

孙文英和吴缦华分别后，俩人惦念着对方。他们写信联系，书信往返于兰州市和广州市之间。在管理严格的西北地区的军区，任何信件的收发必须经由军区保卫处的检查。起初这并不影响他们两人的通信往来。有一次，缦华在给文英的信中写道：你可以用英文给我写信，这样我们不会忘记如何使用英文。文英的下一封信果然是用英文写的。当吴缦华去军区保卫处取信时，保卫干事训斥吴缦华一番："你们以为用英文写信，我们看不懂，可以躲过检查？告诉你，我们堂堂的军区，有的是懂英文的人，没人能骗得了我们！"

保卫处的劈头盖脸的一顿教训，弄的吴缦华莫名其妙。她赶紧解释："我们用英文不是这个意思。我们是想练习用英文写作，不丢掉这门外语。"

吴缦华一个人从保卫处走回宿舍。她神情凝重，若有所失。西北地区的冬日刺骨的寒冷。大雪纷纷扬扬地下了一整天。黄河冰冻断流。朔风飕飕地从耳边吹过，把暴露的脸和手刮的疼痛。大风吹来，光秃秃的山坡卷起沙尘。厚厚的灰黑色的云层遮天蔽日，笼盖着大地。市区街头，城外田野，到处是积雪和冰凌。吴缦华艰难地在路上行走。

保卫处对这些他们认为背景复杂的知识分子，监视审查越加严格。孙文英从华南大学医学院毕业后，赴美国留学。两人书信往来越发困难。

有些事情是天真浪漫的吴缦华在决定参军时万万想不到的。她当时以为在西北地区工作几年后，抗美援朝战争一结束，便可以复员回家，回到父母的身边。她父亲也以为如此。看来他们的如意算盘将要落空。一天，军区的组织部长张守根专门和他们几个南方来的“知识分子”谈话。张部长是红军出身的干部，资历老，党性强，待人待己严格。

他说：你们受过大学教育，是我们军区难得的人才。我们大部分官兵的文化程度比较低，需要你们这样有文化的干部，帮助他们提高文化素质。同时你们也要向这些工农子弟看齐，学习他们对党和事业的忠诚。你们要克服以前的不良习气，消灭自由主义和个人主义的倾向。

他接着说：你们到了一个新的单位工作，不能说来就来，说走就走。你们要服从组织的安排。到了部队后，要安心工作，做好扎根大西北的思想准备。可能你们将来要一辈子生活工作在西北。

张部长的话尤如当头一棒，使吴缦华惊讶、伤心、而最终清醒。她逐渐对新中国的现实有更深的认识。她一个弱小女子怎么等跳出如来佛的掌心？她将来的日子怎么过，路子怎么走？残酷的现实使吴缦华不得不打消将来回广州、香港的梦想。

来到军区政治部不久，她就经常听同志们说，政治部里的一个部门的领导如何如何出色。他们说的就是姜朴部长，吴缦华的领导之一。他们告诉她：姜部长是一个自学成材的很有知识的首长。他组织能力强，看问题深刻而周全，凡是他负责领导的工作，总是出色完成。

由于工作原因她有机会跟姜部长交谈，她觉得他完全不象很多文化水平底的军队干部那样说话罗嗦、举止粗鲁。他谈吐文雅而朴直，思考问题条理清晰而能抓住问题要害。他的身材中等偏高，略显消瘦，腰板挺直，眉目间流露出刚毅的气质。他说话操着浓厚的陕北口音，走到那里，只要一开口，别人就知道他是老革命。他的古朴的农民本质中又散发着灵秀气息。吴缦华从来没有见过这样的人。她在华南大学见过多少英俊潇洒、博学多识、腰缠万贯的男生。他们的父亲是银行行长、钟表店老板、工厂董事、南洋生意人等。这个同学今天去美国留学、那个同学明天去英国留学。她对这类男生看的多了，不足为奇。但她是第一次接触姜朴这样的农民出身的共产党文化官员，她被他所吸引，她对他产生敬爱之情。

一辈子生长在西北的姜朴也是第一次接触从南方来的受过洋式教育的女大学生。他被吴缦华的如花似玉的美貌所动容；他赏识她的忘我的工作精神；他羡慕她得到的良好教育。这个农民出身的革命干部看上了资本家出身的南方洋大学生。

在军区政治部，夜色已深，大部分人都入睡了。姜朴在赶着写一篇报告：《如何建立部队的速成中学》，过几天，部队要开会研究这个问题。大部分战士的文化水平低。很多战斗英雄没上过学，目不识丁。部队需要拿出方案，解决这个问题。姜朴的住所离吴缦华的办公室不远。姜朴注意到吴缦华的编辑室的房间的灯还是亮着。他忍不住走到编辑室看个究竟。

姜朴说："小吴，这么晚了，你还不休息？"

吴缦华说："首长，您好。我还有些稿子没写完，想赶出来。"

姜朴说：“你要注意身体，不要累垮了。”

吴缦华说：“首长，这么晚了，您也没有睡觉。您更要注意身体。”

姜朴说：“我也有些事情没做完，想在天亮以前完成。”

吴缦华说：“您不要熬夜，那样伤身体。”

姜朴说：“那好，咱们一言为定，都停工，关灯回去休息。”

他们两人互相关心，敬佩对方。

姜朴三十六、七的年龄，成熟、忠厚。他一直独身一人。参加革命后，他逃离了当年父母给他定的婚事。此时吴缦华二十出头的年龄，年轻、热情。经过几次长谈，他们决定正式向组织提出结婚申请。姜朴向他的同事组织部部长张守根递交了结婚申请。

张部长看了吴缦华的档按，了解到她的资本家、官僚的出身背景和广泛的海外关系，觉得姜朴与吴缦华结婚不大合适，她可能成为姜朴的一个政治包袱，对他的前途不利。组织部长分别和姜朴和吴缦华谈话，说出他的疑虑。他风趣地说：“你们不要为了浪漫的爱情做出牺牲，做了政治上的错误选择。”可是此时已经没有任何东西能阻挡姜朴和吴缦华的爱情和结合。组织部勉强批准了他们的结婚报告。

姜朴和吴缦华在生活习俗上有天壤之别。对于这个陕北汉子，一顿羊肉泡馍就是上等佳肴。以饮食闻名的广东人，尝遍人间山珍海味，恐怕咽不下陕北的粗馍。吴缦华从小有吃广东早茶的习惯，爱吃鱼和各种新鲜水果和蔬菜。可是在当年，这些生活上的不便，也阻挡不了他俩结婚的决心。

在春天的一个休息日，姜朴和吴缦华两人沿着黄河散步。滔滔不绝的黄河水奔流不息。当它流经兰州时，似乎变了脾气，放缓脚步，平稳地路过这座城市。黄河铁桥横跨宽阔的河岸。雄健的苍鹰在天空中盘旋飞翔。巍峨的白塔耸立在远方的白塔山之巅。春风吹来，光秃褐黄的山丘又一次披上绿装。一年一季的野草和鲜花长满山坡。遍布城市和山岗的旱柳吐出青绿，萌发新枝嫩叶。杨柳的柔条随风飘曳。

姜朴和吴缦华行走在河畔。艳阳高照，他们军帽上的八一红星闪闪发光。春风吹起吴缦华的头发。走了一段时间后，他俩在河边坐下。

姜朴说："缦华，我们西北生活条件差，委屈你了。不知你这个南方来的大家闺秀，能否适应。"

吴缦华说："老姜，我渐渐地适应了西北的生活，也爱上了这片土地。南方和北方各有特点。比如，广东的风光秀气美丽，西北的风景雄浑壮观。我愿意留在西北，跟随你。"

姜朴说："是吗？你能这样做，是我的福气。"

吴缦华说："你虽然才三十多岁，也算是老革命呀。在很多方面，我这个资产阶级出身的人，要从头做起，向你学习。"

姜朴打趣地说："对了，我们军区的组织部把你的里里外外都审查了，可是你还没有审查过我呢。你想不想盘问我的阶级背景？"

吴缦华笑了，说："你开玩笑。我怎么有资格审查你的身世呢？不过，我倒是想更多地了解你。"

姜朴说：那好吧，我给你讲讲我的出生，家庭，经历。我的背景和你背景是完全相反。我出生在陕北横山，一个非常贫穷的地方。这里自然环境恶略，七沟八梁，干旱缺水，靠天吃饭。家乡有条小河，时常干枯。

由于生存条件差，当地人倔强朴实，吃苦耐劳，彪悍善战，勇于反叛。最有名的是明末的农民起义军，李自成，张献忠。他们推翻了几百年的大明江山。

我的家庭是一个普通农民家庭。我原名叫姜加廉，参加革命后改名为姜朴。父亲和母亲都是勤劳善良的农民。我有两个哥哥，大哥嘉礼，二哥嘉顺。还有两个个妹妹，她们后来都嫁给农民。家里有一点山地，收成低，不够吃。家里每年要从外面租入土地，或为地主富农当佃农。

我们姜村是一个穷困的山沟。父亲和两个哥哥终年劳动，丰收年则可以糊口，歉收年必向外借贷。婚丧嫁娶成为莫大负担。家里为大哥嘉礼娶亲时，没有钱，就向邻村油房头的大地主侯占天借债。日后，地主的仆役不时骑着高骡大马趾高气扬地临门讨债。有一年，因还不上利息，我父亲只好将自己的数垧土地押给地主。从此地不够种，便带着儿子们外出，去离家乡七、八十里的尚新窑村，租种地主尚家的地，做他家的佃农。这个地主的亲戚，仗着钱势，无故欺侮我们姜家兄弟。在一个秋收的庄稼场上，外号叫“大黑狗”的地主的女婿，骑在大哥嘉礼的头上作威作福，当时激起了我们姜家兄弟们的愤怒。我们就和地主的家人棍斗了一场，打烂了地主秃老汉的脑袋。我们这下撞了天大的祸，于是赶紧请人说情，杀猪赔礼道歉，花了数石谷子，才算了事。地主收回土地，从此不再租给我家。两个哥哥只能给别人做佣工，家境从此更加贫穷。我年幼时，觉得富者如此不仁，贫者这样可怜，加上同村同族有钱人的白眼，便更加痛恨地主和富人的压迫。

也就是我十岁时，官府兴办洋学堂。我家从来没有念书人，族长劝我的父亲送我上学，并答应给予资助。在一九二四年的冬天，我被送入油房头村的半公半私的小学堂。三个月读了四本讲授自然常识的洋书，还学会了百家姓、三字经。

当时正值国内大革命时代，横山县城高级小学的暑期学生旅行队，到我读书的村子来旅行。他们很威风，散传单、写标语、骂洋人神父、打庙宇、组织农民协会、宣传抗粮抗款。他们还把的财主侯占天大骂了一顿，在学堂的院墙上贴满了革命标语。我觉得念书是穷人的一条出路，于是更加用功。到了一九二七年，我央求父亲送我进入横山县城的高级小学。

缦华，说来怕你这个大学生笑话，横山高级小学在当时是横山的最高学府！不过，后来一大批陕北的革命干部，都出于这所学校。

共产党做学生的工作，是通过讲课和作文。在一次国文作业时，教员出了一道“我的志愿”的题。在这个题目下，我写了一大堆“打倒土豪劣绅”、“为穷苦人谋幸福”的话。身为共产党员的教员刘敬山，在修改我的作文时，又添了些“为人类谋解放”、“宁为玉碎，不为瓦全”、“作殊死斗争”等话语。他找我谈了一次话，问我读过什么书，愿意读什么书，还给了我一本《资本主义浅说》。几天后，在一个晚间自习结束的时候，我的一个同学贺长风把我叫到学校礼堂的一个角落，说：“有一个共产主义青年团，你愿意加入吗？” 我当时对这个组织的任务还模糊不清，但他相信这是一个进步的、为劳苦人谋幸福的组织，就答应加入。受到老师和同学的启蒙，我初步地懂得了做革命者、为人类求解放的道理。

我十四岁的时候，加入了共产主义青年团。从此，我和志同道合的同学一起，利用课余到乡间秘密活动，组织农民抗粮抗捐，宣传革命。我们大概每星期接一次头，几个人经常星期日到城外乡村搞宣传工作。有一次，贺长风拿出一些油印的文件给我看，我知道了南方有“红军游击队”。

一九二八年，陕北遭大旱，天不下雨，禾草不生，下半年我即辍学回家。到了秋收时节，家里只打了一石秕粮，粮食不够吃。哥哥便带着我去安塞逃荒。于是我与共产主义青年团关系断绝。在安塞度荒一年中，我为族叔牧牛一冬，给因逃学不去念书的堂弟代读半年。

一九三零年，我因年幼逃荒，积劳成疾，染上肾脏炎，浑身浮肿，回家疗养。一病就卧床四年，又和共产主义青年团脱离关系。因家境寒苦无钱就医，就一面与病魔抗争，一面坚持在家读书。这四年多的病痛，对父母是一个莫大的负担和忧虞，对我也是一个深重的磨折和惩罚。只要一息尚存，我仍读书写字。我身处偏远落后的乡村，家境困难，父母求神拜佛，哥哥为我延医诊疗，而被拍牌卖当的江湖医生骗了好多钱。在这样的情况下，我不愿再增加家庭负担，即拒绝请医诊治，独自和病魔作斗争。四年后，病渐痊愈，总算死里逃生。在漫长的病年中，我有暇阅读不少书籍。一些左书右经，甚至三教九流，阴阳风鉴的封建文化，看了不少。我想：将来在社会上不以此骗人，至少不为别人所骗；人家懂的东西自己虽不能全懂，至少人家不懂的东西，自己要知道一些。

一九三五年，陕北苏维埃运动蓬勃发展。红军游击队活跃于安定、靖边、横山之间，到处传播着红军胜利的消息。游击队出没于横山县各处。本地区已成了游击区，各乡各村组织赤卫队。我离开家乡，找到了陕西赤源县党委，加入中国共产党。

当时在陕北革命根据流行这么一首信天游：《横山里下来些游击队》。我唱歌不好，就给你哼哼几句吧。

对面（价）沟里流河水，
横山里下来些游击队。

一面面红旗硷畔上插，
你把咱们的游击队引回咱家。

滚滚的（个）米汤热腾腾的个馍，
招待咱们的游击队好吃喝。

一九三五年，我们家乡一代成立了苏维埃政府。我在陕北担任过县赤卫军大队长，又作过县教育部长。我们办列宁小学，教人们识字，禁止缠足，破除迷信，反对买卖婚姻。后来，组织又调我在另外一个县担任县财政部长。各种工作我都做过一些，得到了锻炼。

一九三八年春，我被送往延安的中央党校学习。在中央党校我学习了半年。党校给学员教授各种课程，阐述中国革命的长期性、复杂性、以及发展的不平衡性。因此，我的理论水平和对中国革命的认识有了很大提高。年底党校毕业，我被分配到中共西北局，做行政工作。我在延安生活了五年多。

我参加延安整风运动。我聆听了毛泽东著名的《改造我们的学习》的报告。在陕甘宁边区自给自足的生产运动中，我深入实际，努力学习。我探讨经济建设的问题，如合作社、运盐、农业互助、水土保持。对这些我作了大量的调查研究。

后来，西北局派我到陕甘宁边区的一个县做县委书记。那里的自然条件不好。我们发动群众，组织合作社，添置纺车，织布机，带领全县人民拦坝蓄水，拉沙造地，扩大粮田，植树造林，兴办教育，巩固根据地。我们号召每家从一只母鸡开始，发展到有母猪、母羊、母牛、母驴、母马的“五母”运动。我总结经验，在边区的报纸上发表文章，以利推广。边区政府把我评为“模范县委书记”。

一九四五年八月日本投降，不久解放战争开始。西北局推荐一批优秀地方干部给解放军。我便来到部队。当西北局的领导把我介绍给野战军司令员时，说：“这是我们的模范县委书记。”我随着野战军，参加了所有战役。战争是极其残酷和艰苦的。这也锻炼了我们的毅力。记得，当年打宝鸡，我三天三夜没吃上饭。

由于长期作地方党政工作，在我最初进入军队的工作岗位时，一切都是陌生的。军队的生活、习惯、思想、作风，一切都要从头学起。对于搞军队的宣传工作，我只有一步步地摸索。我到了部队以后，立刻到下面了解情况。我在一个连队里住了四十多天，将连队的生产、战斗、学习等各方面作了一次全面的调查研究。经过一段时间的探索，我积累了一定的经验。我认识到，军队工作不仅是单纯打仗，而是还要会建党、建政、发动群众。我们逐渐地总结出一套行之有效的思想政治工作方法，受到司令员的肯定，并在全军推广。

我们野战军推出了新式整军运动，进行诉苦和三查：查阶级、查工作、查斗志。这次运动有效地鼓舞了全体指战员的士气，推动了革命战争的发展。毛主席还写了一篇文章表扬我们：《评西北大捷兼论解放军的新式整军运动》。他还要求把我们野战军的经验，介绍到其他野战军。

姜朴最后说“缦华，今天，我讲自己的事够多了。你听腻了吧？”

吴缦华说：“老姜，你说的事很有意思。我更了解你，也更了解中国革命史。以后有时间你继续讲，给我补补课。”

俩人结婚的那天终于到来。部队实行供给制，过集体生活。干部、战士都没钱，不可能请客办喜宴。文化部的干事看到自己的首长和同事要结婚了，喜不自禁。他们一起带了些水果给大家吃，聚在一起热闹一番，就算是为姜朴和吴缦华的办喜事。结婚的生活对吴缦华来说，就是卷起她的铺盖离开女兵宿舍，搬到姜朴的住处。

结婚后他俩高高兴兴地一起去兰州市区的一家照相馆合影。他们头戴军帽、身着黄色军装。军帽上是八一五角星，军服的左胸前是“中国人民解放军”的标志。吴缦华的普通女兵服装有两排纽扣。姜朴的军帽是军官戴的呢料军帽。吴缦华的脸上露出灿烂的由衷幸福的微笑。姜朴略显严肃，他的一双眼睛凝视前方。

吴缦华到了军区不久，全国范围内开展了审干运动。在军区政治部内，还没有过象她这样家庭出身和有如此海外关系的干部。他们对她进行了相当严格的审查。在找不到什么特殊问题后，在“不能放过一个可疑的人”的思想驱使下，他们向她提出这样的一个疑问：你在华南大学品学兼优，不但功课好，而且课外特别活跃，交际广泛，国民党为什么没有发展你做他们的特务？这问题弄得吴缦华啼笑皆非，不知如何回答才好。审查结束后，在对她的审查结论上，写有很多疑点。这个结论是颗定时炸弹，随着政治运动的需要，任何时候都可以对吴缦华和姜朴的政治生涯产生致命影响。日后吴缦华申请入团入党时，都因为家庭和历史原因，没有被批准。

因为和吴缦华结婚，姜朴为他未来的政治生涯付出了沉重代价。在日后的有些政治运动中，人们常常选择吴缦华这个突破口向他进攻。这是他俩当初想象不到的。因为和姜朴结婚，吴缦华也违背了父训。做过官的吴汝信，深谙宦海的诡诈和斗争，他曾再三嘱咐女儿，以后不能嫁给搞政治的人。可是事与愿违，他不想看到的事，偏偏发生了。

二十世纪五十年代国内的审干运动开展不久，接着又是“镇反”等运动。在强大的政治压力和组织压力下，“父亲是阶级敌人必须要和他划清界限”已成为不可抗拒的定论。吴缦华给父亲写了一封谴责信。她知道父亲决不能容忍女儿这种谴责，这封信的寄出可能就是父女关系的决裂。母亲收到这封意想不到的信，不胜悲伤，不知所措，不敢把信给父亲看。不过最后还是让父亲发现了此信。他一气之下，把摆在家中女儿的照片撕得粉碎，从此再没有通信。若干年后，吴缦华对自己这一行为、对自己父亲的伤害深感内疚，然而宥于当时的情况，没有可能向父亲表达自己的痛悔。后来父母相继去世。母亲在父亲去世之后搜集父亲的词作，辑录刊印成一本词集。日后吴缦华阅读此书时，看到其中一首《鹧鸪天》：

恩怨都随一梦销。
也知难望到蓝桥。
花能解语偏多刺，
柳未成荫又折条。

无赖月，奈何宵。
青天碧海两迢迢。
枕函若有相思泪，
且作明珠慰寂寥。

词中的“蓝桥，”指的就是女儿生活的地方：兰州和后来的西平。父亲永远失去了他的女儿，他的“掌上明珠。”在他的有生之年，再没有见到自己的女儿。最后父亲不但原谅了女儿，而且经常想念女儿。读至此，吴缦华潸然泪下。这眼泪是悲痛！是忏悔！

吴缦华对军区处理她这种人的方式困惑不解。两人闲谈时，她问姜朴:“我对政治太幼稚了。咱们的结合是不是错误的选择？”

姜朴则是以一颗赤诚的心相信党。他劝慰吴缦华说：“党的政策是‘有成分论，但不唯成分论’。军区组织部也是按照党的上述政策，审查、考察我们，批准我们结婚。我们要用自己的实际行动，经得起组织的考验。”

缦华说：“但愿如此。”

姜朴又说：“我属虎，你属蛇，按过去老百姓的属相相生相克的说法，属虎的不能与属龙的结婚。蛇是小龙，虽不象龙虎那样互克，但也不好。不过我们不能相信这些。古人属相相生相克之说是迷信。”

缦华说：“是迷信也好，是有一定的科学依据也好，我们结合的结果似乎应了相克之说。”

姜朴一直为党的事业勤奋工作、努力学习。吴缦华也自觉按照党的要求改造思想、积极工作、勤于学习，以“出身不能选择，道路却靠自己走”而自勉，力图以自己的行动证实为党的事业献身。姜朴也时常以次勉励缦华。

抗美援朝期间，有一次姜朴从兰州军区去朝鲜参观访问，路过北京。在北京他先找到吴缦华的哥哥吴贞忠的住址，拜会他。这是西城区南新平胡同的一家院子。吴贞忠看到一辆黑色小轿车停在他家门口。一位身材高瘦的军人从车里下来走到他家。吴贞忠开门迎客，姜朴自我介绍一番。

吴贞忠说:“原来是你。欢迎,欢迎! 妹妹给我写信提到过你。”

姜朴说:“我和你妹妹认识有一段时间了。我们已经结婚了。”

吴贞忠说:“那么咱们是亲家了。”

他们高兴地聊起来。吴贞忠询问妹妹在的部队境况。姜朴也关心吴贞忠在北京的生活和工作。两人亲热地交谈。个把钟头后,姜朴起身告辞。他说:“我还有事,不多坐了。我约了要去见老首长。车子在外面等着呢。”两人道别。吴贞忠心里暗中惊叹:自己的妹夫俨然是个陕北老革命,蛮有来头!

姜朴说的某某领导,是自己的陕北同乡,当年延安时期的西北局老上司,目前在中央人民政府任要职。姜朴去拜访他。虽然多年没见面,两人一见如故,谈笑甚欢。

抗美援朝战争结束后,中国大规模的经济建设开始,实施第一个五年计划。一九五四年,姜朴从部队转业到西北局和西北某省。起初,他负责全省的经济和工业领域的工作。几年后,他又被调任西平市委的书记处。吴缦华被调到省委干部文化学校。她被分配到学校的语文组,主要工作是给省里的文化程度低的干部补习文化、教授语文。他们离开位于兰州市的西北军区,迁移到西平市。

在姜朴新官上任之前,他和吴缦华决定回姜朴的陕北老家拜会亲人。他们先乘坐火车。到了火车不通的地方,便坐毛驴。他们连续两天坐毛驴,一路相当辛苦,最后终于到达陕北姜村。

这是吴缦华第一次来到陕北乡下。一望不尽的黄土高坡,一排排的窑洞,斜坡上吃草的山羊,涓涓细流的河沟,与广东的地貌完全不同。他们也顺路去了黄陵。黄陵虽然显得破败失修,可是它的参天古柏告示来者此地不同寻常。

姜朴的父母已去世。他们见到了大哥嘉礼和二哥嘉顺。当年大哥和二哥自己不能上学,但是节省下钱,送弟弟去县城的学堂读书。如今姜朴衣锦还乡，又带回新媳妇，使得整个村里喜气洋洋。家乡一贫如洗。为了招待弟弟和弟妹，大哥和二哥两家一起出钱给他们买了一只鸡杀了吃。这一带缺水，可是因为弟弟和弟妹有洗脸的习惯，家人专门派人去几里外打水给他们用。姜朴的一个已嫁到别村的妹妹，听说哥哥回来了，幸喜万分。她尽其所能，带来半个巴掌大的一块羊肉，做羊肉汤，款待哥哥和嫂子。革命胜利了，可是革命老区的家乡还是这么贫穷。姜朴心理难过，暗中发誓一定要把老家的经济搞好，让人民生活幸福。为了报答两位哥哥多年来支持他干革命，姜朴将大哥和二哥各家的一个女儿带回西平市，小珍和小惠，与自己生活在一起，抚养她们长大。

姜朴和吴缦华结婚已经几年了，可是他们一直没有生育。他们四处求医也无效果。这次姜朴带妻子回陕北老家探亲，给已故的老人上坟，探望在老家务农的两个兄长，住在家的窑洞里，吴缦华竟然怀上了孩子。姜村可谓传宗接代的福地。次年的阴历二月初二龙抬头那天，他们的儿子晓荣出生了。为了这个孩子长大能有出息，又逢龙抬头之日，他们也给晓荣起了个小名：小龙。晓荣就成了这个农村与城市，革命者与被革命者，西北与东南混合在一起的奇特家庭的第一个孩子。

在晓荣出生一年半后，妹妹晓妮出生了。每个孩子都有专门的保姆照顾。到了三岁，他们被送往西平市第一保育院。保育员里的孩子都是西北地区高级干部的孩子。这所保育院创办于一九三八年，原名陕甘宁地区战时儿童保育院，是共产党在延安时期创办的最早的幼儿园。六岁时，他们被送到市第一保育小学。这都是寄宿制幼儿园和小学，只有在周六下午孩子才能回家。晓荣每次由父亲的通讯员用自行车接回家，周一早晨再送回学校。

两个子女加上从老家带来的两个侄女小珍和小惠，四个孩子使得家里热闹而温馨。孩子们在西平市度过了快乐的童年。有时他们一家六口人一起去照相馆，拍摄了甜美的全家福照片。

晓荣从小受父母直接教育不多，淘气无比。上保育院时，他经常被老师揪着耳朵站到教室外面罚站。就读保育小学时，几乎每晚自习课后都被老师留下挨批评，或者让班干部帮助他。上小学二年级时班主任看实在管不住他，就吓唬他说学校决定让他留级或转学。晓荣害怕极了，心想："这要让父亲知道可是大事，还不把我打个半死！"他足足哭了一夜。第二天老师说：如果你以后改正就可以继续留下读书。他才止住了哭。在他一生的读书经历中这件事印象最深刻。在以后文革的日子里，学生造老师的反，他立即想起要亲手将这个老师打翻在地，再踏上一只脚让她永世不得翻身！ 只可惜那时自己只有十一岁，无法从北京市跑到西平市去打倒她。

父亲姜朴用传统办法教育子女，认为孩子不打不成才。晓荣淘气，从小没少挨父亲的打。他盼子成龙心切，有时哼着一段陕北民间小调：

红鞋绿鞋，你都穿过，
穿上了白鞋，你心里难过。
你爸爸打你，你不成才！

为了便于工作，姜朴和吴缦华分别住在自己的工作单位。吴缦华只有周末才回到姜朴这边与一家人团聚。晓荣和晓妮由保姆带着住在父亲工作单位对面的一个院子里。这是一个很大的院子，里边又套着一个小院子，住着姜朴家和另外一位市委领导人的家。

从小，父母对孩子们管教很严格，要求他们朴素、节俭、不搞特殊化。孩子们几乎没有零花钱。姜朴说，玩具是奢侈品，不许吴缦华买给孩子。在家里，凡是他不同意的事情，便用他特有的武断而简洁的方式表达自己。他操着陕北腔说："不准！"

但是姜朴给孩子们买了大量书籍。晓荣和晓妮有很多小人书，看完了就没用了。于是，晓荣就想了个挣钱的法子。他俩搬了一块床板放在街边，把小人书一本一本摆在上面，整整铺满了一张床板。他们出租小人书，等别人来看书，一分钱看一本。那个年代，手里有钱的孩子很少，能来花钱看书的也不多。尽管他俩忙得不亦乐乎，但很少能挣到钱。

姜朴住在城市里，但是没有忘记老家的亲属。他关心家乡的生活情况，尤其是几个侄子的工作和教育。他时而请老家的亲戚到西平市做客。20 世纪 50 年代，西平市盖起一栋气势恢宏的俄式建筑"人民大厦"，地点就在省委办公处附近。姜朴在人民大厦请大哥嘉礼吃饭。从陕北山沟里出来的大哥，从没见过这般气势。人民大厦的电梯，餐厅的火锅菜，让他惊叹不已，大开眼界。

姜朴抽空带着从南方来的妻子游历西平市的古迹。他们两人在雄伟宽阔的古城墙上散步，目视城墙内外的市容和风光。姜朴若有所思，说："大家对是否拆城墙的问题，有争论。有人说：老城墙代表旧的东西，妨碍城市的发展，应当拆掉。我觉得，这城墙是我们宝贵的文化遗产，拆了多可惜。我本人不主张拆它，而是应当保护。"

吴缦华说："是呀，这么好的城墙，怎么能随便拆掉。这个城墙应当作为文物，好好保存。"

姜朴说："城墙外的护城河也要认真清理和疏导。河里容易产生淤泥。我们现在的技术和手法还不过硬。需要研究如何把护城河治理好，让它变成碧水清波，西平的一处美景。”

姜朴又陪吴缦华来到西平市著名的佛塔。他们登临佛塔的最高层，极目西平风景。眼前是白日、蓝天、闲云、飞鸟。眼底是城郭，建筑、树木、田地。置身高处，倍感西风的强劲。烈风从耳边飕飕吹过。吴缦华感慨万千。从小学到大学，她读了无数的中国典籍，而古代诗文里所讲述的内容，尽收眼底脚下。站在这座唐代建成的佛塔的高层，吴缦华说：“关于这个塔，我在书里读到不知多少次。没想到今天我也来到此地，身临其境。”她不禁脱口而出：

高标跨苍天，烈风无时休。
自非旷士怀，登兹翻百忧。
方知象教力，足可追冥搜。
仰穿龙蛇窟，始出枝撑幽。
七星在北户，河汉声西流。
羲和鞭白日，少昊行清秋。
……

姜朴听罢笑了。他说：“缦华，你到底是中文科班出身，根基厚，还能背诵起杜甫的诗。千百年来，多少文人骚客来到我们今天站着的地方，抒发情怀，留下墨迹。我们的国家需要改变贫穷的面貌，需要工业化。我在省里主管工业，担子不轻，压力大，我要把工作搞好。希望有朝一日，我们眼前的景象，既是山清水秀，又是现代化的都市。那样我们才对得起祖宗。”

吴缦华说：“是的，我们都盼望祖国有美好的未来。”

姜朴的日常工作及其繁忙。白天，他需要参加和主持无数的会议。他不断地去工厂、矿山、工地、市场视察和调研，马不停蹄。

他还要经常写报告、发言稿、和文章阐述自己和省委的观点。

夜晚，万籁俱寂，姜朴打开台灯，伏案写作。他应北京的一家报纸之约，撰写一篇介绍省里经济发展的文章：《西北大省经济建设的开始》。他在文章中写道：

我省是我国经济比较落后的一个省份。解放以前，没有现代化的工业，只有几家中小型的纺织厂和面粉厂，现代化的交通运输工具不多。国民党反动统治者，虽然曾经叫喊“开发大西北”，但是始终没有什么实际行动。相反的，他们为了围攻和破坏当时的陕甘宁边区，不顾民族和国家的危亡，调集了四十万左右的军队，集中在这里进行骚扰。他们建设的不是工厂，而是碉堡和防线；他们挖掘的不是矿山，而是战壕和陷坑。这个本来经济就很落后的地方，让他们糟踏得更是满目疮痍，一片荒凉了。

解放后仅三年的时间，我省的经济很快就恢复到国民党统治时期的最高水平。从一九五三年起，我们执行了国家的第一个五年计划。本地区的工人阶级克服重重困难，在遗留下的战壕和碉堡群上，开始了有计划的工业建设。

我省是祖国的内地，具有发展工业的有利条件，国家从合理分布工业区划的观点出发，确定我省为第一个五年计划工业建设的重点地区之一，给予我们的工业建设任务十分艰巨。

现在，我省的面貌已经改变了。如果到一些城市去观光一下，所看到的，已经不再是碉堡和城壕，而是一片一片的整齐崭新的厂房和职工宿舍。到处听到的，也是建筑机械的转动声和运输材料的火车、汽车的鸣笛声。

随着大规模工业建设的开始，交通运输事业也在迅速发展。横贯祖国西北、西南的大动脉——宝成铁路，已经全线接轨了。

第一个五年计划如火如荼地在省内展开。全省兴建了一大批工厂、矿山、企业、道路，培训了大批技术人员。省的工业化进程有了跨越形的发展。经过人们几年的艰苦奋斗，全省超额完成第一个五年计划……

在姜家工作的保姆兰英是一个能干的北方女人，个子高大，放足。在那时像她那个年纪没有裹小脚的女人是很少的。她五十岁学会了骑自行车，从此骑着车到处跑。晓妮每次去幼儿园都是坐在自行车的大樑上由兰英骑车送她。那时正逢全国经济困难的三年时期，食物短缺。兰英就让小妮脖子上挎个小书包，到父亲单位的花园里偷偷摘玫瑰花瓣。晓妮摘够一捧就一溜烟跑回家交给兰英，兰英腌了给孩子当菜吃。有一次，不知从哪跑来了一只鸡进了家里，兰英当机立断，把门一关捉住那只鸡把它杀了，炖了给孩子们吃。虽然吃的时候孩子们有点罪恶感，但美味的诱惑还是难以抵挡的。

父母怕孩子从小娇生惯养，把他们送去幼儿园和学校过集体生活，每个周六下午才能回家。在幼儿园里，每到午睡起床，整个幼儿园弥漫着一股煮萝卜水的味道。因为当时是三年经济困难时期，原本午睡起来的点心水果没有了，取而代之的是喝煮白萝卜水，那种味道几十年后晓妮仍然记忆犹新。晓荣就读的小学也同样缺乏食品，学生们吃不饱饭。有一次周末回家，饥饿、口馋的晓荣在爸爸单位的食堂一口气吃了十几个包子。

那时国内的许多地方物资供应有限。吴缦华的一个亲戚在上海购得色泽漂亮、质地优良的上等纯羊毛细毛线送给吴缦华。吴缦华高兴地用它给女儿晓妮打件漂亮毛衣，不料只打了一寸多长便被姜朴制止。

姜朴说“晚上宝贵的时光应该用于学习，毛衣可以送出去请人打。”

吴缦华抱怨道：“你的脾气真倔、太苛刻。平常生后也应当有点乐趣嘛。好吧，我依你，毛衣不打了。”她虽然开始我点不愉快，但是她知道姜朴是希望自己不断进步，不被家庭琐事缠身。

姜朴对吴缦华说：“有些东西我不懂，我尽量抽出时间学习。你看，我借来 《几何学》、《土壤学》等书籍，回家自学。有不懂的经济问题，我经常请教西北大学的教授，一起探讨。咱们国家搞经济建设，难题很多，我们要一步步摸索。”

一九六二年初，在北京召开了一次全国性的大会。国内各个层次和部门的负责人，都来参加。经过一段时间的调整，国内经济情况开始有了改变，但困难仍很大。党内外多种思想存在，意见不一。会议是为了进一步总结经验，统一认识，增强团结，更坚定地执行调整方针，为战胜困难而奋斗。

西北各个省市的代表团，包括陕西、甘肃、青海、宁夏、新疆，被安排下榻北京民族饭店。姜朴作为西北大省的一位代表，出席了会议。他被推举代表西平市小组在大会上发言，向省委和上级提意见。他进入了一个两难的角色。不将大家对领导工作的意见反映出来，则有悖众意；如实发言而被批判戴帽，在以前的多次运动中屡见不鲜。姜朴还是抱着忠诚之心，不采取明哲保身之术，代表西平市小组在会上发言，实事求是地讲述了西平市和省里出现的种种问题。

某位高层领导人的发言与会议的主调大相迳庭。他为大跃进开脱，强调成绩，讲经济建设中“缴学费”的必要。他的颠倒黑白的言论，令与会代表感到失望和不解。姜朴实在忍不住心中的不满，在省委代表团里，他提出尖刻的批评。他的言语被会议如实地纪录下来。

在经济困难的形势下，中央做出大力精简职工、减少城市人口的决定。全国各省市都要贯彻这一决定。西平市也必须遣返农村人口。市委分工由姜朴负责此项工作。回到家里，姜朴遇到大难题。一九五四年他和吴缦华从陕北老家把大哥的女儿小珍和二哥的女儿小惠带到西平。小惠马上要和一个市内小伙子结婚，可以变成城市人口。可小珍怎么办？她还是单身，没谈对象，不是城市人口，应当回陕北老家。

他怎么忍心把小珍送回陕北农村呢？她从陕北来到省会，已经八年了。他怎么跟她说呢？日后怎么跟大哥交代？ 他去找缦华商量。

缦华说："小珍就像我们自己的孩子一样，我舍不得她走。她在城市生活了这么多年，现在让她回乡下，她一定不习惯。你就让她留在城里吧。"

姜朴说："市委决定，遣返非城市人口的事，由我负责处理。我要以身作则，坚持党性，不以权谋私，不搞特殊化。"

缦华说："你这个人总是那么倔，不通情理。"

姜朴说："你想，如果我不做表率，怎么能让同事信服？群众怎么能听从市委？"

此时小珍刚刚初中毕业。她听到这个消息后，如同晴天霹雳，如何也不能接受。她哭哭啼啼，说死也不回陕北。"我不离开城里！我要和伯伯在一起！我要和婶婶在一起！"

晓荣、晓妮听说小珍姐姐要走，很不情愿。他们请求父母把她留下。爸爸怎么这么冷酷无情，把小珍姐姐送走？贞华尽量给孩子们解释，说："爸爸这样做，也是不得已。有些事你们现在不明白，你们长大就懂了。"

姜朴为了执行市委的决议，最终忍痛将小珍送离西平。

政治风云变幻莫测。姜朴在那次大会上的中肯发言，触怒了某些同事和领导。整肃的大棍这次抡到了他的头上，他们对他实行打击报复。为了证实姜朴的“右”，一些人把吴缦华的家庭出身也抖了出来。他们将他扫地出门，调离他生活工作了一辈子的西北。他被组织部们视为“犯了严重错误的干部”，今后不得重用。于是他带着全家离开西北，来到北京。

文革风暴

北京的冬天是寒冷的。凛冽呼啸的北风令人感到钻心刺骨的凉。漫天的飞雪使得道路泥泞，难以行走。结冰的路面，让人滑倒。空气中漂浮着龌龊的尘埃，让人感到迷茫，无法辨认方向。

二十世纪六十年代中期，姜朴在西北某省城西平市遇到了麻烦，不得不离开那里，被调任到北京的中央某部工作，降级使用。他的妻子吴缦华被安排作部里一个杂志的编辑。他们带着三个年龄尚小的孩子姜晓荣、姜晓妮、姜晓峰搬到北京。

刚到北京时，一家人住在西城区石板房胡同，搬进三间朝西的平房里。两年后他们搬到东城区和平里楼房居住，生活条件有所改善。在西北省城时，姜朴上下班有白色奔驰小轿车接送，出入有秘书和警卫员伴随。在北京他没有了这些待遇，上班下班经常需要自己搭乘公交汽车。这个倔强的陕北汉子显的老了许多，腰板慢慢弯了，头发渐渐稀疏了。

姜朴在北京的工作，其实是个闲职。在北京的生活节奏与以前在西平市没日没夜的工作，形成极大反差。无奈之中他只能自我珍重，消磨时光。当市面上刚刚开始卖半导体收音机的时候，平时节俭的姜朴，为了能及时听到时事新闻，马上买了一部。那个收音机比一块红砖头小一点，电源是一个装有四个一号电池的塑料盒。姜朴虽然说话不多，但心灵手巧，买来锯和刨子，开始在家做木匠活，用废木板做了一个木匣子，装上合页扣吊，刷上清漆，很是漂亮，像个首饰盒，刚好把收音机和电池放进去。一个邻居看了很羡慕，也请姜朴给他做了一个。

姜朴严肃寡语，平日不爱跟孩子们开玩笑。吴缦华检查孩子的学习功课，也非常严厉。晓荣很淘气，调皮捣蛋，处处惹祸，经常有人上门告状，免不了被爸妈训斥。因此他经常躲着爸妈，像老鼠见到猫。而晓妮则得到父亲的宠爱。姜朴常说：女子大了就是人家的人了，现在要多宠一宠。因此晓妮便常常在父亲面前撒娇。有时她见到父亲下班回家，就走到他的身旁，坐在他的腿上和他说话，掏掏他的衣兜，摸得一两分钱就高兴得很。

那时，全国大力宣传兰考县委书记焦裕禄的事迹。兰考县的自然环境恶劣、土地贫瘠，焦书记领导全县人民，艰苦奋斗，力图改变生活条件，病死在工作岗位上。姜朴听到有关兰考县的报道后，感慨地说：“二十年前我在陕甘宁边区做县委书记，那里是黄土坡地，靠天吃饭，水土流失严重，条件不比兰考好多少。我带领大家植树筑坝、发展生产，改变了当地的状况，被评为模范县长。如今在北京工作不得意，不如回陕北老家当个县长。”

不久，文化大革命爆发了。这场政治席卷全中国，波及到各个角落。姜朴和吴缦华的家庭也毫无幸免。

在他们的工作单位里，从运动一开始，造反派便把他们两人内定为要戴帽打倒的对象。他俩来到部里时间短，根基浅，容易被打到。造反派人为了有充分理由打到姜朴，决定先把不是此次运动要整的主要对象吴缦华打成反革命。文化大革命是要打到“走资本主义道路当权派”，但工作单位把矛头首先指向小人物吴缦华，以她为突破口。吴缦华是广东人，出生于香港，海外关系多，家庭出身是资本家、“反动官僚”。可是除了她的出身不好，他们实在找不到她的任何罪状，只能无限上纲、无中生有地把她批斗了一段时间了事，因为她毕竟不是整肃的主要对象。部里有关人事按照组织上内定的“党内走资派”的调子，把姜朴的言行和抄家搜办公室拿走的笔记本无限上纲上线，对他进行批斗。他们还派人去姜朴的家乡和工作过的地方调查。

一九六六年文革全面展开时，晓荣只有十一岁，刚结束小学五年级的课程。学校六年级的学生组织起来造学校和老师的反，他都没有资格参加。他只好和几个同学成立了一个“惊雷红卫兵战斗队”，占据了一间学校老师的教室，在学校楼道里贴了一张成立公告。公告内容无非是一些口号，算是在革命运动中不落人后。但是由于他们人员少和缺乏号召力，根本组织不了活动，也就无力去造学校的反。晓荣只恨自己生不逢时年龄太小。后来听说有一名女老师在被红卫兵批斗后自杀，学校校长在一次批斗中被用皮带打的头破血流。

晓荣不甘心落后。他要真正响应伟大领袖毛主席的号召投身到文化大革命运动中。他组织成立了“北京八一八革命小学毛泽东思想宣传队”。他刻图章、印红袖标。他的队员是一些比他年级低的女生，妹妹晓妮也在其中。他带着宣传队队员在街头、商店门前、公交电车和汽车上宣传毛泽东思想，背诵他老人家的语录和最新指示，读革命的大批判文章。他们还去学校附近的解放军养猪场给解放军战士演自己编排的文艺节目。

一心想造别人反的晓荣，不久也轮到别人造反造到自己的家庭和他的头上。有一天妈妈吴缦华在白天上班时间突然回家，还跟来一卡车红卫兵抄他们的家。吴缦华不忍让孩子们见到这恐怖的革命行动，就让家人都离开到楼下去。这时晓荣才意识到父母对今天的抄家早有准备。几天前，父母就在家里清理过一次东西，把书架上的一些书打成捆当破烂卖掉，烧掉一些笔记本，找出一些衣服和皮鞋，特别是姥姥从香港寄给母亲的衣服，丢到垃圾站。他们把相册翻出来，其中的许多照片是父母与战友和同事的合影。他们把一些人用剪子挖去，晓荣问这些人是谁，他们说这些人已经被打倒了。在以后的岁月里，每当晓荣看到这些残缺的照片就想起那段往事。家里有一尊非常精美的佛像，是在西平时家人去一座寺院，寺院的方丈送给父亲的。这时他们把它视为“四旧”砸碎了。姜朴和吴缦华也让晓荣和晓妮检查一下自己有没有属于“四旧”的东西，如果有一定要丢掉。这次抄家从他们家拉走整整一卡车东西。

晓妮回家后，看到家里来了很多人在翻箱倒柜地抄家，而且大字报也贴到了家门口。九岁的晓妮心里很不是滋味。这场伟大领袖毛主席发动的文化大革命轰轰烈烈，翻天覆地，到处都在破四旧、立四新，打倒走资派，揪出牛鬼蛇神，每个年轻人都以能当红卫兵为荣。满城都是大字报，各处都有批斗会。晓妮对政治斗争并不了解，突然间自己的爸爸变成了走资派，妈妈变成了牛鬼蛇神，红卫兵造反造到了自己的家，她感到不解、委屈、害怕和自卑。

几天后的一个早晨，当晓荣走出房门，他看到附近的几座楼房上贴满了批判父亲姜朴的大字报。其中一份大字报令他记忆最深，大字报开头的第一句写到“某某某副总理说姜朴是个牛鬼蛇神”，然后列举了姜朴许多走资本主义道路的罪状。一些批判父亲的大字报也把母亲吴缦华扯进一并批判，说她是特务、资本家的孝子贤孙。大约上午十点钟左右，晓荣被住在同楼的一个玩伴叫到他家，一进他家门见到满屋子都是楼里各家的小孩，只有一家人的小孩没来。因为全楼的大人在部里两派斗争中，只有晓荣父亲和他父亲是保皇派、保部长的，其余各家大人都是造反派。他们让晓荣来，是要他与牛鬼蛇神的父亲划清阶级阵线，反戈一击，和他们一起造父亲的反。晓荣上午没同意他们的要求，他们下午继续“帮助他提高认识”，实际上是在围攻批斗他，说他是小反革命、小走资派。他们一直“帮助”他到快吃晚饭的时候，晓荣被迫同意与父亲划清界限，起来造父亲的反。第二天，这些孩子叫上晓荣与他们一起上街贴反部长的大字报。大字报中提到姜朴同其他一些人是部长的黑干将，他们都将被造反派打翻在地，再踏上一只脚，让他们永世不得翻身。几个月后，母亲吴缦华让孩子们腾出一间房子给别人住。这是一个造反派头头，刚分配到部里没多长时间的青年人。他就在这间房里结婚了。

从一九六六年到一九六八年两年的时间里全国的学校都停课闹革命，学生都无书可读，再加上父母都被造反派批斗，整日被办学习班处于管制中，晓荣的淘气也发展到极致。他和一帮年龄差不多大的孩子坏事干尽。他们在小区的路上挖陷阱把路人拌倒，在马路上两侧的电线杆上拉上铁丝把途经此路的骑车人齐胸或齐脖子勒下来，而他们躲在一旁拿别人的痛苦取乐。

为了养鱼做鱼缸，他们去和平里医院卸窗户的玻璃。养的蚕需要喂桑叶，他们就去苗圃偷摘。有一次晓荣和另一个伙伴去偷桑叶被苗圃员工抓住，让他们写捡查。晓荣只在检查书上写了一句话："人不吃饭不行，蚕不吃桑叶不行。"另一个伙伴写完检查被放了，晓荣却继续被关在小黑屋里，直到员工晚上下班才放了他。

有一天，晓荣带一帮小孩踢足球把住在一层楼的一家的玻璃打碎了。这已经不是第一次了。那家的女主人找到晓荣家单元门的居委会负责人控告，当说到激动时心脏病发作当场晕倒，找急救车送进医院。居委会负责人当晚到晓荣家向吴缦华告状。晓荣想，这下可惨了，还不挨顿痛揍。可让他意外的是，妈妈根本没骂他一句。后来他才弄清怎么回事。原来那位居委会负责人的丈夫是部里造反派的小头目，母亲才不会因她告状而打自己的儿子，让她看家里的笑话。

平日在一起玩的小朋友，也因为大人们之间的派系斗争而有了不同的立场。那些造反派的孩子们也把晓荣拉去开了小小的批斗会。由于学校停课闹革命，大家都不用上学，整天呆在家里。父母怕晓荣晓妮没事做，到处乱跑，就给他俩留作业，每天要写毛笔大字和背诵毛主席语录。晚上父亲检查毛笔字，母亲检查背语录。这件事单位楼里的邻居人人皆知。于是有一个造反派的阿姨就对晓妮说："你妈妈要求你背毛主席语录，你问问她，她自己为什么不背？"单纯的晓妮，果然在当天晚上背完语录后就问了母亲吴缦华。晓妮的话让吴缦华即生气又心痛，而晓妮问完了也马上感到很后悔，觉得自己即不懂事又愚蠢，很对不起母亲。

虽然晓荣、晓妮被小朋友们孤立起来，但是他们对毛主席的热爱和参加文化大革命的积极性还是很高涨。那时晓妮读小学三年级，只有当红小兵的资格。哥哥晓荣就把他们几个小孩组织起来，成立一个毛泽东思想宣传队，到公共汽车上去给乘客背毛主席语录。附近郊区有一个军队的养猪班，他们就去给解放军叔叔宣传毛泽东思想，唱歌、跳舞、背语录、背老三篇，还帮忙喂猪，每天忙得不亦乐乎。

那时居住的地坛北里小区，每到中午吃饭时间，小区里就听到一个中年女人不停的喊叫："晓荣、晓妮回家吃饭！"这是家里保姆袁阿姨叫他们吃饭的声音。那时的晓荣整天在外面玩，根本不知何时该吃饭，也不觉得饥饿。有时他明知阿姨叫吃饭也不回家。阿姨也管不了他，唯一的手段就是向吴缦华诉说，只有这时他才有几分听话。一九六九年国务院决定部里全体干部下放到江西干校。吴缦华作为先遣队员第一批被下放到江西。正是因为晓荣最怕母亲的管教，袁阿姨要求吴缦华必须把晓荣带走，否则她管不了他。

江西干校

一九六九年，也就是晓峰不满七周岁的时候，姜朴全家又被迫离开京城，随部里去江西五七干校下放劳动。家里落户在江西省九江地区永修县的一个贫苦山区。全家五口人，住在一间漏雨的平房里。

干校的管理是一个准军事组织。干部和他们的家属及子女被分配到各自的连队。有时一家人不能生活在一起。在干校文革发展得如火如荼，姜朴惨遭其害。他被莫名其妙地打成“走资派”，不允许他回家住，被隔离审查。吴缦华和子女们蒙冤受辱，但是他们顶住压力，尽量做好各自工作。

晓荣就读干校办的农业中学。学校教学质量很差，主要以劳动为主。晓荣似乎继承了吴缦华动作快、脑袋灵的基因。他干活、劳动速度快，总是比别人提前完成任务。新的东西他一摆弄就会。他所在连队的大喇叭时常表扬“好人好事”。晓荣被评为“插秧能手”，“割稻能手”。当他和同伴们中学“毕业”后，他被分配到县里的造纸厂当工人。晓妮进入所谓的共产主义劳动大学，半工半读。她学习努力，劳动认真，争取作合格的革命接班人。

部里不间断地审查姜朴。因为其罪证不足以构成“走资派”，干校肯定其有“右”的错误，但没戴帽，宣布解放，回到“革命群众”的队伍。此后未久，江青、林彪等制造了一个“516 反革命集团”的案子，说其成员遍及全国。当时姜朴所在的部和干校与全国各单位一样，在毛泽东的“与人斗其乐无穷”的论调下，群众分成不同派别，互相斗争。“516 反革命集团”本来是一宗怨、假、错案，而在江青、林彪的指挥下，在全国搞起严重的逼、供、信，一时“516”分子到处都是。姜朴等几个刚“解放”不久的老干部被诬之为“516 黑高参”，再次被审查、批斗，进而实行“群众专政、隔离审查”。一些群众高喊“打倒姜朴！”

在一次部里组织的审问批斗会上，审查组的几个人加上十几个一般干部，你一言我一语，反复审问姜朴，向他提出这样那样的问题。

一人发问："联系毛主席有关'斗私批修'的指示，姜朴，讲一讲你的个人主义问题，你的历史问题，你跟某某之间的关系。"

姜朴无可奈何，只得检讨自己的过去，尽量把自己说的不好，否则不能过关。他回答："全国解放后，进了大城市，官做大了，薪水多了，地位高了，资产阶级的思想突然膨胀起来。客观方面的土壤、气候、条件，都变化了。这就是：被压迫的无产阶级变成了统治阶级；共产党变成执政党；资产阶级出来对我吹捧 、奉承。个人由一个贫穷的人，变成了国家的高级干部，衣、食、住、行统统发生了变化。资产阶级的糖衣炮弹，一个一个地打来，自己在糖衣炮弹面前打了败仗。"

姜朴停顿下来。

"姜朴，继续交代，讲得具体一点。"一个审查组的人说道。

姜朴回答："在这种情况下，由于资产阶级个人主义思想的支配，为了满足个人主义的要求，我不安心军队工作，再三地要求转业到地方上去。我认为在全国解放后，战争基本结束了，转入了和平建设，军队要整编、要减少，军队不再扩大，而在地方上，因为搞建设，会提拔干部。我在报纸上经常看到过去的同事这个提拔为什么长，那个又提拔为什么员。比一比自己，如果到地方工作，那一定也会得到提拔的。所以在要求组织批准转业的目的一时达不到时，就进行非组织的活动，走上层路线。为此，我去找过反党分子某某，那是我个人主义发展到顶峰的时候。"

"你转业到地方以后，在西平市委工作时，都犯了些什么错误？"一个审查组成员继续问。

姜朴回答："伟大领袖毛主席教导我们，革命胜利后还存在着阶级斗争。可是我没有按照毛主席的指示办事。我觉得全国解放后留下的只不过是一些地主、资产阶级的残余，政权在我们手里，小鱼翻不起大浪。对地主、资产阶级中的一些人的投机倒把、违法乱纪的现象，认为没有什么了不起，不过是几个坏人在捣乱，没有认为这就是阶级斗争，就是复辟资本主义的活动。在三年经济暂时困难时期出现的自由市场、地下工厂等资本主义势力的活动，我不但没有反对，而且表示赞同和支持。”

“再交代一下你来到北京以后的种种问题。”另一个干部说道。

姜朴喝了口水，继续自我批评、自我揭发，给自己的事情上纲上线。“资产阶级的个人主义，实质上就是利己主义。在顺利的情况下，就是在满足了个人要求的时候，工作表现是积极的；但是，当受到挫折，或受到打击的时候，工作表现就消极起来。我在西北被打击，来到北京后，工作情绪就消沉起来，表现出怨气冲天、牢骚满腹，认为一蹶不振，从此再也不能抬头。在政治上颓废起来，工作上得过且过。比如，对《人民日报》号召学习焦裕禄同志的问题，有抵住情绪。这些，实质上，是对毛主席的不忠的问题，是对待毛主席的态度问题。是个人主义发展的一个极端表现，是资产阶级思想表现的另一个侧面。”

“讲一讲你的社会关系，海外关系。有没有里通外国的例子？”一个人问道。

姜朴说：“在我家乡的亲戚朋友，都是贫下中农，有钱有势的人家，是不和我家结亲结友的。在政治上，也没有一个人参加过什么反动党团。解放后，听说我的几个侄子参加了共产党，在基层工作，有的在公社、有的在小学里工作。我的老婆吴缦华有一个弟弟，在文化大革命前，听说在美国当教授，现在不知道在哪里。这个人我从来没见过，也没有书信来往，所以，还不认识他。另一个妻兄吴贞忠，我们在北京见过几次面，当时他在中央某部工作。一九五七年反右派斗争时，它被打成右派分子，后来听说摘掉了帽子。文化大革命前，被调到广东佛水地区工作。近年来他和我家没有书信往来。现在他在广东工作的具体情况我也不知道。”

姜朴最后说：“经过无产阶级文化大革命的洗礼，我学习到了伟大的教育，决心改造自己的资产阶级世界观，争取做一个合格的共产党员。因此，在下放劳动中对过去的错误思想、错误事实，都作了认真的回忆和检查，对在劳动中改造世界观有了比较深刻的认识。一般地来说，在半年来的劳动改造中，在思想革命化方面，我有了一些提高。我的斗私批修不够深刻，希望同志们继续批评指正。”

审查组组长总结说：“姜朴，今天你的态度还好。你不要以为自己资格老，是老革命。你是老走资派、老右倾。你要老实交代历史问题，要在文革中认真改造世界观，重新做人。”

姜朴在关押期间已经是五十多岁了，不能与家人生活见面。他无日不夜地渴望获得自由，与亲人团聚。他只能通过别人传送字条才能够与妻子吴缦华取得联系。

一天，他拿起笔给吴缦华写个字条：

小荣工作分配了没有？甚念！关于我能否回家的事，最近XX陪我散步时说：“你的问题，我们讨论了，就那些，不是不由你，但你这样的干部，如果再有人提出问题，就不好了。所以，现在你不要以想出去为动力考虑问题。”等等。如果这是真的话，那我恐怕还要等一个时期，甚至几个月，也就是过去听说：要等三种人弄清楚，再处理我的问题。这样你就等待吧！你情绪要正常，不要为我着急。你听到什么说法没有？

第二天，他又写一个字条，让看守传给吴缦华。

缦华：

我在连部住，请给我带来以下东西：

1、被子、毯子、褥子各一床

2、毛巾等洗漱东西

3、碗筷

4、提包中的烟

5、墨水，一些白纸

6、布提包中学习的书籍

姜朴　即日

吴缦华读后鼻酸不已。她在条子上做了补充："枕头、杯子、茶叶、药、鞋、手纸、饭票、衣袜"。

当权派把姜朴不断逼供、批斗，关押在一间极少阳光的仓库中九个月，直至1971年底去世。他被关押后健康状况不断恶化，去世的前一天还逼他写交代材料，次日便突然脑溢血死去。

姜朴去世，一家人悲伤欲绝，好似天塌了下来。他们一时无法接受惨痛的事实。孩子们那么年轻就失去了父爱，造成他们一生永远无法弥合的伤痛。尽管如此，一家人必须顽强的生存下去。吴缦华一个女人，需要支撑一家四口人的生活。

林彪事件发生后，全国人民对文革有了的新认识，以往的革命狂热大减。江西五七干校的人相继一批一批地调会回北京工作。留在干校的人越来越少。此时吴缦华继续为姜朴申诉告状。组织上警告她：不告状才能得到好的安排。吴缦华不从命，所以未被调回北京。当年其他随父母去干校的子女几乎都跟父母回京安排工作或继续上学。吴缦华觉得如果孩子再留在干校是没有前途的。于是她让十几岁的大儿子晓荣只身返京，暂时寄居于亲属之家，后来到工厂工作。其后女儿晓妮也回京读高中，寄居于同学家。吴缦华与幼子晓峰留在江西干校。此时医院怀疑她可能患有肠癌，组织上才批准她回京检查身体、看病治疗。随着以后政策的落实，这个破碎的家庭才得以在北京重新安顿下来。

返回京城

回到北京后，晓荣被分配在北京郊区的一个拖拉机配件厂工作。他是钳工学徒，每月工资十六块钱。由于他悟性高，动作快，手脚灵活，劳动积极，被工厂评为“工作能手”。父亲不在了，他尽量照顾自己的小弟弟。工厂经常给工人发澡票、电影票。于是他带晓峰去公共澡堂洗澡。晓荣把他的电影票给晓峰，让他去电影院看电影。那时候国内自己生产的电影很少，老电影又不许演。电影院放映着与中国友好的其它社会主义国家的电影：阿尔巴尼亚、罗马尼亚、朝鲜、越南的电影。后来家里买了一个黑白电视机。如果晚上有什么好的电视节目，邻居们也搬个小板凳到晓荣家来，一起看电视。

有一年，新兵招录单位到晓荣的工厂招兵。晓荣报名参军，还真被招兵单位选中。于是他去边远的新疆军区服役。1975 年初的一天早上，一辆绿色的军用吉普车开到吴缦华家居住的大楼前，迎接晓荣去部队。晓荣身穿军装，头戴军帽，胸前带一朵大红花。居民楼里的大人和小孩走出家门，一起欢送晓荣光荣参军。晓荣迈步走进车里，回头目视母亲、妹妹、弟弟，恋恋不舍地离去。

此时此刻，吴缦华思绪不绝。二十多年前，她自己报名参军，离开家乡广州，前往祖国的大西北成为一名普通的战士。如今自己的儿子走上了相同的道路。西北地区生活条件艰苦，不如内地。自己的儿子去那里当兵，她心理有点牵挂，舍不得。可是吴缦华又一想：还是应当让他去。他去部队过集体生活，吃点苦，锻炼一下，将来对他有好处！

到了部队后，晓荣和其他新兵首先经历了三个月的新兵训练，然后他被派往伊犁地区的一个边防站，守卫边疆，保卫祖国。边防站是个小站，只有几个士兵驻守。晓荣名副其实地成为了毛主席的一名战士。伊犁的冬日，冰封雪冻、寒风凛冽。白茫茫的大地上，人烟稀少，只有一所边防小站。戍边生活是寂寞、单调、与世隔绝的生活。有时他要去连部或其他哨所办事，路人能看到他跨骏马奔驰在边疆的矫健身影。他遥想自己的父母当年在西北军区的平凡、艰辛、而充实的军旅生活。他立志向前辈学习、克服困难。“他们能在边远地区吃苦耐劳，我为什么不能？”偶尔他吟唱当年流行的一首歌以自勉：《我为伟大祖国站岗》。

手握一杆钢枪，

身披万道霞光。
我守卫在边防线上，
为我们伟大祖国站岗。
一颗红心，时时刻刻，向着北京。
站在边防线，如同站在天安门广场。

晓荣想念远方的北京、家、母亲、妹妹、弟弟。他计算何时能回家看一看。

晓妮高中毕业后，被送到北京郊区平谷县插队落户两年，“向贫下中农学习”。这是她又一次“上山下乡”，离开城市生活。她和普通公社社员一样，每天下地干活，挣工分。一时间北京的家中只剩下了吴缦华、晓峰、和保姆袁阿姨。在农村，晓妮思念在祖国边疆守卫的哥哥。她写了一首诗，寄给哥哥，抒发情怀。

《寄给远方的哥哥》

夕阳挥洒大地，
晚霞使万物披上红纱，
山边小村缕缕炊烟升起，
我饭后沿小路向田间走去。

秋风瑟瑟，河水欢歌，
玉米摇花吐红须，
谷子微笑把头低，
棉花含蕾风中立，

万物更显勃勃生机。
我，孤女山乡战天地，
更念边陲亲兄弟，
每每举目望星宇，
便恨同乘银河小舟却日月无会期。

当我凌晨扛锄去田里，
哥哥练兵场上迎晨曦；
当我烈日挥汗耕沃野，
哥哥峡谷踏云登高连伊犁；
月光下我与乡亲笑驱白日疲劳意，
哥哥草原篝火旁歌声起；
我寂静秋夜鼾声响，
万物栖息中哥哥握枪百倍提警惕；
兄妹虽遥遥相隔千万里，
但同显青春年华迎朝气。

夜幕降临，
灯火闪烁，
呵，大雁拍翅飞西北，
我忙向兄寄心曲。

草拟于 1975.8.10

文革期间，晓峰离开北京时才六岁，对北京没有什么印象。三年后回到北京时，已经九岁。在江西的穷山沟里待了三年后，他是一个地道的乡巴佬。北京火车站、美术馆、农业展览馆、北京展览馆、电报大楼等建筑，让他惊叹不止。他以前只见过江西九江地区的延绵不绝的云山山脉。

他们的家在东城区和平里，晓峰就读的小学是当时北京市教学质量不错的学校。刚从江西回到北京时，晓峰功课跟不上，差点留级。他的算数不行，作文也写的一塌糊涂。语文课上，老师让他给课文分段落大意，他不会。他的字迹不工整，课堂上抄笔记速度慢，跟不上老师的讲解。

班里的学习委员是瞿红蕾。她经常给晓峰辅导功课，引导他做算术题，分析语文课本。瞿红蕾挺同情这个从乡下回到北京的同班同学，尽力帮助他。一年之后，晓峰终于赶上其他同学的水平。偶尔一两次，他成了班里的优秀学生，还被评为“三好学生”。

瞿红蕾和学校的一些女生，经常有外事任务。外宾到北京访问，这些女生们要去夹道欢迎，载歌载舞。这时，女生们换上干净衣服，胸前系上红领巾，身着白衬衫，下面穿上花裙子，脚穿白球鞋，头上带着花环，手上拿着鲜花和彩旗。在晓峰眼里，瞿红蕾她们就似仙女下凡。他觉得瞿红蕾是他认识的最聪明、最漂亮、最优秀的女孩。课堂上，晓峰总是忍不住回头偷看坐在后排的瞿红蕾。到了五一劳动节、六一儿童节、十一国庆节，瞿红蕾经常被挑选去参加北京市举办的游园活动。她也多次去东城区少年宫、甚至北京市少年宫参加活动。晓峰特别羡慕她，觉得她很了不起。

晓峰特别喜欢听瞿红蕾在课堂上朗诵课文的声音和神态。她朗诵时，嗓音清亮，抑扬顿挫，富有情感。有一年，劳动节快到了，学生们阅读斯大林的文章《五一万岁》。老师让瞿红蕾朗诵这篇文章。于是瞿红蕾站起来，大声读到：

当大自然从冬眠中觉醒过来，翠绿盖满森林和群山，鲜花点缀田野和草地，太阳开始更温暖地照耀着，空气中感觉到新生的喜悦，而大自然正迷醉于舞蹈和狂欢中的时候，——他们正是决定在今天，响亮而公开地向全世界宣称，工人给人类带来的是春天，是挣脱资本主义枷锁而获得的解放，工人负有在自由和社会主义的基础上来革新世界的使命。

从那以后，每当五一劳动节来临之时，晓峰便想起这段课本，尤其是瞿红蕾朗诵的声音和容貌。

有一天，在语文课上，同学们阅读和朗诵毛泽东的一篇有关“长征”的文章：

讲到长征，请问有什么意义呢？我们说，长征是历史纪录上的第一次，长征是宣言书，长征是宣传队，长征是播种机……直罗镇一仗，中央红军同西北红军兄弟般的团结，粉碎了卖国贼蒋介石向着陕甘边区的“围剿”，给党中央把全国革命大本营放在西北的任务，举行了一个奠基礼。

学校一些同学听说晓峰的父亲是老革命，下课后便忍不住问晓峰。他们也知道晓峰父亲已经去世，同情晓峰。

“晓峰，听说你爸是红军？”一个同学问道。

“是的。在延安，我爸听过毛主席做报告。”晓峰回答。

“那你爸参加过长征吗？”

“没有。他不是从江西过来的。我爸是西北红军！”

另外一天，一个同学又问：“晓峰，听说你爸是老革命？”

“是。”晓峰答道。

“你爸是老八路？”

“我爸是红军，比八路还老！”

“是吗？真厉害。那你爸是长征老干部？”

“我爸是西北红军。他们已经在陕北，没有参加长征。”

每当此时，晓峰内心感到自豪。他自言自语：同学们真无知，不了解历史。他们不知道什么是中央红军，什么是西北红军。这事我早就知道！

小学毕业后，同学们一起升入东城区红星中学。那时已是文革后期，中国重新回到国际舞台。中国加入联合国，与美国等西方国家建立联系。外文又被重视。在晓峰的中学，初中一年级开始教授英文。晓峰隐约知道家里有“海外关系”，一些亲戚居住在美国和香港。他想：有朝一日，没准他也能出国。所以他对英文课很感兴趣。学生们学的英文是一种特殊的“中国式英文”。课本里的第一课是用英文说：“毛主席万岁！”第二课是“中国共产党万岁。”第三课的课文稍微长一点：

这是什么？

这是一张地图。

一张中国地图。

中国是一个伟大的国家。

我们爱我们的国家。

What is this?

This is a map.

It is a map of China.

China is a great country.

We love our country.

一个学期下来，学生们能够学到一百多个英文单词。

文革期间，北京的一些老牌重点中学教育质量下滑，失去以往的光环。晓峰所在的以前不起眼的红星中学，反而成了重点中学。红星学校有自己的校办工厂，成了教育革命的模范。经常有外宾来参观学校。他们每次来学校，一定被安排参观英文课、校办工厂、学生表演。晓峰的班主任常老师，是英文老师，是学校英文组的组长。常老师业务强，德高望重，受到老师和同学们的尊敬。中学的英文教材还是中国式英文。课本是用英文写的中国故事。同学们读高玉宝的故事《半夜鸡叫》，得知狠心的地主如何剥削长工。批林批孔运动期间，课本的一课是古人嘲笑孔子的文章《两小儿辩日》。有一课，是一个下乡学农的同学给另一个同学写的信，讲述他向贫下中农学习的心得体会。常老师尽量找到一些课文以外的原始的"英国英语"给学生读。他让学生们看狄更斯的小说《雾都孤儿》中的一节。小说的这一节是讲述英国孤儿院里儿童的情况。常老师还让同学们读安徒生的童话《卖火柴的小女孩》。这些读物并不是让学生崇洋媚外，而是让他们了解西方资本主义社会，尤其是它的阴暗面。

外宾来到晓峰的班里，观看中国学生学英文的实况。参观结束后，有些外宾给常老师提意见，说："你们读的东西是十九世纪西方国家的事情。现在情况不一样了。你们可以让学生看新的东西。"常老师无以回答。

从英文课出来，晓峰和部分班里的同学赶快去另外一个房间集合，准备给外宾表演节目。节目之一是男女声合唱。他们每人身穿白汗衫、蓝裤子，用中文给外国客人演唱教育革命的歌曲：

共大花开分外红，
教育革命起东风。
半工半读，勤工俭学，
三大革命打先锋。

看完表演后，外宾们礼貌地拍手，然后离开，去参观下一个节目。

在中学，瞿红蕾又和晓峰又分到一个班里。瞿红蕾不再作学习委员。她是班里的宣传委员，而晓峰是班里的宣传干事，是她的“部下”。瞿红蕾带领晓峰等人出板报，排练文艺节目，画宣传画。两人之间的情感逐渐加深。

1976 年，毛泽东去世。不久“四人帮”倒台。中国发生天翻地覆的变化。知识分子重新被重视，被打倒的老干部逐渐给予平反。姜朴去世后，部里给他的审查结论是他犯有严重政治错误，属于正常死亡。吴缦华不接受这个结论。在姜朴死后的六年里多方投诉，为他申辩。延至 1977 年在中央指示平反文化大革命的冤、假、错案的大气候下，部里才正式通知吴缦华：姜朴没问题，撤消原结论。1978 年在部里大会上由部长宣布姜朴是被迫害致死的。到此沉冤才得以昭雪。

提起不堪回首的往事，吴缦华对她的孩子们说：

“人生有种种痛苦。一个人深爱着你、你也同样爱他，他却因为你的缘故，长期被连累，而这缘故又不是自身的错误。双方只能处于无奈的压抑中。直至他含冤去世，从没有一句怨言。这是一种无法用语言表达的痛苦。我在你们父亲去世这么多年之后，再一次翻阅一大摞为他昭雪的申诉书底稿和一堆记录着文化大革命中他被迫无限上纲上线的自我批判、认罪的笔记。我的心情已经不再是悲愤，而是对历史的沉思和对人生的感悟。我一页一页地撕碎、扔掉那些记载着在那场极左路线之下的浩劫中人们互相残酷斗争的材料，那些颠倒黑白、捏造罪行、践踏人的起码的尊严、蹂躏人的心灵的文字。不过我还是保存了一些，好让活着的人对那段沉重的历史仍然保留着记忆。”

一次又一次的政治运动，没有使国家摆脱愚昧落后。痛定思痛，人们渴望“科学春天”的到来。社会上鼓励学生认真读书，以便能为将来实现“四个现代化”服务。当时流行一种说法：“学好数理化，走遍天下都不怕。”作家徐迟写的报告文学《哥德巴赫的猜想》在国内产生巨大反响。数学家陈景润成了中国人新的偶像。所有的中国人抱有一个巨大的猜想：中国什么时候能够实现现代化？

吴缦华鼓励晓峰在中学学好数学、物理、化学、生物，将来考大学报考理科。她感叹地说：“晓峰，你学理科吧，不要学文科。在中国，搞文科的没有好结果。每次一来运动，这些人先倒霉。你看，我就是搞文字工作的，遇到多少麻烦。我不希望你像我一样。中国落后，缺少科学，需要这样的人才。”

晓峰在数理化方面的功课不错。可是他更喜欢看文学、历史方面的书。家里有几册《中华活页文选》，他读了好几遍。他爱读中国古代诗文。他喜爱司马迁的《史记》。虽然很多字他不认识，他大致读懂司马迁讲述的动人故事。他着迷中国古代名著《水浒传》、《三国演义》、《西游记》等。

吴缦华不让晓峰花太多时间看闲书。她寄希望于孩子学理科。她说："你学好理科，将来能出国！你要是学文科，出国干什么呢？到美国去学中文？笑话！你看你在美国的舅舅，是科学家，多好呀！你什么时候能像他那样？"

她又说："原来谁家有海外关系会担惊受怕，现在反而是好事。晓峰你看，你又有海外关系，又是革命后代，两边沾光！"

吴缦华定时检查晓峰的功课，对孩子的学业不敢放松。她拿起晓峰写的"期末总结"，读了一遍。这时晓峰是初中二年级的学生。他用钢笔工工整整地写道：

1976年过去了，迎来了战斗的1977年。当前，我国形势大好，粉碎了"四人帮"反党集团，避免了我国一次大倒退、大分裂、大内战。现在，生产蒸蒸日上、捷报频传。在这大好的形势下，我们又度过了一学期，眼前面临放假。

下面，我就总结一下这一学期里的成绩、缺点。

首先，能够积极参加深揭狠批"四人帮"的伟大群众运动。比较关心班集体。在团结方面，做得有些不够。前一时期，我班分几派，我也卷入进去了。后来，学习了毛主席《反对自由主义》这篇光辉著作，并在老师的帮助下，能够认识搞分裂、不团结的危害性，认识到了自己应该加强团结。在学习方面，以前由于"四人帮"散布一些谬论，推出一个零卷的大学生和一个"反潮流的小闯将"为我们的榜样，对学习文化没有重视，有了些松懈。现在，"四人帮"被揪出来了，认识到学习文化课的重要性，比较努力学习。在开展体育锻炼方面，能够积极地参加体育活动和冬季长跑。遵守纪律这一点做的还不够，如，上课大声说话，有时传纸条等。总之，我取得了一些成绩，但还存在着不少缺点。

我决心在下一学期里发扬优点，改正缺点，好好学习，天天向上，向着“做一个有社会主义觉悟的有文化的劳动者”这个目标前进。

吴缦华夸奖晓峰，说：“写的好，你又进步了。”可是她皱起眉头，心里有一种说不出的滋味。她想：“这种环境里长大的中国孩子，怎么能去西方国家留学呢？他们这样的思维习惯能适应国外的生活方式吗？要是真的把晓峰送到美国去，他会变成什么样子呢？这个时代的中国学生，和弟弟阿嘉当年去美国留学的情况，太不一样了。”

海内海外

文革期间，吴缦华和哥哥吴贞忠一家少有书信交往。两家人都有政治问题，怕互相连累。二十世纪七十年代初期和中期，国内政治形式稍有缓和，两家又恢复联系。

吴缦华回想往事，当初还是哥哥鼓励自己大学毕业后留在祖国参加工作。兄妹两个是同一年、1951 年从大学毕业参加革命工作。哥哥毕业于北方的燕京大学，而妹妹毕业于南方的华南大学。在五十年代的院校调整时，这一南一北的两所名校都被取消。其他大学占据了这两所大学的校址。

自从大学毕业后，吴贞忠的命运是怎样的呢？

吴贞忠是家里的长子。他和妹妹、弟弟生长在一个条件优厚的官宦家庭中。

他从小随父母在中国许多城市学习生活，博闻多见。他在广州，香港，南京，上海居住过。有时吴汝信随从民国政府的政要去庐山开会和度假，他会把全家人带去。父母时而带他们四处出游、参加大人的派对。孩子们从小出入于达官贵人的场所，见过大世面。

吴家的教育中西合璧。父母请来钢琴老师，教授女儿缦华弹钢琴。而父亲为了加强儿子的身体素质，延请粤拳名师，教授贞忠武术。因为吴汝信曾经留学美国，吴家也倾心美国文化。家人经常带孩子们去电影院看美国电影。家里的留声机播放美国音乐。孩子们学会用英文唱流行英文歌曲。吴家拥有两辆美国轿车：一辆别克，一辆福特。孩子们每日上学放学，家人派轿车接送他们。家中日常生活由庸人、厨师、司机料理。

吴贞忠兴趣广泛、开朗热情、善与人交往。上中学时在全校演讲比赛获得第一名。在广东全省学生运动会上获得短跑冠军。读到高一时，他被选为学生自治会主席，是校内辩论、演讲的高手。他主演过田汉所写的独幕话剧《湖上的悲剧》，初展表演才华。受到父亲和家庭的影响，吴贞忠也善于写诗作词，并且喜好收集字画。

吴贞忠于 1947 年来到北平，进入燕京大学。他的国文和英文考试成绩优异，获准免修这方面的课程而直接选修专业课。当时国内的形式发生很大变化，“反内战、反饥饿、反迫害”的斗争日趋高涨。燕校园内的民主进步活动十分活跃。吴贞忠也为热烈的斗争形势所感染，积极投身于进步学生活动之中。同学们选他作政治系学生会主席、燕京生活社社长。1947 年冬，老校长秘密返回学校时，吴贞忠作为学生代表，向他陈述意见。国共内战中，共产党逐渐占上风，解放军不断向南推进。吴贞忠没有和其他一些富家子弟那样，逃离北方而转入南方的学校。他觉得国民党腐败无能，在思想上受到共产党的影响。他决计留在燕京大学，迎接北平的解放。1949 年，解放军进入北平城，吴忠贞和其他燕京大学的同学一起在大学的正门热烈欢迎解放军。

从燕京大学毕业后，吴贞忠被分配到中央某部的国际研究所作助理研究员。他努力工作，研讨国际关系和世界形势，经常把他的研究心得写出来呈交给部里。1956 年，政府鼓励知识分子给国家提意见。1957 年，风向逆转。他和许多知识分子一样，没有逃脱厄运。 在大鸣大放期间的一次会议上，他提出中国要健全法制。结果日后他被划成右派分子。他不服处分，与组织争辩，并且擅自辞职离京。当他回到北京后，被公安局扣留。之后被送往北京郊区玉泉山的一个搬运大队，实行强制体力劳动。

身在香港的父母不能随便进入中国大陆，他们心中牵挂着在国内的儿子贞忠和女儿缦华。此时父亲吴汝信生意兴隆。他创办了一个建筑公司，经营新式高档住宅。繁忙之余，仍不忘词作。他和词友们组织了一个词社，名为“健社”。他们每月聚会举行社课。大家按事先定好的题目填词后，出示作品给词友，互相评论。有两次词社的社课在吴汝信的家中召开。吴宅依傍大海，景色宜人。

可是如论如何，吴汝信和彭怀玉的心里有一片空虚。他们没有一个子女在身边。女儿当初那封含有责词的信已经刺伤了吴汝信的心。何时能和两个儿子见面也遥遥无期。吴汝信只能填词表达他对子女的眷爱。

1957 年中秋节到来。那年正好是闰八月中秋节。吴贞忠在大陆刚刚被打成右派，处境艰难。吴汝信悲愤不已。此时他患有疾病，身体衰老。他走出房门，仰望天上的满月，更感到人间亲友离散的苦恨。他又思念当年在国内的众多故旧、朋友、同事。他无法返回大陆，可能永远见不到他们。他赋词抒怀。直到他去世时，吴汝信也没有实现与他在大陆的儿子和女儿团圆的愿望。

当香港的父亲病危时，吴贞忠申请去香港看望父亲，没有被批准。1959 年初，父亲去世，他申请去香港给父亲奔丧，又没有获得批准。

1960 年代初，他被派往修挖北京——密云运河引水渠。时值北京连续降雨，当局调动军队、民工以及劳改系统的青壮年修堤抢险防洪。一个民工不幸失足落水，有被淹死的危险。见状后林贞忠奋不顾身跳入激流中抢救落水民工，把他救起。防汛指挥部通报表扬他，称赞他发扬了共产主义风格舍己救人。由此组织上给他摘掉右派的帽子。

在搬运大队劳改期间，吴贞忠遇到一位女搬运工郑秀丽。郑秀丽是北京师范大学俄语系的学生，因为在日记中流露对了反右运动的不满而被人揭发。她被开除学籍，送到玉泉山搬运大队进行体力劳动，改造思想。恰好吴贞忠也在此处劳动，两人得以相识。郑秀丽是个北京长大的女子，端庄大方，性情即爽快又心细。搬运工作枯燥、单调。在空闲和休息期间，秀丽喜欢看书，尤其是中外文学名著。吴贞忠注意到秀丽阅读的几本小说：吴敬梓的《儒林外史》、雨果的《悲惨世界》和几本屠格涅夫的小说。吴贞忠凑过来说，我也爱看小说，可是手头没有，你的书能不能借给我看看？秀丽一本一本地借给他，俩人如此一来一往。有空时他们也聊一聊所读小说的内容和优劣。过了一段时间，在一个星期天，贞忠请秀丽去他家里吃饭。到了贞忠的住处，秀丽惊奇地发现贞忠的书架上放着他曾经向自己借的那些书。原来贞忠早就有这些书！两人相顾，会心地笑了。

两个落难青年，相知相爱，喜结连理，风雨同舟。

在香港的母亲彭怀玉得知儿子被打成右派后，万分焦急。她多方奔走，企图改变自己儿子的厄运。正好她的家乡广东佛水市希望她投资佛水，参与大陆的经济建设。彭怀玉欣然答应，投资兴建一栋宾馆。她要去北京见贞忠，也想见到在中国大陆的孙子和孙女：晓荣和晓妮。

吴缦华自从参军后就没有见到过母亲。听说母亲要来大陆访问，她兴奋不已。但是在西平，她的海外关系已成了她头上的紧箍咒，她随时可能因此受到打击。她也不想让自己的海外关系给连累丈夫和家庭。吴缦华和姜朴商量之后，建议彭怀玉不要来西平。吴缦华带着晓荣和晓妮坐火车从西平去北京，去那里与母亲和哥哥相会。

吴缦华和两个孩子到达北京后，在彭怀玉下榻的新桥饭店见到她和吴贞忠。离散多年的家人得以重逢，兴喜万分。彭怀玉第一次见到了可爱的孙子和孙女。他们叙长述短，抒发感受。在北京的几天，他们一起游历了北京的几处景点——颐和园、北海、天坛，并拍下照片。

彭怀玉当局提出要求，把彭贞忠调到自己的家乡佛水市工作。有关部门同意了老太太的请求。她在佛水市投资兴建了“华侨宾馆”，同时要求吴贞忠任饭店的副经理。为了儿子，老太太等于白给佛水市一个饭店。于是吴贞忠被放出劳改队，离开北京，被安排在佛水市，任华侨宾馆副经理。

吴贞忠协同郑秀丽乘火车离京南下。他们先到达广州。当吴贞忠看到阔别了十五年的家乡广州时，悲喜交加。北国寒冷的天气和政治气候与家乡的温暖，在他的身心中造成巨大反差。在广州停留几日后，他们抵达目的地佛水市，他感到岁月蹉跎，往事如梦魇。

吴贞忠和郑秀丽在佛水安顿下来。1962年郑秀丽怀孕待产。统战部门作出一个不偏不斜、恩威并重的决定。他们批准郑秀丽与在香港的吴家相会，在香港生产。但是他们不允许吴贞忠离开国内。于是郑秀丽只身来到香港，生下儿子吴杰。吴杰满岁后，留在香港，而郑秀丽被勒令返回佛水市。与自己的幼子分别，令郑秀丽悲伤万分。可是他们的命运不是操在自己的手中。吴贞忠从来没有见过自己的儿子，他只能通过看儿子的照片满足自己的思念。儿子慢慢长大，可是他也从来没有见过爸爸。妈妈离开时他太小，对她也没有印象。他只能通过爸爸妈妈的来信和照片了解认识他们，得到他们的爱。因为孩子的爸爸、妈妈都不在身边，彭怀玉对孙子吴杰倍加疼爱。她和静姐每日照料抚养他。

1966年，彭怀玉去世。吴贞忠悲痛不已。自从1957年自己蒙难后，母亲为自己四处奔走，给予金钱和物质上的帮助。在港的儿子全靠她照料。她病危时未能侍候汤药于病榻旁，这是他一生的遗憾。如其所料，吴贞忠申请去香港为母亲奔丧的请求未被批准。奶奶去世了，爸爸妈妈不在身边，在港的吴杰的几乎成了孤儿。平日吴家的老佣人静姐抚养他。工作繁忙的吴贞嘉每年寒假、暑假时从美国回到香港，给侄儿补习功课。他扮演了替代父亲的角色。

1970年广东发生有人以多国文字往国外发信揭发“四人帮”恶行的特大案件。因为吴忠贞通晓多国文字兼有海外关系，被误定为主要嫌疑犯。他被抄家并被监禁一段时间。最后当局把他和郑秀丽调到佛水市一家工厂当工人。

郑秀丽是北方人，讲广东话带口音。她和丈夫出身不好，又是落难被发配到工厂。一些工厂的年轻工人不知天高地厚，以本地人自居，看不起她，向她挑衅，欺负她。有一次，厂里一个广东小伙子耍威风，动起拳脚打郑秀丽。郑秀丽忍无可忍，用力一推，把那小伙子推翻在地。在场观望者无不大惊失色。从此工厂里再没有人敢欺负她、蔑视她。工厂里传闻郑秀丽是“北派拳师”。吴贞忠听罢哈哈大笑，说：“什么‘北派拳师’！我老婆当年在劳改大队做搬运工，练出一身力气。你们以后要小心，不要招惹她。”

吴贞忠天性豪爽好客、乐观向上、广结善缘。他时常把厂里工人请到家里一起做饭，切磋烹饪。如果有朋友在经济上遇到难处，他倾囊相助。他的文化教养比工厂的领导高出一大截，因而他经常指点他们。厂里遇到难题，领导们请他出谋划策。厂里越来越多的人拥戴他们夫妻。名义上工厂的领导和工人监督教育他俩，其实大家暗中保护和照顾他们。

工厂里的一个小伙子，阿强，对吴贞忠夫妻尊敬到近乎崇拜的地步。他经常到吴家来帮忙。吴贞忠出门办事，他也跟着。逢年过节，郑秀丽忙不过来，阿强帮她在橱房里做饭、给她打下手。阿强家贫，遇到难处，吴贞忠便出手接济他家。当阿强结婚时，吴贞忠和郑秀丽出钱给他和新娘办了酒席。他们好似父母一样有了一个工人阶级的儿子。

文革后期，国家的对外政策逐渐宽松起来。广州商品交易会每年举办。一些工厂和单位需要引进外国机器设备，他们时而登门请吴贞忠翻译一些外文资料。空闲的时候，吴贞忠一人半躺在床上，拿起一本法文版的雨果的小说《悲惨世界》慢慢阅读，以便不会丢掉他以前的“专业”。郑秀丽原本是俄文专业出身。她受丈夫的影响，工作之余开始自学英文。

吴贞忠得知了妹妹缦华一家的遭遇后，悲愤不已。他尽可能地帮助、安慰妹妹一家人。有一年在学校的寒假期间，他们把吴缦华的孩子晓妮和晓峰从北京接到佛水市家里，让他们在南方度过了一个愉快的假期。那时晓妮和晓峰第一次来到广东，所见一切，让他们开了眼界，长了见识。棕榈树、榕树、除夕花市、街上的酸甜、温暖的气候，在北方长大的他们第一次体验到南国的风土人情。吴贞忠和郑秀丽专门带晓妮和晓峰去广州参观。他们游历了越秀公园、中山纪念堂、黄花岗烈士陵园，看到五羊雕塑。羊城的人文地貌给晓妮和晓峰留下深刻的印象。

争气除邪

1977 年，中国恢复高考。一扇新的人生大门向年轻人打开。晓妮考入北京第二医学院，学习中医。医学院五年学制。大学毕业后，晓妮被分配到北京朝阳医院，当上大夫。不久，她结婚成家，生下漂亮可爱的女儿。

1978 年春，晓荣在新疆当兵三年后，复员回到北京。他的到来给家中增添了喜气和活力。家人看到他长的比以前健壮结实，肩膀更宽，腰板笔直，言谈中透出英俊的气质。如今和他去参军时的几年前相比，中国已经大不一样。晓荣感觉到了时代的变迁。他不想在部队继续干下去，而是希望能在国家恢复高考后考上大学。妹妹晓妮已在恢复高考的第一次考试中被录取上了医学院。

可是他只正规地上过小学五年级，初中和高中的功课基本没读过，数、理、化基础很差。现在离今年高考只有三个月，考上大学岂非天方夜谭？但是他要奋力一博。

他在书桌前面的墙上贴了“争气除邪”四个字。“争气”是为他在文革中被迫害致死的父亲，让他在九泉之下看到他的儿子能上大学，也为让那些迫害自己父母的人看看姜家的孩子都是好样的。“除邪”是为让他排除杂念。他当兵三年，是清一色的男人生活。他非常渴望异性的温柔。他二十多岁的年龄，还从未谈过恋爱。当兵前他又有些晚熟，临去部队的前几天，工厂车间的团支部书记带其它车间的一个女孩看他。这个女孩他也认识，她的父亲曾在国务院工作过，现在在中央某部任局长。团支部书记打算介绍他们交男女朋友，可是因为话语含蓄、他又不开窍，他竟然没领会她的意思。直到当兵一年后他才知道当初为何她来送自己。所以晓荣认为最干扰他考上大学的因素是谈恋爱，所以写“除邪”两字是提醒自己。

大约在晓荣回京一周后，过去同在和平里住的邻居赵霞飞来看他，她是听她弟弟说晓荣复员了。她弟弟和晓荣是从小的玩伴，此时的赵霞飞是北京某中学教高中物理的老师。当年她是作为高中优秀毕业生留校任教。他们在一起聊了许多晓荣在新疆当兵的趣事和她教学生的烦恼，两人都十分开心。此后霞飞常约晓荣去公园、图书馆、电影院。这些活动虽然耽误了不少晓荣学习的时间，但他很享受这一切。在一次他们看完电影后回家的路上，她提出想与晓荣交男女朋友。可是晓荣婉言拒绝了。一则她的形象不是他当时心目中妻子的模样，二则又违背他在考完大学前不谈恋爱的誓约。但霞飞依然常来看晓荣。当她知道晓荣在复习功课准备考大学时，提出愿意帮他，因为她去年曾经参加高考，虽然没有考上但收集了许多辅导资料，况且她又是高中老师，晓荣就答应了。

以后他们经常在一起复习，实际上晓荣算不上复习，而是在学习。赵霞飞成了晓荣的辅导老师，他不懂的地方就问她，不会的她就教他。随着长时间的在一起学习，这种即能学习又恋爱的好事晓荣当然乐意接受。他们彼此默认了恋人的关系。

晓荣与赵霞飞的一来一往，被家人看在眼里。保姆袁阿姨对此事乐见其成。多年来在院里她眼看着这小女孩长大，如今已是一个端庄得体的大姑娘了。她笑眯眯地说："霞飞这姑娘能干活，以后可以帮我。"可是吴缦华坚决反对这段恋情。

吴缦华问："晓荣， 听说你和赵霞飞谈恋爱？"

晓荣回答："是。"

"你跟谁谈恋爱不好，为什么跟她谈？"

"我当初也没这个意思。她来找我，帮我准备高考，约我出去玩。我觉得她人挺好，慢慢产生了感情。"

"你知道不知道她爸爸是部里的造反派头头？"

"知道。"

"你既然知道，为什么还跟她在一起？"

"她是她，她爸是她爸。她是无辜的。"

"你忘了你爸爸是怎么死的？他是被造反派整死的！姜、赵两家有杀父之仇，不能结亲。你跟造反派的女儿结婚，怎么对得起你死去的父亲？"

晓荣沉默不语，陷入内心矛盾。过了一阵，他说："那好吧，这事就算了。我去跟霞飞解释一下。"

晓荣下次见到赵霞飞，只好把母亲的意见告诉她。他说："霞飞，我们的事，我妈坚决反对。"

赵霞飞问："为什么？"

"因为你出身不好。"

"出身不好？ 我家是劳动人民出身！"

"文革的时候，你爸爸是咱们部里造反派的头头。"

"文革都结束了，怎么现在还闹派性呀？ 以前的事都过去了，现在大家应当团结起来，向前看。"

"你说得对，但是事情没那么简单。我爸爸是文革期间被造反派迫害致死的。我们家永远忘不了。"

赵霞飞低下头来，心中委屈，流出眼泪。她说："这跟我有什么关系？"

晓荣说："跟你没关系。可是这一父辈结下的仇恨咱俩无力改变。"

晓荣尽量劝她、安慰她。他们俩只好慢慢淡化这份恋情。过一段时间后，他们正式分手了。分手时彼此没有抱怨，因为他们感情发展到最深时，也仅仅是拥抱亲吻，即便是羞的满脸通红喘着粗气，也不敢再往下进行一步。

对于他们两人，这次都是初恋，而且是失败的初恋。赵霞飞表面看来若无其事，可是心里异常难过。她真地爱上了晓荣。从小她就觉得晓荣虽然淘气出了名，但是他聪明、可爱、能干。这次当兵复原回来，他更增添了男子汉的气质。她也认为晓荣爱上了她，是其它因素强行拆散了一对恋人。高考的日子一天天接近，但是赵霞飞无法集中精神准备考试，失恋的阴影挥之不去。她的家庭背景也成为沉重的包袱，压在她头上，使她在世人面前抬不起头来。她心中难过，觉得世界不公平。

当高考的结果公布时，奇迹发生了。晓荣中榜，被中国人民大学录取。可是令人意外的是，霞飞反而落榜。这是她第二次没考上大学。霞飞羞愧不已。以后还怎么为人师表呢？ 她病倒了。几个月后当她身体基本康复后，便辞去中学工作。听说后来她下海经商去了。

考上大学，使晓荣的生活翻开了新的一页。他的大学专业是商业经济。一上大学，他就被学校和系领导直接任命为专业班的班长。在学校尚未见到晓荣本人的情况下，任命他当班长大概是因为他已工作九年了，去过农村、工厂、军队。班里还有几个高干子第，他们的家长分别就职于外交部、统战部、农业部、煤炭部。这是国内恢复高考的第二年。

文革期间，大家没有大学可上。现在他们有学上，来之不易。全班同学都非常珍惜大学的机会，用功学习。尽管班里年龄较大的学生很多，但是大学的前两年没人谈恋爱。当时在社会上人们有一种纯真的想法：谈恋爱会令学生分心，有碍进步。

班里有一个女生给晓荣印象深刻。她学习异常刻苦，字写的非常优美，曾获得全校硬笔书法二等奖。她从小练体操，曾获得北京市少年体操乙级组女子个人全能冠军，在她就读过的学校里的体育上运动会经常为个人和班里取得荣誉。她名叫柳娟。她谈吐含蓄文雅，气质清高，身姿亭亭玉立。晓荣与她的接触愈多，心中愈发喜爱她。

晓荣一直是班长，他就在第三学年提议让柳娟当副班长，并得到学校领导同意。因为提议柳娟当班干部，晓荣也对她的历史进行了调查。柳娟从小努力用功，品学兼优。她初中毕业后被分配到和平里百货商场作售货员卖鞋。那时出身好的学生都分配到工厂或当兵，出身不好的分配去商业和服务业。柳娟的父母均是北京某中学的老师，父亲教英文，母亲教语文。母亲是四川师范学院毕业的女大学生。父亲是解放前的北京大学西语系英语专业硕士生毕业。毕业后他参加国民党军统局，委任为少将翻译。解放后他受新政府关押，但是审查后发现他并没干过什么反动的事，仅是给美国顾问当翻译和译英文电报，就被释放回家。政府安排他到北京的一所中学教书。他当年的许多大学同学被安排在北京名牌大学的西语系当教授、甚至系主任。而他一辈子是中学英文老师。

柳娟从上小学开始，一直担任班干部，而且学习成绩优秀，再加上有体操特长，自我感觉优越。无产阶级文化大革命开始后，她认为自己当然应是红卫兵，可爸爸曾是国民党军统少将的历史，使她变成“黑五类”的狗崽子，永远无法翻身。一气之下她与父亲断绝父女关系，不和父亲说话。后来又因为父亲的问题，她中学毕业后分被配到商场卖鞋，使得他更恨父亲，进而也恨这个社会。她改变不了自己的家庭出身，但是她立志通过努力奋斗，改变自己的命运。可是当她向前迈出一步时，社会又常常把她推回原地。

晓荣有了推荐柳娟当副班长的资本，他便大胆地在大学三年级下学期的一次课间递给柳娟一张纸条，约定下午下课后在校门口会面。柳娟按时赴约。晓荣说他想带柳娟去北海公园划船，并且有话跟他说。

那天，晴空万里，春光明媚，暖风袭人。湖内的荷花披红戴绿，花朵开放得格外鲜艳。湖畔杨柳依依。两人租了条船，在湖里荡漾双桨。

晓荣开口道：“多日来有些话我想跟你说，只是不好意思当面跟你挑明。不知道你察觉到没有，我一直对你有好感。”

柳娟笑了，说：“能察觉到一点。你有什么想法，就直接说吧。你是男的，别那么害羞。”

晓荣说：“那么你觉得我这个人怎么样？”

柳娟说：“你是我们的班长呀！ 你年龄不大，可是阅历那么丰富，工、农、兵都干过，现在又是大学生，谁比的上你呀？ 班里谁不知道你聪明、能干？”

听柳娟这么说，晓荣心里有了底，高兴地说：“过奖，过奖，不敢当。

既然咱们彼此喜欢、爱慕，我看将来咱们有可能结合、走到一起。”

此时柳娟的心情复杂，希望与无奈、孤高与谦卑、欢喜与屈辱，交织在一起。她说：“你觉得行吗？ 你看咱们中国的事，真麻烦。你了解我的背景、我的家庭吗？”

晓荣打趣地说：“当然知道。是我推荐你当副班长的呀！”

“你是革命干部出身，根正苗红。我的家庭背景是反革命，黑五类。咱俩结合合适吗？ 你家会同意吗？”

“关于我的家庭背景，你只知其一，不知其二。我妈因为她的出身，没少受罪。我爸在文革中被打成‘走资派’，迫害致死。一言难尽。我也没少受苦。以后慢慢的你会更了解我。”

他们一边谈话，一边划船。公园的喇叭播放一曲刚刚流行的歌曲：《年轻的朋友来相会》。

年轻的朋友们，今天来相会，
荡起小船儿，暖风轻轻吹，
花儿香，鸟儿鸣，春光惹人醉，
欢歌笑语绕着彩云飞。
啊，亲爱的朋友们，
美妙的春光属于谁？
属于我，属于你，
属于我们八十年代的新一辈！

这次约会后，他们很快就确定了恋爱关系。在大学毕业前他们结了婚。毕业分配时，柳娟作为全班唯一的全优生分到了商业部，算是专业最对口。晓荣则分配到国家物价局。

自从家人把姜朴的骨灰安置在北京八宝山革命公墓后，每年的清明节，他们会一起去八宝山给姜朴扫墓，以寄托对他的思念和哀思。1980年初期，已经大学毕业、走上工作岗位的晓荣有一个新的想法。他希望在陕西横山老家给父亲建墓立碑，将他的骨灰安放在家乡。他的设想得到家人和陕北老家亲戚的一致赞同。

1985年，在姜朴和吴缦华去陕北老家三十年后，晓荣带着妻子柳娟去陕北姜村寻根问祖，再次踏上当年父母的路途。同行的还有妹妹晓妮，住在西平市的表姐小惠和姐夫章松德。小珍听说晓荣一行回老家姜村，特别从她居住的村子赶回来与他们相会。二十多年前他们兄妹几个一起在西平市生活长大，如今重逢，悲喜交加，涕泗纵横。姜朴的长兄嘉礼，即晓荣和晓妮的大伯、小珍的爸爸，还健在。老人家很高兴看到侄子辈的孩儿们回老家看望他。

在窑洞后面的一个山坡上，屹立着一个新建成的石碑。石碑是用陕北有名的清涧石头做成。名碑上写着:“先父姜朴长眠故里”。墓下安葬着姜朴的骨灰。

晓荣和柳娟结婚几年了，可是一直无后。这次晓荣携妻子将父亲的骨灰移葬在陕北老家，一起入住姜村的窑洞，妻子竟然怀上了孩子。老家真乃福地也。下一年，他们的女儿出世了。

出国前夕

文革浩劫结束后，吴缦华可以名正言顺地和她在海外的亲戚通信来往，不必躲躲藏藏。亲属们对她的遭遇极为同情，设法帮助她的家庭。当允许出国留学的政策下达不久，他们便为晓峰联系在美国上学，希望他能够受到比较好的教育，离开曾经处于极权统治下、在当时仍然前景难于料测的国家。

1979年初，中美建交。中国可以送留学生去美国留学。那年，晓峰正在红星中学读高中一年级。因为学习成绩优秀，他和瞿红蕾都被分在他们年级的重点班。

五月份到来，天气渐暖，晓峰的班组织了一场颐和园春游。同学们在昆明湖划船，游览长廊，登万寿山。昆明湖烟波浩渺，十七孔桥若隐若现。湖中盛开的荷花红红绿绿，盈盈欲滴，鲜活可爱。呢喃的春燕穿梭飞行于雕梁画栋之间。远远望去，万寿山苍郁葱茏，妩媚秀丽。整个颐和园浓妆淡抹，风光如画，令人陶醉。这个巨大的皇家人造园林，巧夺天工。人工雕琢堆砌的山石，历经百年沧桑，有似自然，又胜似自然。在社会主义时期，颐和园是民众的春游胜地。游人徜徉于园林的亭台楼榭之间，观赏景色。北京的中学和小学经常组织学生来此地游览。

中午，同学们在万寿山背面休息吃饭。大家三三两两地找地方坐下，吃东西，聊天。晓峰和瞿红蕾不约而同走到一处。因为登高爬山，俩人都是气喘吁吁，身出微汗，脸颊通红。他们走到一棵高大的古柏下，并肩坐在一条石凳上休息。

晓峰说："咱们天天憋在学校念书，今天能跑出来郊外春游，太好了。以后应当多组织这样的活动。”

瞿红蕾说：“是呀，今天天气好，风和日丽，不冷不热，真舒服。”

晓峰说：“时间过的真快呀。我还记得在小学、中学时，咱们班去陶然亭公园、中山公园、北海公园春游。那几次都很开心。”

瞿红蕾说：“我当然也记得。有一年的清明节，咱们全班去天安门广场的人民英雄纪念碑，悼念革命先烈，朗诵诗歌。少先队员都在那宣誓。一晃好几年过去了。现在都读高中了。”

俩人颇有感慨。晓峰从背包里拿出饭盒和水果，说：“红蕾，我多带了一个苹果，给你吧。”

瞿红蕾说：“行。我这里也多了一个鸡蛋，晓峰，你吃吧。你们男生饭量大。”

晓峰说：“好的，给我，我吃。”

俩人边吃边谈。瞿红蕾说：“学校为了准备咱们的高考，秋季一开学，咱们年级就要分理科班和文科班了，你想去哪类的班？”

晓峰一脸没趣，扫兴地说：“大家可能觉得我的理科不错，将来学理科。可是我对理科越来越没兴趣。我想学文科，但是我家肯定不允许。唉，没辙。”

瞿红蕾说：“你理科的成绩一直不错，大家有目共睹。我肯定将来分到文科班。我的文科比理科强。你理科好，不学理科，挺可惜。”

晓峰说：“你看，你都反对我考文科，更别提我家人了。我妈就反对我多看文艺作品，说那是浪费时间，容易分心。上次你借给我的小说《青春之歌》，我偷偷看，没让我妈知道。”

瞿红蕾说："你家人也是为了你好。"

晓峰说："我真不知道以后该怎么办。"

瞿红蕾说："别难过。以后你想看小说，尽管找我借。但是别跟你妈说，是我耽误了你！"

晓峰说："我怎么会恩将仇报呢？我觉得咋俩共同语言挺多的。"

瞿红蕾心里得意，却羞涩地低头不语。

不知不觉，他俩把各自饭盒里的饭吃完了。晓峰看到附近有个中年妇女卖冰棍。他于是说："红蕾，你想吃冰棍吗？我去给咱俩每人买根冰棍。"

瞿红蕾说："好的。谢了。我要奶油的。"

晓峰起身，给瞿红蕾买了一根奶油冰棍，给自己买了一根绿豆冰棍。他拿着两根冰棍回到瞿红蕾傍边。俩人并肩坐着，默默地舔着自己手中的冰棍，欣赏眼前的景致。

同学们尽兴地在颐和园游玩了一整天。火红的夕阳，又大又圆，在西方天际缓缓下沉。几朵红霞飘荡在万寿山上空。阳光反射在昆明湖面，金光闪烁。暮色降临，景物模糊，凉风渐起。同学们一起离开颐和园，搭乘公交车回到东城区。

晓峰的舅舅吴贞嘉忙着办理晓峰留学事宜。到了 1979 年夏天，手续办妥了。秋季开学之时，晓峰便应当到达美国入学。那年他不满十七岁。整整三十年前，1949 年秋，十六岁的吴贞嘉，告别父母和姐姐缦华，去美国留学。

在小峰出国的前几天，红星中学的班主任常老师带领全班男生和晓蜂一起去和平里照相馆照了一张合影："欢送姜晓峰同学赴美留学"。

常老师语重心长地说："晓峰，你的情况特殊，全校都知道。

你是我们学校第一个出国留学的，这在北京市也少见。你要珍惜机会，努力学习，将来报效祖国。”

晓峰说：“是的。常老师的话，我一定记住。我学成之后回来，参加祖国建设。”

班里的女生也结伴到晓峰的家里看望他，向他告别。当其他女同学离开后，瞿红蕾单独留下和晓峰交谈。从小学到高中，他们俩一直是同班同学。瞿红蕾小学时是班里的学习委员，中学时是宣传委员，高中时是班里的语文课代表。最近一年他们俩在班里的座位紧挨着，每堂课都坐在一起。多年来两人一直互有好感，相处融洽。瞿红蕾似乎对晓峰有意思，可是晓峰成熟晚，并不完全明了瞿红蕾的心事。在那个年代的中国，男女有别，中学生之间不能表白恋情。到了十六、七岁，瞿红蕾已经出落成一位清秀窈窕的姑娘。

那天她穿了一件短袖花布衬衫，蓝色长裤，黑色凉鞋。他俩面对面坐着。晓峰看着眼前的老同学：端庄美丽的面容，笔直的鼻梁，明亮的双眼，洁白的手臂，头发梳成一对小刷刷。她的左腮有一颗小小的美人痣。

瞿红蕾含情脉脉，略带羞涩，轻声说到：“去了美国后，老师和班里的同学会想念你的。别忘了给我们写信。你有时间，也可以单独给我写信。”

晓峰一脸憨气，说：“我肯定也会想念北京的老师和同学们。我一定给你们写信，讲讲我在美国的情况。”

瞿红蕾鼓起勇气，说：“别忘了我。”

晓峰先是一愣，然后缓过气来，说：“怎么会呢？从小学三年级到高一，这么多年，咱俩都是同班，一直在一起。而且你一直是我的‘领导’！你看，小学你是学习委员，辅导我功课；

初中你是宣传委员，我是你手下的宣传干事；高中，你你语文课代表，我时常向你请教。”

瞿红蕾笑了，说：“你别开我的玩笑了！一般来说，女孩成熟早，起跑快。越往后，男生进步越快。到中学男生窜个，个头超过女生，学习也超过女生。”

晓峰说：“我永远向你学习！”

瞿红蕾说：“咱们别瞎扯了。谈正经的吧。中国跟美国建交不久，你就去美国学习。机会难得。你真幸运。”

晓峰说：“其实我对去美国一点概念也没有。我脑子一片空白。美国是啥样呀？是我家人让我去的，我就糊里糊涂地去吧。”

瞿红蕾说：“像常老师说的那样，中国搞建设，实现‘四化’，需要人才。希望你学成归来，报效国家。别不回来！”

晓峰说：“我怎么会不回来呢？当然还是中国好。美国是资本主义国家，我根本不了解美国的生活。”

瞿红蕾说：“你去学习西方国家先进的东西，不是什么都学。”

晓峰说：“你说得对。咱们同学们在一起的时光，令人难忘。当年咱们中学学工学农的时候，你带领咱班的文艺组演节目，我现在都记得。我们去校办工厂演出，你有一个诗朗诵。诗的作者是谁，我一直不清楚，但是诗的前几句，我现在还没忘：

师傅的手，老茧厚。
举锤，天显矮。
落锤，地发抖。
叮叮当当创大业，
一双巨手写春秋。”

瞿红蕾笑了说："这些你都记得？"

晓峰说："当然记得。那天我们男生来了一个小合唱：《我为祖国献石油》。"

瞿红蕾说："我也记得。你们唱的很带劲。咱们整个文艺组的表演都不错。常老师和校办工厂的领导还表扬了我们。"

晓峰说："你看，我一首美国歌也不会唱，只会唱中国歌。"

瞿红蕾说："几年前，美国歌是'黄歌'，谁敢唱？到了美国后，你学一些美国歌呀。"

晓峰说："再说吧。我最担心的，是我的英语不过关。"

瞿红蕾说："你的英语在我们班是数一数二的。你的英语若不行，别人更别提了。"

他俩交谈了很长一段时间就要离别了，恋恋不舍。他们下次相见，不知道什么时候呢。时间渐晚，瞿红蕾不情愿地离开晓峰家。楼外杨柳依依，风中摇曳，好似满怀别情。晓峰把瞿红蕾送出楼，陪她走了一段路，才转身回家。

留学美国

1979 年 8 月下旬，晓峰从北京来到美国中西部的一个城市，麦迪森市。这是一个中型城市，州政府设在这里，也是著名的麦迪森大学的所在地。舅舅吴贞嘉在麦迪森大学任教。麦德森市风光优美，布满湖泊，空气清新，四季分明。市内种植各种树木花草。春日万木竞秀，百花争艳，碧波荡漾。夏日花草盛开，绿坪如茵，阳光灿烂。秋日天高气爽，气候转凉，树叶的颜色变成橙色、黄色、红色，整个城市色彩斑驳，美不胜收。冬天气候寒冷，瑞雪纷飞，湖泊冰冻，城市变成一个银白色的世界。

晓峰寄宿在一个美国人家。这是一对老夫妻，他们的子女都已长大离开了，只有逢年过节才回来与老人团聚。他们把屋子楼上的一间空房出租给晓峰。晓峰平日住在这里，周末与舅舅相聚，在那里吃饭聊天。

晓峰就读于一所私立高中：枫林高中。校园里长满了高大的枫树、松树、柏树、白杨。秋季学期开学之时，正是节气交替之季。红色、黄色、绿色的树叶，白色、褐色的树干，把校园打扮成一个色彩缤纷的美丽境地。

根据枫林高中的算法，晓峰从中国高中转学过来，相当于这里的高中三年级。他应该在美国读两年高中，然后毕业。高中里的外国留学生很少。有两个伊朗男生，一个泰国女生，两个中国香港男生，再加上来自中国大陆的晓峰。学校里的少数民族学生也很少，只有一个黑人男生。大部分学生是白人子弟。在历史上，麦迪森市的中欧和北欧的移民很多，他们的后代繁衍于这一地区。学生们的家庭大多是中产阶级，父母不把孩子们送到免费的公立高中，而希望他们能在私立学校得到更好的教育。这些学生们穿戴整洁，男生各个是彬彬有礼的小绅士，女生各个是举措得体的淑女。

中美建交还不到一年。在枫林高中，乃至全市，晓峰是第一个从中华人民共和国来留学的中学生。全校师生都知道，学校里来了他这么一个特别的新生，对他很友善。有些同学好奇，愿意跟他搭话、交谈，甚至请他到家里做客。老师们也对他呵护有加。

晓峰在国内学的中国式英语，此时大部分无用。在国内英语课里，语法学得多，听力练习少。在枫林高中的第一学期，晓峰的英文听力极差，课堂上百分之八十的东西听不懂。可是他的数学水平高出同级的同学一大截。和中国大陆的中学比较，这所中学的数学教育水平浅显。当晓峰读到第二学期时，他的英文理解能力大幅度提高，课堂上百分之八十的内容他能听懂。

在这所美国中学里，当学生到十五、十六的年龄时，他们大多开始接触异性，有了恋爱经历。有些人从一而终，最后结为连理。有些人换过几次情人，好像是体验人生的一个必然过程。在一个开放、宽容、成熟的社会，这似乎是一件自然而然的事情。晓峰同级的一个美国女生，叫丽莎，对晓峰特别好，经常主动过来帮助他这个外国学生作功课。晓峰的英文程度低，有时完成一些科目的功课实在吃力。对晓峰的问题，丽莎有问必答。丽莎热情开朗，人缘好，朋友多。她眼睛深蓝，一头金色秀发，体态窈窕。她积极参加校内、校外的各种文体活动。

一天，晓峰在学校碰到丽莎。丽莎的头发变成了黑色。晓峰不知其妙，便问丽莎："你的头发怎么成了黑色？"

丽莎答道："我们学校在排一出戏：《西区故事》。我要扮演里面的女主角玛利亚。她一个波多黎各姑娘，头发是黑色。所以为了角色，我就把我的头发染成黑色。你知道《西区故事》吗？"

小峰说？"不知道。"

丽莎说："这是美国的一个经典歌剧，后来拍成电影。我们表演时，你也来看看吧。"

晓峰说："好的。"

当学校的同学演这出戏那天，晓峰应丽莎之邀，去看了一场演出。年轻的同学们把戏中年轻人的故事演绎地火辣炽烈，惟妙惟肖。丽莎将玛利亚的角色表演地传神逼真，淋漓尽致。她高声唱着玛利亚的歌《我感到漂亮》（I Feel Pretty）：

我感到漂亮
啊，这么漂亮
我感到漂亮，聪明，伶俐
我为今宵
不是我的女孩叹息

I feel pretty
Oh, so pretty
I feel pretty and witty and bright
And I pity
Any girl who isn't me tonight

我感到奇妙
令人神魂颠倒
我欢乐的想要奔跑和跳舞
因为我被
一个俊俏的男孩爱慕

I feel stunning
And entrancing
Feel like running and dancing for joy

For I'm loved

By a pretty wonderful boy

晓峰被同学们的表演所触动。他也因此上一堂生动的美国文化课。美国是一个多族裔的大熔炉。晓峰注意到，过了一段时间，丽莎的头发慢慢地又恢复到本来的金黄色。

丽莎也是枫林高中美式足球队的啦啦队队员。晓峰时而去看自己学校与外校的足球比赛。比赛间隙，啦啦队出场，纵情表演。丽莎和其她女生穿着短裙、球鞋，上下跳跃，浑身洋溢出青春的能量和魔力。坐在观众席里，晓峰目不转睛地盯着丽莎，着迷地看着她健美、柔韧、飘逸的身姿。

丽莎觉得晓峰神秘、聪明、可爱、与众不同。她婉转地向晓峰表明了想与之交朋友的意思。为此她和她在本校的男朋友分手了。她那时的男友是约翰，跟他们同级。约翰身材颀长，留着长头发，一双炯炯有神的眼睛。他学习成绩一般，喜欢弹吉他，为人大度爽快，赢得不少女生的喜爱。从他十六岁考到驾驶执照时，他就特别喜欢开车、谈论有关车的一切。

晓峰羞涩、害怕，不敢回应丽莎的暗示。他心理当然喜爱这个女孩，可是他不敢迈出这一步。他觉得自己目前是个一文不值的男孩，没有条件交异性朋友。况且，自己的家人绝对不会同意。在中国，这个年龄谈恋爱是不允许的。况且，他心灵的一个角落，不是还默默想着瞿红蕾么？

过了一段时间，丽莎看到晓峰这边没有反应，于是又回到约翰的身边。

表面上看，晓峰每日上学，与同学们上同样的课，和他们没两样，但是他并没有融入美国的环境。见面时，他虽然能够和同学们谈笑风声，应答自如，但是心里别有一般滋味。同学们是土生土长的美国公民。晓峰是拿着学生签证的外国人。中学毕业后，他的学生签证便到期，下一步怎么走呢？美国同学可以升学，或者在家休息，或者工作。但是晓峰在美国没有家庭。因为他是外国学生，也又不被允许在校外找工作，因而不能进入主流社会。

同学们神态轻松，悠然自得，做事不紧不慢，不像有什么大的压力和精神负担。可是晓峰感受着无名的压力。他是中国改革开放后的第一批自费留学生，他要勤奋读书，掌握知识，报效国家。可是实际上，他只是一个脆弱的十几岁的中学生，前途未卜。

晓峰没有忘记给北京中学的常老师写信。他把自己在美国的感受讲给昔日的老师和同学。他虽然身在美国，但在信里时常流露出对中国的思念，抒发爱国情怀。每次常老师收到他的信后很高兴，把他的信读给全班。晓峰也给瞿红蕾写信，诉说情感。

瞿红蕾回信给他，说他们年级已经分班了。她分在文科班，班主任是教语文的赵文娟老师。赵老师反复给同学讲“少壮不努力，老大徒伤悲”的道理。现在她很忙，作业多，作文多，积极准备高考。她的信里面也附寄给晓峰一张照片。这是她在和平里照相馆拍的新照。晓峰痴迷地端详瞿红蕾的照片。她跟半年前又不一样了。如今，她更成熟了，像个风华正茂的女子。

但是大家远隔大洋，不能相见，渐渐地他们之间信件少了。后来晓峰的思想产生变化，他不知该跟国内老师和同学写些什么。他跟瞿红蕾说：我想念你和同学们，可是我的签证是学生签证，不能随便离开美国，搞不好不能再入美国境，弄得前功尽弃。我暂时无法回国探望大家，我见不到你，只能望洋生叹！后来，晓峰听说，瞿红蕾考入北京师范大学中文系，毕业后在中央的一个外事部门工作，经常出国，是位出色的公务员。

晓峰不能顺畅地适应新的习俗和生活方式。放学后、周末、和暑假，他尤其感到孤独。美国的教会、教堂众多，好心的朋友把他介绍给教会组织。晓峰也因此去了不少天主教和基督教的教堂，参加那里的礼拜，结识了一些新朋友。他去礼拜，读圣经，参加小组讨论，但他总是不能接受和理解基督教义。那些发生在古代中东和欧洲地区的故事，离他的文化和传统太遥远，他怎么能产生信仰呢？从他在中国上学开始，他被一直灌输唯物主义和无神论。他清晰地记得，在中学的课堂里，历史课的严东辉老师带领学生们阅读汉代思想家王充的著作《论衡》。“人死血脉竭，竭而精气死，死而形体朽，朽而成灰土，何用为鬼？”语文课的赵文娟老师讲起屈原的《天问》和柳宗元所作的回答：《天对》。“本始之茫，诞者传焉。鸿灵幽份，曷可言焉！曶黑晣眇，往来屯屯，厖昧革化，惟元气存，而何为焉！……无营以成，沓阳而九。转輠浑沦，蒙以圜号。冥凝玄厘，无功无作。”对中国人来说，宇宙是一个自然生成的过程，没有创世纪，不存在鬼神，人不能与神明对话交流。

晓峰虽然与教会貌合神离，他还是去参加他们的活动。那是交友的好场所。很多年轻人在那里相识。他们组织野餐，聚会，树林里散步，湖中划船，户外打排球。教会的朋友大多心地善良，乐于助人。晓峰也眼看到不少年轻男女在那里结识，坠入爱河，最终成为伴侣。

麦迪森大学的图书馆，是晓峰消磨时光最多的地点。在以前，他从来没有进入过这样庞大的图书馆。世界的知识似乎全部保存其中。在美国学术界，麦迪森大学的东亚研究很强。图书馆收藏的中文书籍数目可观。每天下午放学后，他从枫林中学搭乘公交车，坐到市中心下车。麦迪森大学的图书馆就在市中心附近。没有大学学生证的人也可以去大学图书馆看书，只是不能把书借出来。晓峰最爱看的书是文学书籍。在中国，很多他听说过的而渴望阅读的书根本无法找到或借来，而今它们就在眼前！他如饥似渴地阅读这些书籍。二十世纪初期，很多中国学生去日本留学，其中不少人不专心本来的专业，喜好文学，后来成了中国文学届的健将。当中一伙才子们，成立的一个著名文学团体。他们的写作风格主观、冲动、激进，时而大声喊叫，抱怨孤独和烦恼，渴望爱情。晓峰被他们的文笔触动，产生共鸣。除了中国文学之外，他特别喜欢阅读翻译成中文的外国文学，尤其是十八世纪、十九世纪的法国文学、德国文学，和俄国文学。那些笔调感伤忧郁的作品特别能打动他。作为练习和自娱，他也把一些英美诗歌翻译成中文。他也挑选中国的《诗经》和《楚辞》里自己喜爱的一些诗，把他们翻译现代汉语。

晓峰对枫林中学的课程渐渐失去兴趣，不愿花太多时间。他刚到枫林中学的第一年，发奋图强，很快成为年级里的好学生。学校的老师看到他进步快，很欣赏他。他们预计晓峰会发展成为顶尖的模范学生，学校也可能免除他的学费，以资奖励。可是最近他们发现，晓峰的进步停止了，学习缺乏动力，满足于一个普通、中上的学生。

白天课堂上，晓峰心不在焉，选择一个角落坐下。他对老师的演讲不用心听，而两眼扫视着班里的女生。丽莎坐在前排认真记笔记。晓峰在笔记本里下意识地写下他昨晚在麦迪森大学图书馆读《楚辞·九歌·少司命》的片段。

秋兰兮青青，

绿叶兮紫茎。
满堂兮美人，
忽独与余兮目成。

入不言兮出不辞，
乘回风兮载云旗。
悲莫悲兮生别离，
乐莫乐兮新相知。

他自言自语地说：“丽莎就是我的少司命。”当丽莎回头看他时，晓峰向她眨眨眼，似乎跟她用眼神交流。

麦迪森市四季分明。冬季过去，春天到来。大地复苏，草木葱茏，日暖花开。晓峰在大学图书馆读了半天书，走出来休息。大学图书馆斜对面是梦多达湖。春风吹皱湖水，平静如镜的湖面泛起涟漪，波光粼粼。几只小船和游艇在湖心行驶荡漾。鸭子在湖中戏水，白鸥在蓝天飞翔。一对对情人或在湖畔散步，或坐下休息交谈，欣赏风景。时而他们做一些亲昵的动作。面对此景，晓峰内心感伤，渴望伴侣。他孤单单地一个人，在草地上坐下。他拿出笔记本，默写在大学图书馆里刚刚读过的一首翻译成中文的歌德的诗《五月》聊以自我安慰，消磨光阴。

大地何嫣妍，
太阳何灿烂；
自然何伟丽，
照我心目间。

群木发繁枝，
枝枝花怒迸；
林莽阴森处，
鸟啭千种声。

千种声欢愉。
都自深胸出。
大地哟太阳。
幸福哟欢乐。
……

处女哟处女，
我心深爱汝；
汝目何娇媚，
汝心深爱余。

过了一阵，他起身，走向梦多达湖。他沿着湖边的小径散步，观赏湖光山色。

夏初，还有一个月枫林高中的四年级学生就将毕业了。学校为他们组织了一场校外派对。地点是一处度假村。那里有游泳池、台球、保龄球、网球场、乒乓球台，学生们可以选择玩自己喜爱的项目。天气暖和，这些十七、十八岁的男女同学们都是一身清爽打扮：T 恤、短裤、短裙、泳裤、比基尼。他们发育成熟，健康的肉体散发出诱人的魅力。

晓峰和丽莎不期而遇。丽莎身着一件紧身红色 T 恤，蓝色牛仔短裙，白色球鞋。她白皙的皮肤，已经晒成健康的铜色。

晓峰穿着衬衫、短裤、球鞋。

丽莎大方地说："晓峰，咱们打一会网球吧。"

晓峰说："网球我打得不好。在中国我没打过网球。"

"我知道你是乒乓球高手。你既然桌球 (table tennis) 打得好，网球 (tennis) 也一定能打得好！"

俩人于是打起网球。晓峰起初笨手笨脚，打得不好。慢慢地他渐入佳境。当丽莎跑动时，她的金发在微风中飘拂，秀美的长腿前后左右移位，短裙起伏摆动，身体时而伸展，时而扭转。不知不觉地一个小时过去了，两人感到累。丽莎说："网球就到此为止吧，天气暖和咱们去游泳池泡泡。"晓峰答应。他俩分别去更衣室换衣服，然后来到室外游泳池。

游泳池的温度被调控，保持恒温，并不冷。丽莎换上了一件粉色三点式比基尼，展露出妙曼的身姿和青春的活力。晓峰也换上泳裤，光着上身，俩人跳入池中。

像多数美国人那样，丽莎游泳是自由式泳。她矫健的身体在水中游了两个来回。晓峰习惯地游蛙泳。看着清澈见底的湛蓝色池水，他想到自己的过去。他七、八岁时，在江西乡下的一个小河里学会了游泳。在北京的夏日，他也和同伴一起去游泳。在几年前，诺大的北京城，中国的首府之地，只有几家游泳场所向公共开放，晓峰都去过。每次去，那里都拥挤不堪。在美国，每所中学有自己的室内游泳池。游泳课是普通体育课程。

他俩游了一阵，然后上岸，在池畔的椅子上休息，并肩坐着。

晓峰问："丽莎，你看，我是不是太瘦？"

丽莎打量晓峰裸露的上身，答道："你是瘦，应当多点肌肉。没关系，我不在乎。这不是一切。起码你身上没肥肉。"她一只手轻轻地抚摸一下晓峰的肩膀。

晓峰瞟着丽莎的浑圆健美的体魄，说："你是标准身材。"

丽莎笑了，说："谢谢你的夸奖！喂，那边有冰淇凌，你想吃吗？"

晓峰说："有点渴。可以吃点。"

丽莎说："好。我去拿。咱们每人一份。你想吃什么味的？"

晓峰说："香草味。"

丽莎说："好的，我喜欢草莓味。"

丽莎起身，拿了两份冰淇淋回来，一份香草味的，一份草莓味的。她与晓峰一起并肩坐下。俩人一边添自己手中的冰激凌，一边谈天。

丽莎问："毕业以后，你有什么打算？"

晓峰说："读麦迪森大学。我身不由己，家里人早就给我安排好这条道路了，我必须这样。"

丽莎问："你自己想上大学么？"

晓峰说："也想吧。但是学什么东西，我不能自己决定。怎么说呢？跟你说，也讲不清，你也不会懂。两年前，我还在中国。在中国，老师要求学生努力学习知识，学好'数理化'，将来建设国家，建设'四个现代化'。"

丽莎好奇地问："什么是'四个现代化'？"

晓峰答："哎，不说了。说那干嘛。我现在在美国！"

丽莎说："同学们都知道，你数学好，理科好。你聪明，你以后能成为科学家！"

晓峰说："你别开我的玩笑了。我才不聪明呢。在中国，中学里数学教的多，这里没教到那个程度而已。我也越来越不喜欢理科。枯燥，没意思。我喜欢文科，历史和文学什么的。"

丽莎低头沉思。然后她说："我不知道将来干什么。我的数学、物理、化学、生物都不强，我也不感兴趣。但是学文科有用吗？即使拿到学位，大学毕业以后也要找工作。我暂时不上大学了。我打算先找份事干，比如在市里的商城找份工作，卖东西，进货，作出纳员，作助理等等。我父母不管我干什么。我也没压力。走着看吧。”

小峰说：“在中国，有条件的地方，大家都想考上大学，将来有出路。中学生似乎活着就是为了准备考大学。”

丽莎说：“在美国，大学那么多，上了又怎么样呢？我的想法就是顺其自然。”

他们这样交谈着。到了傍晚，同学们各自回家了。

高中毕业的日期一天天接近。毕业典礼那天终于来临。毕业仪式在学校的草坪上举行。户外，草坪碧绿，艳阳高照，白云朵朵，微风拂面。校园内鲜花盛开，绿树成荫。小松鼠在地上和树木间跳跃往来，蓝松鸦在空中飞翔，知更鸟在树枝上鸣啭。毕业生们各个神采奕奕，兴致勃勃。每人身着红色长袍礼服，头戴方形四角礼帽，一束金黄的流苏从帽檐垂下。男生穿皮鞋，女生穿高跟鞋。他们的举止和穿戴跟一个月前聚会时的休闲派头全然不同。今天是他们的成人礼。往日的一群孩童今天发育成为十八岁的俊男靓女。人生告一段落，毕业生们感到成就和骄傲；同时也有一点失落。他们必须离开学校，与多年的同学和朋友分开，面对不确定的未来。

校长首先讲话。他祝贺学生们学习优异，顺利毕业，并祝福他们勇敢地迈出人生的下一步。随后一位学生代表发言。她感谢老师们的辛勤栽培。同学们在这几年里学到了丰富的知识和做人的道理。她将永远怀念这段美好的人生。随后，学生们一个个走上前台，校长将毕业证书颁发给每个毕业生。

丽莎与晓峰都到场了。他们走到一处，互相致意寒暄。丽莎送给晓峰一张她的照片。她也要求晓峰送给她一张他的照片。晓峰于是也回赠给她一张自己的照片。

丽莎兴奋地说："我已经找到工作了！就是城市的商城里的那家最大的化妆品店。下星期我就去上班，你可以去那找到我。我要挣钱了。我请你吃冰淇淩！"

晓峰低下头，若有所失。他说："你多好呀，马上独立了，自己挣钱。我还要没完没了地念书，不知什么时候才是尽头。唉，我自己的事，不能做主。"

丽莎说："你是大学生，多好呀。我羡慕你。"

晓峰忍不住问："你还跟约翰在一起吗？毕业后，他干什么呢？"

丽莎说："约翰就在那，看！他也来了。他是个好人。我跟他时好时坏，走着瞧吧。反正我们都年轻。他也不急于上大学，想独立，先挣点钱。"

小峰说："我记得约翰喜欢汽车，还爱弹吉他。"

丽莎说："是的。约翰也找到一份工作，在一家修车中心。他喜欢捣鼓车，也想自己攒钱以后买个跑车。他还和几个朋友搭伴，组成个业余小乐队，周六在酒吧表演，一方面消遣，一方面挣点小费。"

晓峰说："太好了！你们都自由了，独立了。"

丽莎笑了，对晓峰无奈，也有一丝柔情。她说："晓峰，你不要总想着别人做什么。你自己要有信心，有勇气，不要跟自己过意不去。对了，别忘了来找我！"

晓峰含糊底说："我会的。"

丽莎在晓峰的脸颊上深深地一吻。他感受到两人之间不便言语的感情。

中学毕业后，两人各奔前程，阴错阳差，再没机会见面。但是晓峰对于丽莎永远没有忘怀。他也只能把对她的记忆深埋在心中。

晓峰被麦迪森大学录取。起初他计划学习土木工程，后来又想学习物理。最终，他选择了最不实用的专业——比较文学。大学有一些中国香港、中国台湾、和中国大陆的留学生。他们的专业选择都很实际。几乎所有华裔男生学习工程或理科，尤其是机械工程，电机工程，化学工程，材料学等。在晓峰的华人朋友圈里，只有他一个男生选择文学专业。他觉得自己在朋友们的眼里是异类。亲戚得知后，都为他遗憾，因为他们认为晓峰的理科一直不差。他们惋惜他失去了一次学习现代科学的好机会。家人费劲周折力气，把他送到美国留学，为他交付数目不菲的学费，难道是为了学习文学吗？他毕业后找不到工作怎么办呢？对此事吴缦华最想不通。她因为自己的文科专业，饱尝人间辛酸，她不想看到自己的孩子重蹈覆辙。可是事与愿违。晓峰摆脱不了家庭熏陶和命运。

大学毕业后，晓峰转辗四方，在好几个州和城市学习、居住、工作过。他渴望一个稳定的家和归宿。很多年后，在一个交友网站上，晓峰竟然搜索找到了丽莎的档案和照片！夜阑人静，他坐在电脑前，惊喜万分，心砰砰地跳。丽莎还生活在那个城市，已经是一个男孩的母亲了。但是她离婚了，在寻找伴侣。照片里的她已是中年女子，虽然胖了一点，但还是同样的迷人模样：椭圆的脸庞、高高的颧骨、精致的鼻梁、闪亮的金发、温柔的目光、微笑的面容。她的全身照里，还是那副娇好的身姿，又增添了成熟女人的风韵。

多少往事和恩怨，像飘渺的云烟，随风逝去，一去不返。怎奈何许多事情与当事人擦肩而过。惋惜又有什么用呢？

晓峰找出当年丽莎年轻时送给他的照片。他比较旧照片和新照片里丽莎的容颜，反复端看，感慨不已，胸中涌起深深的惆怅。

尾声

1980年代中期的一个春天，吴缦华收到一封来自美国的信。打开一看，是孙文英的信！他们几十年没有联系了。吴缦华又惊又喜。孙文英在信中说：我从华南大学校友会得知你的近况并得到你的地址；我将要来北京一游，希望能拜访你。吴缦华立即回信表示欢迎他来京。

文英来到缦华的家里。他的头发已经花白，可是他温文尔雅的风度依旧。他诉说他们分别后几十年的经历。他考上了加州大学医学院，毕业后在旧金山行医。他和一个华裔女子结婚。他们的孩子都大了，远走高飞，不在身边。前年夫人去世了。他从来没有忘记吴缦华。冷战时代，双方书信断绝。他对缦华还是一往情深。他想圆当年没能实现的梦。

文英说："当年我到达美国后，在陌生的环境下学习、创业、工作，实在不轻松。多亏我遇到了我的妻子。她是华裔，在美国出生长大，既熟悉那边的环境，也懂得我们中国人，对我帮助很大。"

缦华说："你远离中国，一个人在外面奋斗，最终事业有成，家庭美满。我佩服你。我想你的妻子一定很贤惠。”

“是。她是好人。”停顿了片刻，孙文英接着说：“她虽然是华裔，但是不会说中文。我们每天用英文交流。咳，怎么说呢，一言难尽。感觉上总是有点不一样。”

缦华忍不住调侃地说：“文英，她没法读另外一个文英的语言：吴文英 / 吴梦窗的词。”

“缦华，你没变，还是那么调皮。”孙文英突然情不自禁地发问：“你愿意跟我去美国生活吗？”

缦华听罢心头一热，说：“我领情了。谢谢你真么多年心里一直有我。我们华南校友中，的确有不少当年无奈分手的情侣，几十年后，终于结婚生活在一起，‘第二次握手’。我听到、见到好几例。”

“我们也可以那样，你愿意吗？”

缦华停顿了片刻，陷入沉思。她说：“谢谢你，不行啊。我从来没有在美国生活过。去了后我不知道做什么。虽然我在中国饱经风霜和苦难，我习惯在国内生活。这里是我的根。”

文英说：“我一个人寂寞的时候，经常听莫扎特的音乐以打消时光。”

缦华答道：“我没有变，还是喜欢听斯特劳斯的曲子 ‘One Day When We Were Young’（《当我们年轻的时候》）。”

缦华的话使文英回想起当年他们一起在华南大学共度的岁月，尤其他俩跳斯特劳斯的圆舞曲的情景。文英感叹道：“那时我们年轻，在华南度过了一段人生最美好的时光。”

缦华说：“我永远不会忘记那些时日。这许多年你也一直在我的记忆中。可是现在我真的不能跟你走。原谅我！”

文英说：“我理解，你经历了那么多事，不简单。今天你不必回答我，你再想想。”

缨华说：“你还记得我当年给你讲的我小时的故事吗？两个云游和尚到我家，跟我妈说我命硬，将来会克她、克我丈夫。你看，我因为出身不好，连累了我的丈夫。当年我也‘克’了你，我甩下你参军去了。”

文英听罢，开怀大笑，说：“我不怕‘克’。我是医生，刀枪不入。我就是等你来克我！”

文英又说到：“缨华，我记得你有一个哥哥贞忠，和一个弟弟贞嘉。弟弟一直在美国的大学工作，这个我知道。但是，我很久没有听到你哥哥的消息。他在哪？他还好吗？”

缨华答道：“说来话长。贞忠这一辈子真不容易。他经历了太多事情。不过现在好了。”

于是吴缨华把吴贞忠的情况介绍给孙文英。

文革结束后，当我为死去的丈夫姜朴恢复名誉而奔走之时，身处广东佛水市的哥哥贞忠也开始为自己的问题向有关当局申诉。他终于得到正面的答覆。他原来工作单位给他平反，撤销原结论，承认当年给那错划为“右派”，恢复政治名誉，恢复公职和原行政级别。

但是贞忠并没有回原单位工作。他申请去香港料理母亲身后遗留的事务，获得政府批准。1978 年底，他携带全家抵达香港。他已经三十年没有踏上香港的土地了。当他行至深圳罗湖桥头时，百感交集，喃喃自语道：“‘少小离家老大回’，我终于回家了。”他即兴抒怀，赋诗《七律》一首。贞忠一家人到达香港的那天，弟弟贞嘉在香港的红勘火车站等候多时。他专门从美国赶到香港。当年朝夕相处的兄弟二人，三十年多年没有见面了。此时重聚，二人相拥而泣，涕泪滂沱。贞忠第一次看见他从未见过面、在香港长大的儿子。已经十六岁的儿子第一次见到自己的亲生爸爸。郑秀丽也得以和分离十多年的儿子重逢。

在香港安顿下来后，贞忠投身工商界，重振家业。广东省这个中国的南大门，率先实行改革开放。贞忠与友人合作在国内投资，兴办多个中外合资项目。他们在广州兴建了一个住宅楼。这是中国大陆第一个中外合资民用建筑项目之一，又是中国大陆首次向国外出售的房地产物业。他们又在深圳开办大理石厂，从意大利为中国大陆引进第一条大理石生产线。工厂为当时中国规模最大的大理石开采和加工综合工厂，被当地政府评为优秀合资企业。他们在深圳罗湖商业区建造一座大厦。这是一座十九层的商业与住宅两用大厦，好像是当地首座商业楼。

贞忠本身不习惯作商人。后来他渐渐退出商界，全家移民加拿大多伦多。他致力于中美文化交流、燕京大学校友会、中国大陆扶贫、多伦多华人社区。清闲的时候，他在家中静心研究写作。他用了多年的心血，反复求证，多方采访，写出有关司徒雷登的一本专著，了结了许多燕京学人多年的心愿。

孙文英听到这，不禁说道："贞忠是个有骨气的人。你们一家人经历了太多的事。不容易呀。缦华，你是学文学的，文笔好，应当写部小说，把这些事情记载下来。"

吴缦华颇有感慨，说："这些年来，每个中国家庭都有自己的故事要诉说。多少往事，多少悲欢离合，剪不断，理还乱。"

孙文英说："事情都过去了，咱们想想将来的生活吧。"

他们谈到很晚。最后文英离开缦华的家，两人依依不舍告别。缦华陪文英一道走出楼房，目送他远去。文英的身影逐渐消失在远方。北京春天的夜晚，熏风迎面吹来，令人沉醉。天上一轮满月，群星璀璨。

几天后，孙文英搭乘班机回到旧金山。

PART TWO

第二部

回北京

序曲

公元2000年8月，在阔别中国二十年后，齐振飞即将离开美国，回到北京。他已经向他任教的匹兹堡市碧波大学请了一年的长假，将去北京的京师大学教书工作一年。

自从他十六岁离开北京后，二十年间，他只有在暑假期间回过中国。他没有完整地经历过北京的春夏秋冬、北京四季的交替，没有在北京度过中国的节日，没有在中国工作过。他怀念儿时的北京：柳絮飘扬的春天，凉爽舒服的秋日，瑞雪纷飞的隆冬。他要在北京生活一年，对家乡有一个全面的认识和感受，对事物获得一个新的视角。

多少年来，他一直在美国学习和工作，用英文写作和思维，按着洋八股的格式写书作文，孜孜不倦地评论别人的文学艺术作品。他渴望用母语中文写出一些有意思的东西。

年复一年，日复一日，他在美国的日常生活已经变成程式，缺乏新意。他想体验一种异样的生活。远离自己学府的约束，在北京一个人漂流，将是莫大的自由。每天说中文，与中国人打交道，不是一天两天，而是一年下来，一定对自己的身心大有益处。他要在中国寻根问祖，了解自己的家史和过去，以便更好把握现在和将来。他对是否离开自己熟悉的环境而去已渐生疏中国工作一年，犹豫了很久，最后下了决心。他必须回北京！

他和自己的女朋友琼妮·布利斯卡近来老是闹别扭，两人的关系危机重重。他想如果他们分开一段时间，让每人有自己独立反思和喘息的空间，给他们的关系重新定位，或许更好。

一年之后他们或许觉得离不开对方，或许各自有了新的生活、快乐和激情。

明月高悬，皎洁的月光照入齐振飞卧室的窗内。美丽的琼妮坐在齐振飞的身旁，把头倚偎在他的肩上。富有情感的琼妮，由于心里难过，此时双眼湿润了。她说：

“振飞，你很快就走了。我会非常想你的。你一走就一年，时间这么长，我真不知道该怎么办。但是我了解你，支持你。你去吧。世界上真正了解你的人只有我，对不对？”

“对，对。”齐振飞接着说。他感激地看了琼妮一眼，手抚摸着她的柔软的金灿的头发和洁白的后颈。琼妮最喜欢齐振飞爱抚她的这个部位，这样她感到两人特别的亲近、甜蜜。

“你一直跟我说你有一个夙愿，你想用中文写一本小说。你想写你、写我、写你们家的经历、写北京、写我们的时代。多好的想法呀！你以前忙，脱不开身，现在时机终于来了。你去吧。我虽然舍不得你，但是我永远支持你！我是你的缪思，是不是？”琼妮深情地说道。

“对，对。你是我的缪思。我感谢你对我的理解和支持。”

“我不需要你的感谢。我要的是你的永远的爱。”

“我永远爱你！”齐振飞嘴里说得很坚决，可是在琼妮面前一提到“爱”字，他的心里其实很慌张。他对琼妮的感情是复杂而矛盾的。他喜欢她，舍不得离开她，但又想远走高飞，一个人生活。虽然他已经是三十六、七的年龄，但是要一辈子和某个人定终身，他感到害怕。

齐振飞儿时和少年时期生长在北京，十六岁的时候，家里把他送到美国。此后，他开始了漫长的留学生的生活。他在美国读完了高中、大学、研究院。取得博士学位后，便在美国的大学教书。目前，他在美国匹兹堡市的一所大学担任副教授（即终身教授），讲授文学、电影、文艺批评、中国文化等课程。他在匹兹堡市已生活了好几年了，对这里的风土人情越来越了解，也已非常钟爱这座城市。在校内，他有不少互相关心、互相支持的同事；在校外，他也结识了一些各行各业的人士。他远离他的出生地，他的母亲、哥哥、姐姐、亲属散居在远方异地、不在身边，匹兹堡市已是他的实际生活中的家。

几年前，他在大学召开一次中国电影研讨会，许多从全美国各地来的学者赴会发言，讲述他们对中国电影研究的心得。琼妮当时是大学电影系的研究生，一个二十多岁的青春活泼的姑娘。她看到电影研讨会召开的布告后，在会议的最后一天、最后一场，前来旁听。就是在大会即将结束时，琼妮与齐振飞首次相见认识。由这意外的见面，导致两人从此坠入爱河，延续到今。一年前，琼妮完成了研究生的学业，拿到学位，去美国东岸的一所州立大学的传播系工作，讲授世界电影和文艺批评。由于工作原因，他们两人只得暂时分开，各居一方，假日和长周末时得以互访团聚。

最近一年来，齐振飞又产生了一个新的爱好。一个周末的晚上，琼妮不在身边，他一人走入一家南美风味的餐厅酒吧，坐下喝酒，打发时光，聊慰寂寞。忽然音乐大作，酒吧里的客人纷纷起舞。一时间，齐振飞从来没有听过这么迷人、激动的音乐，看过这么优美、热烈的舞姿。别人告诉他，这叫骚沙舞（salsa）。他想邀请个姑娘和他跳舞，可他自己又不会骚沙舞步。他发誓一定要改变自己的尴尬和无能。他专门去上拉丁舞课，学会了基本的舞步和动作。从此他成了骚沙舞迷，每到周末就去跳。即使他到美国和世界其它的城市去开会或旅游，也要留心当地拉丁舞的场所，抽时间去跳一跳。当他去东京和布达佩斯特旅游时，特别找到骚沙舞场，尽兴得跳了一回。

他在匹兹堡市的生活已经很有规律。他尽量把每周的生活安排得快乐和充实。教课、备课、写作、演讲、开会、健身、饭馆吃饭、与朋友聚会、跳拉丁舞这是他在匹兹堡市每周重复进行的事情。他每周所追求的生活，是一种能把抽象的思维与快乐的感官体验有机地结合在一起的生活。平时工作日，他力争作一位为人师表的教授和学风严谨的学者；周末，他要得到的是身体上的和感官上的轻松愉快。

在匹兹堡市的稳定的生活，使他有一定的安全感、成就感、乃至快乐感。但是他觉得这样的重复性的、按部就班的生活之中，好象缺乏了什么东西。他想回到中国去做一种自己以前从来没有做过的事情，去体验一番新的不一样的生活。

2000年整个夏天，他焦急地等待着京师大学的正式邀请信，可是信迟迟不到。已经是七月中旬了，信的传真件终于来了。信的全文如下：

尊敬的齐振飞教授：

欣闻您在西方文艺理论和比较文学领域的研究和教学方面造诣深湛，著述丰富，特邀请您来我校文艺理论研究中心任客座教授兼研究员一年，从事教学和科研工作，时间为2000至2001学年年度。在我校期间，住宿由您本人自理，我中心负责您的教学工资。是否同意上述邀请及待遇，请既回函明示。

此致

敬礼！

京师大学文艺理论研究中心

2000年7月15日

几天后，又收到其他文件："中华人民共和国国家外国专家局聘请外国专家确认件"和"被授权单位签证通知表"。公文上印着"北京市人民政府外事办公室"和"国家外国专家局"的红章。（到达北京的工作单位后，他又收到"中华人民共和国外国人居留证"和"中华人民共和国外国专家证"。）齐振飞是土生土长的中国人。他觉得这一切又新鲜又尴尬。他为自己含糊的身份认同感到困惑。

这次回中国工作，齐振飞要申请在中国境内停留一年的签证。一个出生在中国的人回中国需要签证，他心里有点不舒服。拿到中方的邀请信后，他马上向中国驻纽约的领事馆申请去中国的签证。考虑到这一年中他需要回美国，还要到其它国家和地区办事、开会、旅游，他明确地申请了多次入境的签证。可是拿到的签证是一次入境的签证。为什么？他没有得到任何解释。

让他啼笑皆非的是对外国人要求的身体检查。体检说明上写到，如果你有列出的疾病，便不能获得中国的居留证，即使到了中国，也必须在三十天内离开中国。需要检查的病包括艾滋病、性病、肺结核、精神病等。

齐振飞一肚子的不快。出于无奈，他和大学医院约了时间来进行身体检查。管事的医生李大夫，是个美籍亚裔人。他是个中年男子，举止文静而稳重，内着西装领带，外穿白色长褂。齐振飞和李大夫坐下后，李大夫客气地问道：

"齐先生，我怎么能帮您的忙？"

齐振飞把他来的原因说了一遍，并把从中国寄来的、需要填写的体检表递给李大夫。大夫看了一下中国的体检表，表情平静地对齐振飞说：

"您要按照表格的要求检查身体，可以。但是，你要交钱。

学校和医院不能担负你这次的费用。”他说话时，神态平淡而坚决，隐隐地露出一丝居高临下、不屑一顾的意识。

齐振飞一下楞住了。他提出抗议：“根据我和学校医院签定的医疗保险，日常的身体检查是免费的”。

李大夫答道，“是的，正常情况下是这样。但是，根据你的年龄和身体状况，我没有理由给你做这一类的身体检查”。

齐振飞有些愤怒，但尽量以平和的口吻反问：“我不懂。比如说，我害怕染上性病或肺病，来这里做一次例行体检，难道不行吗？”

李大夫答道，“我们没有义务给你做这么多没有必要的体检。”

齐振飞说，“说实话，我也觉得这个体检有点奇怪。我本来是中国人，想去中国工作一年，干嘛要做什么体检哪？我不喜欢这种麻烦事，也不想给您和医院带来麻烦。我很抱歉。”

李大夫紧接着说，“那你就在中国做这些检查嘛。那里费用比这里便宜得多。”

“可以。但是问题是你们是我的医疗保险的提供者，不是北京的某所医院。”

李大夫有点不耐烦了。他说，“遇到这种事，我也没办法。我已经说过了，根据你的年龄和身体状况，我没有理由为你进行这一长串的身体检查。好了，以后你有什么事情需要我，尽管来找我。”他的话说得客气，但具有不可改变的权威性。

齐振飞无可奈何，只好去学校的教务处办公室抱怨。教务处了解到情况后，跟李大夫解释说，齐振飞是碧波大学的雇员，他的中国一行属于正常的学术研究和教学，碧波大学医院有义务提供必要的帮助。这样一来，李大夫才批准碧波大学医院给齐振飞进行各项体检。

当办完一切必要的回国手续后，齐振飞打点行装，飞往北京。

独自一人

2000年8月下旬，离学校开学还有两个星期，齐振飞到达北京。他先在母亲处住了一周，然后自己找了一所公寓住下。

他去京师大学报到。在文艺理论研究中心的全体教员会议上，中心主任钱学勉将齐振飞介绍给大家，热情欢迎他来中心工作。京师大学文艺理论研究中心是教育部属下的全国重点学科基地，资金雄厚，师资力量强。他们在全国高校的文学理论和批评界处于领军的地位。钱学勉和他的团队编写的教科书被全国院校广泛使用。中心毕业的博士、硕士，在全国许多高校任职。钱主任六十出头，在圈内德高望重，俨然敦厚长者。他嘱咐齐振飞，如果工作生活上遇到什么困难，尽管跟他说。会议在场的老师们包括中心副主任、文学院长王向东、艺术学院教授兼《前卫艺术》主编刘梳风。

会议也讨论了中心未来发展方向的问题。欧美盛行的所谓“文化研究”此时也影响到中国大陆学界。文化研究试图打破传统文学研究的范围，将研究领域扩大。影视、媒体、大众文化都在这种广义的文化研究的范围内。王向东、刘梳风等人倾向这种意见。他们说：时代在变化，人们的日常生活方式已经不是单一地阅读文学作品。学者应当跟上时代的步伐，留心新的现象。钱学勉则主张坚持文学这块阵地。在商品经济大潮的冲击下，人们的价值观念产生变化，学人更应当保持人文精神、捍卫文学的地位。两种观点各有自己的道理，最后大家达成妥协。未来中心的研究、教学、和新人招聘应当以文学研究和文艺理论为基础，同时逐步扩大研究领域，将电影、电视、创意媒体、文化产业纳入关注的范围。

钱学勉又向大家通报了京师大学和山东的齐鲁大学联合举办一次大型国际学术研讨会的筹备情况。会议定名为“全球化时代的文化理论研究”。会议虽然将在济南市召开，京师大学的文艺理论研究中心是这次会议的一个主要发起者和组织单位。钱主任要求中心的同事努力把会议办好。

在京师大学秋季学期，齐振飞教一门研究生的课。一般由国内大学请来的外籍教师，要被充分利用，每周需要讲授十小时以上的课时。同样，他们会得到相对应的良好待遇。除了发工资以外，学校为他们提供免费住房。齐振飞不愿意每周教那么多课时，把自己拴住。他提出每周只教一门课，所以学校也不能给他相应的待遇。因为学校不给他房子住，他便在离京师大学不远的北太平庄租了一套一室一厅的公寓。

文艺理论研究中心希望他秋季学期开一门“当代西方文论选”的课，他欣然接受。学生阅读全部用英文，课堂上的讲解和讨论，主要用中文，偶尔夹杂一些英文。班里的十几个学生，都是京师大学中文系的研究生，而文艺理论专业的研究生最多。京师大学的这个文艺理论研究中心享誉全国。本地的师生也为此扬眉吐气、踌躇满志。

他发现他班里的这批学生聪颖用功，基本功扎实，英文阅读能力强，训练有素，认真敬业，悟性很强，一点就通。可能是因为他们的专业的缘故，他们对抽象的理论问题，极其敏锐，能很好的把握文章的思路和逻辑，将问题的实质看得一针见血。

一件奇怪的事是班里的学生没有一个来自北京，都是来自外省。齐振飞问他们这是为什么？他们告诉他：北京的孩子不是出国了，就是学更实用的热门专业，比如电脑、信息、工商管理等。他们自己则想在毕业后能留在北京工作。在商品经济大行其道的今天，这些年轻人没有去读更实用的专业，而是坚持文艺这个阵地，很不简单。凭着他们的能力和训练，他们可以成为各自领域里的佼佼者和领头人。

在秋季的每周四的下午，从一点到四点，齐振飞讲课。在这三小时中，他逐渐地能够和中国的年轻人在知识上、智力上、乃至心灵上有一种沟通和交流。

教学备课之余，齐振飞的大部分时间花在研究与写作上。一些在美国没有完成的工作他不得不带到北京来完成。他忙着与香港浸会大学的谢敏惠教授编定一本英文专著《二十世纪中国电影回顾》。同时，他忙着修改他的即将出版的英文书《中国，跨国视觉性，全球后现代性》。热心的朋友和同事还经常邀请他为这个那个杂志撰稿，去这里那里开会，使他应接不暇。对他自己来说，一件重要的事是完成他多年想写的小说。由于杂事太多，他一周能写出几千字的草稿就很满足了。有时几个星期过去了，他一个字也没写。俗话说："万事开头难。"起码自己已经动笔开工了。

严冬时节，齐振飞坐在电脑前打字写作。不知不觉中，他坐着原地不动已经两个多小时了。等他累了想站起来喝口水，便感到手指冰凉麻木，全身的骨节不舒服。酷暑夏日，他同样地做在电脑前构思写作，等他想站起来休息的时候，他的背已被汗水浸泡，腰部酸痛。有时他写下两千字之后，便感到头疼眼胀，气短思竭，不得不停下来。可是小说要一个字一个字地写，积少成多，自己偷懒不写，何时能完工？

工作累了，需要休息时，他便去阳台，观看楼前面的事情。他住在三楼，楼下的一切尽收眼底。前面有一个水果摊。按照不同的季节，摊上摆着不同的水果：西瓜、香瓜、鸭梨、苹果、橙子、橘子、杏、香蕉。小时候在北京，齐振飞喜欢吃水晶鸭梨。到美国后他吃的最多的是橙子。这次在北京，他还是买鸭梨吃。楼下还有几个卖早点的妇女。每天早晨，她们摆出各种刚做好的食品：猪肉包子、菜包子、葱油饼、鸡蛋饼、肉馅饼、韭菜合子、油条、豆浆、馄饨。住在美国二十年来，他早上常喝牛奶和橙汁，吃麦片粥。如今他又可以品尝丰富的中国早餐。

每天楼前有几个中年妇女，她们每人以带一个小孩做掩护，兜售盗版的色情影碟。当一个男子单独经过此地时，她们便上前问道："师傅，要影碟吗？"齐振飞起初对这种场景感到好奇。时间长了他感到愤怒和厌恶。当他每次一个人出入大楼时，这几个女人都瞄准上他，前来问同一句话："师傅，要影碟吗？"齐振飞警告她们："你们烦不烦？我知道你们每天在这里卖光盘。如果我要，我就会找你们。你们不要每天问我。"他的话还真起了效果，以后那些妇女不再骚扰他了。

齐振飞有时想散步，可是他走不远。很长一段时间他害怕在中国过马路。行人的法制观念淡薄，不太遵守交通规则，红绿灯对他们的意义不大。大家一窝蜂地往前涌，随大溜。最初齐振飞按照红绿灯的变化过马路，后来他发现这样行不通，很难过马路。渐渐地他也学会了随着人流过街的习惯，不慌不慢，悠然自得。

有时候，他浑身不舒服，血液不流通，骨骼肌肉像是散了架，坐卧站立都别扭。他意识到这是因为在北京他缺乏运动。他的身体在向他发出警告：你需要运动！在美国时，齐振飞注重运动。在自己住宅附近，他加入一个健身俱乐部，是那里的会员。他每周都要开车去俱乐部几次，在那里跑步、举重、游泳。在北京他没车，出入不方便。他的公寓附近的运动场所的健身设备不齐全，条件差，洗浴更衣都不方便。于是他买了一对哑铃，决定在家运动。运动时，他几乎脱掉所有的衣服，只穿一条白色内裤。有时他做俯卧撑，有时原地跑步，有时举哑铃、练习上身的肌肉，有时手托哑铃蹲下、练习腿的力气。卧室里有一面大镜子。他每回半裸身子，面对镜子做运动。

他公寓的洗澡设备简陋。厕所里装了一个淋浴喷头，可是热水器却设在厨房里。当齐振飞洗澡的时候，热水器时而燃烧、时而灭火，水的温度忽凉忽烫，水的流量时粗时细。在洗一次澡的过程中，他光着湿漉漉的身体，需要在厕所和厨房之间来回跑几次，重新打火和调节水温。

厕所里没有浴缸。洗澡时，水直接喷在地上。每次洗完澡，齐振飞需要用拖把将地擦干净。马桶的水缸里的水总是半满。冲完一次马桶后，需要等到水缸的水半满后，再冲一次才能冲干净。

北京的空气质量比他小的时候差多了。北京冬天寒冷，可是夏天的温度往往比南方城市还高。春冬季节，沙尘暴时常袭击北京，使得整个天空中充满尘土。城内工地比比皆是，四处扬尘，空气中含有大量悬浮颗粒物。天阴时，污染物无法散出去，北京城像是被蒙上一个大罩子。晴天时，则骄阳似火，炎热难熬。

每天早上醒来，齐振飞时常咳嗽。室内室外的空气都不新鲜。开窗户还是不开窗户？是他每日要做的两难选择。不打开窗户，房间里的空气得不到循环更新；如果打开窗户，外面的尘土便飞进室内。室内的家具总落上一层尘埃。

虽然大家都抱怨北京的天气，可是人们还是爱北京，还是愿意在北京工作、生活、就业、寻找机遇。因为北京是中国的政治中心、文化中心、信息中心。中国人乃至外国人喜欢聚集在北京这个广大的天地和市场。

齐振飞单身一个人，没有意愿做饭。他每天至少要在外面吃一顿饭。他的公寓附近的十几家家常菜饭馆让他吃遍了。那里的服务员都和他认识，他每次去，她们便和他打招呼、说笑。一年下来，他品尝了那里各种家常菜。这些菜都不贵，经济实惠。这么丰富的中餐，在美国匹兹堡市不可能尝到。

他一个人坐在饭馆里默默地喝茶、吃饭、咀嚼。孤独和惆怅充塞胸中。他想：自己一个人居住、吃饭、睡觉，违反自然规律。“男大当娶，女大当婚”。此时他想起了与他相好过的一个个中外女子，尤其是琼妮。

空闲之时，他从街上的报亭买来各类报纸翻阅。他看得最多的是《晨报》、《北京青年报》、《北京晚报》、《南方周末》、《环球时报》、《参考消息》。由此，他可以了解到中国和世界发生的大事和人们对一系列问题的评述。他也时常打开电视看新闻。多年来他看的是美国的新闻节目（CNN, CBS, ABC, NBC），它们的报道是站在美国的角度上。这次，齐振飞住的公寓只能收到中国的电视网络。现在，他每天看的是中央电视台和北京电视台的新闻报道。中国的电视台的角度自然和美国的报道大相径庭。

夜阑人静，齐振飞通常一个人躺在床上，身边没有伴侣。他睡不着，辗转反侧，思缕不绝。今天我干了什么？明天我该干什么？我这一辈子要干什么？我怎么成了一个教书匠？他想起了自己在美国的学校和同人。有些人把生命的一大部分投放在学院政治中，真是可惜。而自己想起什么就做什么，只做自己认为有意思、有意义的事情，研究的主题和内容不断变化。由于自己兴趣太广，不断变化，吃了不少亏。自己天性喜欢独往独来，在边缘地区打游击战。

他时而失眠，躺在床上不能入睡，今年中国和世界的事情一幕一幕地在脑子里旋转，正如李白诗句："中夜四五叹，常为大国忧。"有时，他冥想生命终极的问题，百思不解，中夜坐起来，喝几口北京的特产白酒二锅头，捱到天明。他默诵陶源明的《杂诗》："白日沦西河，素月出东岭。遥遥万里晖，荡荡空中景。风来入房户，夜中枕席冷。气变悟时易，不眠知夕永。欲言无予和，挥杯劝孤影。日月掷人去，有志不获骋。念此怀悲凄，终晓不能静。"

2000年的中秋节来临。齐振飞先给琼妮发了电子邮件，告诉她中国的中秋节到了，他惦记着她，祝她生活愉快。下午，他买了一盒月饼，去母亲那里。两人加上李阿姨共进晚餐，一起赏月。然后，他一个人回到自己的住处。他走入阳台。眼前车水马龙、万家灯火；抬头仰望，一轮满月悬挂天空，把缥缈的青辉撒遍寰宇和人间。齐振飞依栏对月，伫立许久。他感到一丝凉意，便回到室内。外面月亮轻移慢转，时间渐晚。他睡不着觉，便拿出一本词集阅读。他喜爱他的外公林碧城的词集《碧城乐府》。林碧城是1950年代香港词社坚社的一个成员。齐振飞翻到《水龙吟·丁酉闰中秋和璞翁》。丁酉年是阳历1957年，正值闰八月。2000年是农历庚辰年，恰巧又是闰年。

水龙吟

丁酉闰中秋和璞翁

月圆人意茫茫，
几曾佳节双番见?
依然望里，
华灯万户，

疏星数点。
拍偏栏干，
为谁风露，
立残更箭？
叹浮生万事，
早催华发，
应羞见、
婵娟面。

何事无言独对？
看冰轮、
轻移慢转。
焚香旧约，
吹箫俊侣，
思量都徧。
百二秋光，
无端又把、
流年偷换。
便持杯欲饮，
凄凉今夕，
有何人劝？

全词读来气韵流畅、豪放豁达，颇有苏东坡词的味道，只是多了一番凄凉的气氛。“焚香旧约，吹箫俊侣，思量都徧。”读到此，齐振飞也不免思量自己的亲人、朋友、故旧。此时他兀自坐在窗前，仰望明月，思绪万千。

思念琼妮

一天晚上，齐振飞在家里打开电脑看邮件。看到琼妮给他发来一封信。琼妮写到：

最亲爱的振飞：

回到中国后，你一切好吗？对新生活习惯吗？我一切都好，只是时常想念你。

你长期不在美国，我身边的一些朋友、同事向我示好，甚至公开追求我。我们学校的电脑和信息中心的一个台湾来的小伙子尤其积极。他人满可爱，你说我应该怎么办？

我希望你会象希腊英雄尤利西斯那样，在海外漂流了一段时间后，获得了智慧和经验，最后回到心爱的人的身边，一一打败我的追求者，重新得到我！

爱你的琼妮

齐振飞给琼妮的回信，如下写到：

最亲爱的琼妮：

感谢你想着我，我也想念你，我一切都好，勿念。

该让我怎么说呢？你这样的女人，走到哪里都会有男人追求。我无权对你提出任何要求和期待。这一年是考验我们的一年。

让事情自然发展吧。

我可不敢当古代希腊英雄。如果我能做一个乔依斯小说《尤利西斯》里的普通人布鲁姆，就不错了。

爱你的振飞

想起他和琼妮的关系、他们之间的恩恩怨怨，齐振飞的心中便充满矛盾，举棋不定，不知下一步路如何走。他回忆当初他们认识的经过和一起度过的时光。

他们第一次见面，是在一次学术研讨会即将结束的时候。当他俩的目光一碰上后，彼此就象磁石一样被对方吸引住。俩人简短地做了自我介绍。琼妮说："你就是齐教授！我原来以为是个老头呢。你这么年轻。我在课程表上，看到你下学期要教一门'中国新电影'的课，我一定选修。我对亚洲电影一直感兴趣，曾经选修过'日本新电影'的课。印度电影也稍有接触。"

齐振飞说："对你这样的电影研究科班出身的人，我的课可能太简单了。我讲不少中国历史、政治，以及中国电影史，电影理论不会太多，你可能觉得无聊，收获不大。"

"没事。欧美的电影我都看腻了，电影理论也读够了。我就是想多了解一些亚洲的历史、文化、艺术，尤其是新电影。"

这样，新学期开始，琼妮成了齐振飞课上的学生。他俩对彼此的好感，心中暗自明白。可是介于师生关系，他们没有做直接的表示。齐振飞对琼妮有意思，但是由于本学期琼妮是自己的学生，修自己的课，他不该追求她。这是学校制度。他也怕她，怕万一事情搞糟，自己成了老师对学生进行"性骚扰，"惹出麻烦。

琼妮上课的时候，经常迟到十分钟。齐振飞能听到高跟鞋的声音从教学楼走廊的远处传来，越来越近，直到自己教室的门口。齐振飞猜想穿着高跟鞋的女生可能是琼妮，也期待和希望这是琼妮。走进教室的人果然是她。她穿得最多的是一条紧身黑裤，衬托出她的修长的双腿和丰满的臀部。她坐在后边，略带微笑，不冷不热地看着齐振飞。齐振飞在前台表面上若无其事地讲课，可是他的情绪已被琼妮隐隐调动。据后来琼妮对齐振飞坦白，当她第一次看见齐振飞的时候，第一印象是他英俊潇洒、谈吐有深度。在他的课上，她喜欢他的姿势动作，特别是他转身在黑板上写字的姿势。她承认，她是故意迟到，以引起他的注意力，她穿高根鞋走路很响，是为了挑逗他这个年轻教授。

学期结束，暑假到来。一次在匹兹堡的现代博物馆的多媒体艺术的研讨会上，齐振飞碰到琼妮。这次齐振飞无拘无束、一身轻松，他大胆地试探琼妮，说，“琼妮。现在我不是你的老师了。我请你看场电影行吗？”

琼妮低下头，腼腆地笑了起来。她说：“行呀。正好卡耐基博物馆的电影院有一个吴宇森电影回顾展。我挺喜欢周润发。今晚放映《喋血双雄》。只是这个电影系列每次都在半夜十二点放映，我不知到那么晚你还有精力没有。”

其实，齐振飞看过许多吴宇森电影的录象带，在他的中国电影课上，他们还讨论过吴宇森的名片《英雄本色》。但是他故意说，“没问题。好极了。我一直想去电影院看吴宇森的电影，就是没机会。咱们今晚一起去。”这是他俩的第一次约会。看完电影后，已经是凌晨两点。齐振飞已经有些疲劳，但他执意请她去一家二十四小时开门的饭馆吃夜宵。他自己要了一个炸牛排，为琼妮点了一大盘水果拼盘，内里有草莓，香蕉、橙、西瓜、葡萄、香瓜、苹果。因为怕长胖，琼妮只吃素，看到这一大盘五颜六色的新鲜水果，高兴极了，大吃起来。他们一边吃，一边聊，话题海阔天空、漫无边际。他们谈到自己的家庭和过去，两人熟悉的世界文学作品和共同喜欢的作家，乃至有关他们的朋友和同事的风流逸事、小道传说。等到他们离开饭馆时，已经是凌晨四点钟了。走在街街上，齐振飞伸出手要搂琼妮的腰，但是琼妮轻轻推开他的手。当他们坐进齐振飞的车里后，齐振飞刚要发动汽车，琼妮突然扭过身亲吻齐振飞。他先吃了一惊，进而喜上心头。经过一阵热吻后，齐振飞请她跟他回家，她答应了。

到了齐振飞的公寓后，他的身体已经疲惫不堪，脑袋既紧张又兴奋。他想一鼓做气，把压抑了半年的感情发泄出来。他要求琼妮和他亲热。琼妮不卑不亢，答应他。但是当她骑在他的身上时，却提出一大堆问题。

琼妮问："你能保证你没有性病吗？"

齐振飞支吾回答："我……我……我怎么会有性病？"

琼妮问："你以前都是安全地和别人做爱？"

"好象是。"

琼妮又问："你是不是每次都用避孕套？"

"基本上用。"

"你最近一次检查艾滋病是什么时候？"

"两年以前。"

琼妮的一连串问题使齐振飞紧张而不安。他模糊记得有几次与其他女人交往时，没有采取安全措施。自己会不会万一被传染上什么？如果琼妮被自己传染了，那就太不负责任了。

齐振飞平躺在床上，琼妮骑在他身上。此时其它念头也浮现在他的脑海。妈妈曾嘱咐过多次："你不能找外国姑娘。中国人的精力跟不上外国人。你从小肾虚，还是应当找个中国姑娘。”他想，“自己行不行？琼妮把自己和她以前的男朋友一比，会不会觉得自己比较差？”他暗下决心，这次一定要使把劲，尽力而为，给她留个好印象。

他这样想着，浑身的感觉全没了，雄风不起。他越着急，越想凶猛，越无济于事。这种情况，以前也偶尔发生，不太严重。可是今天，他怎么也找不到感觉。他们换了几种姿势，还是无能为力。他绝望、惭愧，心想：“老天为什么要惩罚我呢？”他向琼妮解释，这种情况很少有，不知道今天怎么了。琼妮也不懂着这是怎么回事，无可奈何。

齐振飞的阳痿给他们的关系投上一个巨大的阴影。他埋怨她，心想：“我以前一直很好，没出现什么大问题，怎么偏偏碰上这个女人，把我搞坏了。我以后决不会和她过日子。”他的自尊心和自信心受到极大损害。关于阳痿问题，他询问一些好友，查看有关书籍，得到的结论是：在他这个年龄的健康人发生这种情况，一般是心理问题，不是功能问题。只要调节好心理，一切会恢复正常。琼妮也气馁懊恼，心想：“我以前和男朋友交往，从来没遇到这种事，这回是怎么了？上帝既然把振飞给我，为什么还要这样惩罚我？振飞以后一定会恨我的。”差不多过了两个月，经过两个人耐心的反复磨合，齐振飞慢慢地找回了感觉，恢复了正常功能。

琼妮从小在美国东部的一个大城市长大。父亲、母亲是第二代东欧和中欧移民。她有一个哥哥，一个妹妹。哥哥是医生，妹妹在一家有名的大医药公司工作，工资比一般大学里的文科教授要高。妹妹凯茜是个大美人，曾经参加她们城市的选美比赛。她漂亮自负，冰肌玉质，姐姐和朋友们称之为“冰冷的公主。”

几年后，当齐振飞和琼妮一道游历捷克共和国首都布拉格和斯洛伐克首都布拉提斯拉瓦的时候，齐振飞有机会更多地领略和瞻睹中欧和东欧女子，他不禁赞叹她们的风采和美貌。当年他们全家只有琼妮的父亲工作，母亲在家里照顾孩子，全家五口人，一份工资，家境不富裕。父母辛勤劳动，把三个孩子带大。

琼妮的父母是虔诚的天主教徒。周日和节日都要去教堂参加活动。琼妮和凯茜姐妹上的是天主教的小学和中学。俩人从小在浓厚的天主教气氛中长大。到了上大学和研究院时，琼妮不再信任天主教的教义。她心中有对天主教文化爱恨交织的情解，有似在毛泽东时代长大的中国人对那个时代的情感。虽然她对天主教的仪式已毫无兴趣乃至反感，她心中深信有个公正的上帝存在。

琼妮和齐振飞曾谈到信仰问题。琼妮问他信不信上帝。齐振飞不好意思地说："我小时侯在社会主义中国长大，老师教我们信仰共产主义。教科书里说，宗教是鸦片。后来，发生了文化大革命，社会混乱，毛泽东也去世了，大家就不太相信以前老师讲的话。到了美国以后，我去过很多次教堂，参加教会活动，试图了解基督教。可是本性难移，怎么也信不了。可能等我以后老了，会信什么教，可能信佛教吧。能信教是好事。如果我以后有了孩子，我希望他们有宗教信仰，去教堂。"

"那你到底信什么？"琼妮问。

"后来上大学和读研究院时，我看了不少关于中国文化和思想的书，才知道传统中国文化不太象宗教。儒家学说里有个'天'的概念，但那不是上帝。孔子就不太信鬼神。咳，一言难尽。反正中国人有道德规范，不道德的事不做，做坏事会有因果报应。"

琼妮的专业是电影研究。她对艺术也有广泛的兴趣。这样一来，琼妮成了齐振飞的好帮手。她漂亮活泼、学习优秀、善于交际、生性好动、精力无穷，老师和同学都喜欢她。大学的电影系，英文系，艺术史系，文化研究中心，妇女研究中心，市内的几家博物馆和画廊，电影技术学校和艺术电影播放中心等，都成了她的活动场所和根据地。在齐振飞的眼里，她是他工作圈里的"宠儿。"有了琼妮的帮助，他如虎添翼，四面出击，收获甚丰。

齐振飞用英文写好文章后，经常拿给琼妮看，请她提意见，看看有没有文字上的错误。虽然齐振飞来美国比较早，英文挺棒，但是英文毕竟不是母语，语感还欠火候。而琼妮的英文炉火纯青，飘逸优雅。每次只有琼妮看过他的文章后说可以，他才放心。同样，他在事业上也尽量帮助她。她喜欢看中国电影、香港电影、亚洲电影，看后颇有心得。可是她毕竟不会说任何亚洲语言。于是他俩合作写了几篇关于中国和香港电影的学术文章。在他编写的文集中，他也收录她的文章。她聪颖好学，稍加鼓励和指点，便能作出很好的研究成果。

每个星期，琼妮到他这来住几天，尤其是周末。齐振飞喜欢和她一起看电影。虽然他是所谓"中国电影教授"，但是他对世界电影的历史了解不够。而琼妮正是电影研究的学生，世界电影知识渊博。他们看完一场电影后，一起品头论足，交流意见，甚至合作写文章。

俩人几乎吃遍了市内的二十多家中餐馆、日本饭馆、和韩国饭馆。由于他们是常客，饭馆老板和服务员都认识他们。琼妮最喜欢齐振飞带她去日本饭馆，她爱吃寿司、毛豆、海带沙拉，喝豆腐汤。琼妮时而心血来潮，想给两人作饭。她兴致高涨，脱光了衣服，赤裸身体，在振飞的厨房里忙上忙下，好不快乐。此时，振飞坐在客厅看电视或看书。他想，女人到底是女人，对她们来说，没有比照顾男人和家更愉快了。在家里和女人在一起，男人也会暂时忘记工作的辛苦与不快。齐振飞也非常想要一个家。他问自己：是否应当和琼妮结婚？琼妮对齐振飞说：我喜欢照顾你，只要你高兴，我就高兴。能够爱一个人，是非常幸福的事。

琼妮爱运动，健康意识强，她每周几次去健身俱乐部做健美操。冬天一到，他们去市外的五泉山滑雪场滑雪。与琼妮认识以前，他从未划过雪。苍茫大地，一片银白，朔风凌列，彤云密布，他们从山顶沿着滑雪道一路冲下山脚，他尝到滑雪的刺激和快乐。夏天一到，琼妮一定拉着齐振飞去郊外骑自行车。那是一个来回十四英里的路线，上坡下坡，道路曲折。每次骑车，齐振飞都气喘嘘嘘，疲劳不堪，途中一定需要停歇两次。而琼妮则精神抖擞，乐趣无穷。

琼妮一直等待着齐振飞的一句话。在他们认识几个月后，琼妮终于忍不住了，问他："你为什么不向我求婚？"齐振飞支支吾吾，说："我还没想好，没下定决心跟任何人结婚。"

琼妮说："我们不结婚也行，我们同居吧。我们搬到一起，又方便，又省钱，少付一份房租。"齐振飞不同意和她同居。为了安抚琼妮、表示他的爱心，他连续几年暑假期间带她出国旅行。他心里也有一个小算盘：去西方国家旅游，有个洋妞陪伴，不是很好吗？和琼妮的几次欧洲旅行令他难以忘怀。

第一次，琼妮需要去英国伦敦参加一个国际电影节并在伦敦的英国电影资料馆查找资料，于是他们决定一道去伦敦和巴黎，做双国游。他们先到达巴黎，这是齐振飞第一次踏上欧洲大陆。巴黎果然名不虚传，它的确是世界上最美丽的大都市之一。它的街道、建筑、景观、社区、城市规划着实迷人。它的深厚的文化底蕴令游人流连忘返。小时候在中国，齐振飞看过一部老电影《巴黎圣母院》，想不到今天他得以进入巴黎圣母院。他们在教科书中看到过无数次的世界名画，在巴黎卢浮宫内亲眼看到原作。挂在墙壁上超级巨大油画使他们感到艺术家的伟力和观者的渺小。

拿着中国护照，齐振飞饱受作为中国人在国际旅行中受到的不便和屈辱。每次申请签证就得办理烦琐的手续。他要拿出一大堆“证明”：在美国的工作证明、银行存款证明、健康保险证明等。而和他一道出行的琼妮作为天生的美国人，去很多国家根本不需要签证，人家还巴不得老美去旅游花钱。

在齐振飞和琼妮离开伦敦那天，伦敦机场收到一个炸弹恐吓，管理很严。虽然他们在一起旅行，检查人员将这对跨国情侣区别对待。他们放过琼妮，把齐振飞留下盘问了几分钟。那个看起来像南亚移民、长的黝黑的小个子检查人员，问他们俩是什么关系、认识了多久、做什么工作、为什么到英国来等。他的这些问话都是荒唐的不相干的个人问题，不知是出于妒忌还是安全意识。

1997 年夏，齐振飞去荷兰莱顿市参加在那里召开的国际比较文学会议。他带上琼妮，同时顺路去几个其它国家、德国柏林和比利时的安特沃本旅游。在莱顿大学开完会后，他们去离城市不远的北海沙滩游玩。琼妮换上比基尼泳衣，躺在海滩上晒太阳。那些赤裸上身、不穿内衣的荷兰姑娘，在海边戏耍，让齐振飞大开眼界。有两个荷兰姑娘在沙滩上打羽毛球，随着身体的动作，裸露的乳房上下颤抖。她们旁视无人，嬉笑自若，好不开心。

在阿姆斯特丹，他们先后参观了荷兰国家博物馆和梵高博物馆。最后他们来到世界闻名的红灯区，在那里转来转去，猎奇寻异，还专门观看了一场真人秀。表演结束后，那个女子穿上衣服，牵着一只小狗，若无其事地在门外抽烟，和店子的男老板聊天。当齐振飞和琼妮出来时，老板问他们："你们满意了没有？"齐振飞不假思索地信口回答："表演不错，满意。"

当他们离开欧洲返回美国时，齐振飞上次在伦敦机场遇到的难堪，这次又碰到了。他和琼妮在荷兰的史普霍尔机场登机时，需要经过安全检查。安检人员撇开琼妮，只检查齐振飞，仔细看他的护照，问他问题。机敏的琼妮故意当着安检人员亲吻齐振飞，他们才觉得无趣，只好作罢。

1999 年夏，齐振飞去奥地利维也纳大学参加一个学术会议，他也把琼妮带上。维也纳市内的建筑气势恢弘、富丽堂皇，不愧是当年奥匈帝国的首都，欧洲的一个政治、文化中心。在维也纳开完会，他俩去萨尔斯堡玩。那里是音乐之乡、莫扎特的出生地、电影《音乐之声》的拍摄现场。

离开奥地利后，他们乘火车去意大利旅行，参观威尼斯、佛罗伦萨、罗马。威尼斯烟波浩淼，水天相接，整个城市好像浮在水上。无论是圣马可广场的宏伟气势，还是市内的小桥流水，威尼斯是个梦幻般的美妙城市。他们坐在运河旁边的露天餐厅中进晚餐。一艘艘小船从他们身边划过，船夫演唱优美动听的歌曲。这次齐振飞吃到他一生中最香最贵的龙虾。

他们在威尼斯正好赶上威尼斯双年展。这意外的发现使他们欢喜异常。一大批中国艺术家的作品参加了展出。华人艺术家陈箴的作品《绝唱》（又名《各打五十大板》），特别引人注目。参观者往往走到作品前停留下来，拿起鼓棒击鼓。振飞也拿起棒子一打为快。华人艺术家、蔡国强的模仿作品《泥塑收租院》

得到双年展的大奖。

佛罗伦萨是文艺复兴的中心。在市内的乌菲兹博物馆，他们看到了意大利各个时代的大师的名画，兴奋不已。托斯卡纳地区的旖旎风光，陶冶他们的身心。

意大利之行的最后，他们来到罗马和梵提冈。长大以后，琼妮总爱讽刺天主教会和天主教的礼仪。今天，她灵魂被一种恐惧感和神圣感震慑。她起初有点不好意思前去祈祷，但是在齐振飞的鼓励下，她走到前面跪下祈祷，热泪黯然滚出眼眶。她说，她小时候有一次做梦，梦见天空中无数只白鸽子飞进自己的家里。早晨醒来，看见窗外漫天白雪飞舞，她惊叹自己梦成现实。苍天显灵了，她深信上帝注意到她这个小姑娘。

齐振飞看着琼妮跪下画十字，便口占一首日本腓句诗：

上下左右，
灵魂的十字，
心中的骚沙舞。

琼妮听罢齐振飞的歪诗，噗嗤地笑了。她说：“在此地，你可不要开玩笑。你如果亵渎神明，会得到报应的。”

有一年，他们去中欧旅行，访问捷克首府布拉格、斯洛伐克首府布拉提斯拉瓦和匈牙利首府布达佩斯。布拉格和布拉提斯拉瓦的壮丽辉煌的宫殿和城堡，令他俩惊叹不已。布拉格的夏夜，风清月明。漫步街头，令人陶醉。晚饭后，齐振飞和琼妮去一家夜总会喝酒看表演。他们离开夜总会出来时，门外坐着一群来旅游的欧洲小伙子。他们有些微醉，在闲谈。他们看见一个亚洲男人和一个白人女子一道走出夜总会，其中的一个用带口音的中文说："你好吗？"齐振飞意识到这些白人孩子看不惯他，嘲笑他，在向他挑衅。他感到侮辱和愤怒，马上用英文大声回答："How are you?"一种莫名的情结激荡在他胸中，他突然勇敢起来，作好他一个人跟他们一群人大打出手的准备。他要拼命。气氛一下子紧张起来。琼妮拉着齐振飞，劝他马上离开。那些男孩子似乎知趣，自觉无聊，不再答话。

美丽的多瑙河，从奥地利流经布拉提斯拉瓦，到达匈牙利的首都布达佩斯，把城市一分为二，划成布达和佩斯。齐振飞特别喜欢欧洲各城市旅游区的小广场和步行街，比如：维也纳的斯第文教堂广场，布达佩斯的瓦齐街，以及意大利城市中的小广场。上海的淮海路和北京王府井的步行街有点欧洲步行街的情调，但还是不到位。

一天中午，他们两人在布达佩斯下榻的酒店餐厅用餐。坐在旁边的几个老头看着他们，悄声议论，说现在很多中国人有钱，这个中国人带他的女朋友出来过周末。他们几个老人西服革履，像生意人，脸胀得通红，一直望着齐振飞和琼妮，露出好奇、羡慕、惆怅的复杂心情。

琼妮爱齐振飞，可是齐振飞从来不对她提起终身大事。她爱得越深，就越气恼、越尖刻地批评他。平日里，琼妮的言谈之中有一种道德优越感。她说：

"你们中国人，就会往上爬，一心想成功。尤其你们这一代，经历了文革，没有信仰，唯利是图。你得到我，就像赢得一个大奖，对吗？

"你这个人，利欲熏熏，想得到这，拿到那。我把你人性化，帮你打圆场，磨掉你的棱角。因为我，你在别人眼中更像个人，不仅仅是学术政治的机器。

“第三世界来的人我见的多了。可是从来没有见过你这样的人。和其他中国人我也打过交道，就是没见过你这样的中国人。

“振飞，我从来没有见过像你这样聪明的人。我爱你。我跟你在一起就高兴。我上了你的当。”

面对琼妮对他的一大串攻击，齐振飞哭笑不得，无可奈何。他讨厌她的道德与信仰上的优越感。但是他嘴软。他心理明白，琼妮爱他。因为她的爱的纯洁和真挚，也许她的人格比自己更高尚。

结识珍妮

儿子要回北京住一年，齐振飞的母亲林贞华自然喜在心头。她是一个饱经沧桑的老人。齐振飞的父亲齐正许多年前去世了。哥哥在外省工作，很少有空回北京。姐姐早已移居香港，也不在母亲身边。小儿子齐振飞远在美国。每日林贞华与跟随她多年的保姆李阿姨生活。林贞华住在北京市朝阳区，而齐振飞的工作地点京师大学位于北京市海淀区。一个在东边，一个在西边为了工作方便起见，齐振飞在离京师大学不远的地方租了一套房子住下。

几乎每个星期六中午，齐振飞从海淀区北太平庄坐车到朝阳区东大桥，去母亲的住所看望她，与她团聚。每次来，李阿姨都做一大桌他爱吃的菜，还准备了许多菜让他带回去吃，省得自己做饭。在她们眼里，他永远是个小孩子。她们对他问寒问暖：

衣服够不够？要不要买几件新衣服？

钱够不够用？

饭吃得好不好？

外边馆子里的饭不干净，不要每天在外边吃饭！

休息得好不好？不要太累了！

晚上出门要小心！不要太晚回家。

在外边住不惯，随时回家住！

午饭之时和饭后，妈妈和他总要谈心。齐振飞说：他有点厌倦用英文不断地写学术性文章。对他来说，用英文多写一本书或少写一本书，已经没有太大意义，也缺乏刺激。他不想永远评论别人的作品。这次回北京的一个主要目的，就是想用中文写一部小说。

妈妈问："你打算写什么呢？"

齐振飞答："初步计划写我自己熟悉的事情，我见过的、我经历过的事情。写当代的中国和美国，中西之间的文化差异、误解、沟通、认同，写我在北京一年的见闻等。"

"你这么多年在国外用英文写作，你的中文行吗？"

"可能开始有些问题，慢慢会好的。一个人如有什么不会，可以学嘛。如果一个人不会外语，他可以学会。何况中文是我的母语呢。"

"你了解中国的现代历史吗？"

"我不是大学教授吗？应该了解点。我给学生教的就是这些东西。”齐振飞觉得委屈。

“你的小说应当有深度。”

“八字还没一撇呢，尽力而为吧。”

“你了解我们这一代人吗？”

母亲一下子把齐振飞问倒了。母亲是他最亲的人，永远是“母亲”。此外，他真不了解母亲的身世和内心世界。他未成人的时候就离开的家庭和中国，以后二十年来，他基本上暑假期间回中国，每次来去匆匆，自己一大堆事要做，哪里有机会听妈妈讲她的家世和经历。这回他尽量地听母亲讲述一些以往家里的故事。

工作之外，齐振飞喜欢去与高等学府完全不同的环境中换换脑子。对他来说，他居住和生活的北太平庄和新街口外大街书卷气息太浓，太严肃，约束多，缺乏刺激。他常去位于朝阳区的酒吧、舞厅、餐馆轻松一番。文武之道，一张一弛。就好像一个人的理智和感官若合若离、灵与肉被分隔。二十世纪九十年代以来，北京的城市环境发生了巨大的变化。由于跨国公司的来临，酒吧如雨后春笋一样出现在京城各处，尤其集中在朝阳区的几处地方。朝阳区是北京市商业最发达的、税收最多、跨国公司最集中的区，各国的大使馆、领事馆也设在那里。那里的大饭店和酒吧特别多。

据说，生活和工作在北京的外国人有十万人，他们有外交人员，留学生，白领职员等。这十万大军在北京构造了一个新的消费结构和娱乐文化，从而也影响和带动了本地人的生活方式。那时本地的中国人远远不如现在富有，老外则是京城消费的一支生力军。每到周末，灯红酒绿的酒吧、餐厅、舞厅爆满了客人，五光十色的霓虹灯勾引起人们的无限欲望和跨国想象。不同肤色、发色、国籍、语言的男男女女在这些场所聚集。齐振飞想不到有这么多世界各国的美女出入京城。她们从哪里来？在北京做什么？

那时什刹海酒吧区还没兴起，三里屯是热闹地区。齐振飞有时去三里屯酒吧街。它的北街、南街都有情调。当他单身去三里屯酒吧街时，一下出租车，马上被拉皮条的男人和女人拦住。

“先生，要不要小姐？”

“先生，去我们的酒吧吧！我们那里有小姐陪。”

“先生，一个人晚上多难过呀！我们那里的小姐不错。跟我走吧！”

齐振飞对他们的请求不屑回答，他们便跟着他走，不放弃他，直到齐振飞表示出愤怒，他们才作罢止步。

城市宾馆附近的几家酒吧也很有特色，其中，“万龙酒吧”就是最初由一个来自匹兹堡市的人开办的。一进酒吧内，就能看到墙上挂满的匹兹堡市的照片和实物。如今酒吧已经转手，换了新主人。兆龙饭店附近的酒吧、餐厅和舞厅也颇有诱惑力。齐振飞去的最多的地方是位于燕莎商城的卡巴纳南美风味酒吧和位于工人体育场北门的哈瓦那酒吧，因为这两处可以跳骚沙舞。（这几处场所如今已经不存在了。）他喜欢跑到那里的吧台前坐下，喝酒聊天，观看出出进进的不同肤色和发色的俊男靓女。如果机会来了，他就邀请漂亮的姑娘跳拉丁舞，借此显示自己的舞技。凡是在北京和他跳过舞的中外女子，都夸奖他的舞艺如何高超。如果他看上了哪个姑娘，他会设法日后与她取得联系。伴陪着漂亮的女人——听着优美的音乐——喝着醇芳酒水，能激起一个男人的丰富想象和强烈欲望。一旦一个男人缺乏想象力和欲望，他的创造源泉便濒于枯竭，他的学问和研究变得枯燥无味。

由于北京的不断变化和拆迁，齐振飞已经不熟悉北京的地名和路线。他不习惯搭乘公共汽车。他不了解公车的路线。他也觉得公车速度慢，耽误时间。那时北京地铁线路也不健全，很多地方去不了。他基本坐出租汽车，或用香港式的国语说：搭“的士”、“打的”。齐振飞感谢那些出租汽车司机，应为他关于北京的一半的知识是他们教的。齐振飞计算了一下，如果他平均每天打一次的、每次出门来回搭乘两次的士，在北京的一年期间的三百六十五天中，他一会共遇见七百多个司机。北京当时的士保有量大约是七万辆，那么齐振飞接触过北京百分之一的的士司机。

2000 年 9 月 30 日，既十一国庆节的前夕，齐振飞的朋友白石请他和在北京文化大学学习的古巴女学生安娜玛丽娅、画家小朱到他家吃饭。白石比齐振飞小两岁，毕业于中央美术学院，曾在《世界艺术》杂志社做编辑。后来辞职不干了。他自己作独立撰稿人和艺术展览的独立策划人。近年来他的名气在国内和国际越来越大，不少博物馆、画廊、艺术节主动请他策划展览，许多杂志向他约稿，稿费不菲。白石陕西人，中等个子，留着长头发和小胡子，双眼格外有神。齐振飞和白石认识多年了。齐振飞每年暑假回京，都起找白石吃饭、喝酒、聊天。遇到北京有好的展览，白石就带齐振飞去看。白石有搞艺术的人个性，骨子里放荡不羁、我行我素、童心未泯，兼有学者的理论思考、儒雅外表。在他的圈子内，赢得不少粉丝。齐振飞喜欢找白石“玩，”跟白石在一起他不会感到拘谨。两人都过了而立之年，但一谈到终身大事，白石就不以为然。他说：“我不想结婚。一旦结婚，我就被拴死了。十年内不考虑这个问题。” 他曾对齐振飞说：“振飞，你天马行空，来去无阻，潇洒自如，真羡慕您。”两个光棍惺惺相惜。

在白石家吃完饭后，大家想出去玩。不用说，古巴姑娘是跳拉丁舞的高手。白石知道齐振飞骚沙舞跳得很好，便建议大家一起去位于工人体育场北门的哈瓦那酒吧，因为那里每天放拉丁舞曲，经常有人在那跳拉丁舞。白石喜欢那里的环境，也想观看齐振飞和安娜玛丽娅跳舞。大家接受了他的建议，便一起来到哈瓦那酒吧。

刚开始，齐振飞和安娜玛丽娅还不太好意思，但是在白石和小朱的一再怂恿下，两人跳起了骚沙舞。随着强烈的音乐，他们很快进入了角色。两人在舞场上婆娑漫舞，兴致高涨。这是他俩首次一起跳舞，配合地还算默契。安娜玛丽娅生长在古巴，天生就是拉丁舞的高手。她跳着自己熟悉的套路。齐振飞当年在匹兹堡市跟的是来自委内瑞拉的拉丁舞老师马隆学骚沙。他喜欢马隆的动作和套路。好象拉美国家间的骚沙跳法，虽然大体相似，也有些稍微的不同。由于细节上的差异，一时间齐振飞和安娜玛丽娅的动作协调，还达不到天衣无缝。但他俩愉快得跳完了一首歌。坐在下边的白石和小朱给他们拍手喝彩，夸奖他们跳得好。齐振飞心里颇得意，却谦虚地说，自己好久没跳了，跳得不好。

齐振飞刚刚坐下，迎面走来一位欧洲少女。她对齐振飞说，“我能跟你跳个舞吗？”齐振飞愣了一下，马上说：“当然！”女人邀请男人跳舞，哪里有拒绝的道理，更何况是漂亮姑娘。两人一边跳，一边用英文交谈起来。齐振飞问她是哪国人。她说她来自英国伦敦，毕业于伦敦大学的历史系，名字是珍妮（Jenny）。两周前到达北京，本学年将在北京工作，在农林大学作外籍英文老师。

她说她在伦敦大学跳了几次骚沙，有点上瘾了。来北京前，在电脑网络上发了一封信给香港的一家骚沙舞俱乐部，打听北京有没有跳骚沙舞的地方。香港那家俱乐部便向她推荐哈瓦那酒吧。她今天来得挺早，一直一个人坐在吧台边喝酒，希望有机会跳舞。看到齐振飞和安娜玛丽雅出现在舞台上，高兴极了。

在暗淡的灯光中，齐振飞仔细地打量了一下珍妮。她中等个，一头金发，淡蓝色的眼睛，洁白的皮肤。上身穿一件红色衬衫，下面套一条紧身黑裤，脚穿一双黑色高跟鞋。珍妮身段浑圆丰满。她衬衫上面的两个扣子没有系，一双丰满的乳房好象要破绽而出。一般中国姑娘不敢这样穿戴暴露。她的衣服把腰身、屁股、腿绷得紧紧的。齐振飞也把自己的情况给珍妮介绍了一番。

因为两人第一次一起跳，舞步开始有点不协调。当他们跳到第三支舞曲的时候，珍妮逐渐熟悉了齐振飞的套路。齐振飞带舞，珍妮跟随，两人越来越默契。跳了一阵后，他们下来休息。齐振飞把珍妮花介绍给白石、小朱、和安娜玛丽娅，大家一见如故，攀谈开来。当珍妮与白石交谈时，齐振飞出于礼貌，又请安娜玛丽娅跳了一次舞。其实，他的魂早已飞到珍妮那去了。

时间已是半夜一点钟，白石忙了一整天，感到疲劳，建议大家回家睡觉。齐振飞心中喜欢珍妮，恨不得继续和她跳一夜，但是碍于初次见面，不适于追得太急，只得到此为止。他对她说，北京还有一个跳骚沙舞更好的地方，燕山商场那里有一家拉美风味的餐厅兼舞厅，叫作卡巴纳（Cabana），从周一到周六，晚上都有一个拉丁乐队。听他们现场演奏拉丁舞曲，感觉比在此听激光唱盘放出的歌好得多。齐振飞问珍妮明天晚上有没有空，珍妮说明晚已有了安排，但是后天有时间，她愿意去。

两人于是拍定后天晚上九点在卡巴纳见面。珍妮还主动地与刚刚认识的几位新朋友交换了电话号码。

回到家后，齐振飞仍然兴奋不已，一心盼着尽快见到珍妮。两天一晃就过去了，相约的这天来了。齐振飞提醒自己，男的应当先到场，不应该让女士等待。他穿上了自己喜欢的一件蓝色衬衫，一条黑色长裤，一双棕色皮鞋。他把普通眼镜摘掉，带上隐形眼镜。他在路边叫上了一部出租车，走三环路，赶上不堵车，没花很长时间就到了卡巴纳。他在吧台前坐下，要了瓶啤酒，慢慢喝着，等待珍妮到来。

大约九点一刻，珍妮出现了。两人一下认出了对方。珍妮走到齐振飞的跟前，两人拥抱了一下，齐振飞轻轻地吻了珍妮花的脸颊。她今天显得格外光彩照人。透露出青春的魅力。她上身穿着一件淡绿色的衬衫，下面套一条灰色长裤。脚上还是那双黑色高跟皮鞋。她微笑着看齐振飞，双颊红润，两眼射出诱人的蓝光。他们寒喧几句后，便伴随着乐队，跳起骚沙舞。齐振飞使出浑身解数，把他学过的动作，尽量都用出来。他左右旋转着珍妮，带动她进行一套又一套的动做。珍妮则一丝不苟地紧跟齐振飞的舞点，与他密切配合。两人有节奏地伸腿展臂，翩翩起舞。乐队把骚沙舞的音乐演奏尤其热烈、性感、奔放，齐振飞和珍妮跳得浑身发热，心畅神怡。齐振飞觉得自己今天跳得格外开心，舞步走得特别流畅，跌宕有致。当这支舞曲结束后，在下边观舞的客人使劲鼓掌，为乐队和场上的几对舞伴喝彩。齐振飞和珍妮高兴极了，为自己的舞技感到自豪，两人会心地笑了。

齐振飞和珍妮走到吧台旁，歇一会。他们才喝了两口啤酒，一个看似有拉丁血统的中年男子，走到珍妮前，邀请他跳舞。

珍妮先是看了齐振飞一眼，好象在争求他的同意，说了声“我马上回来，”便和那男子一起走向舞池。齐振飞左右望了望。就在他前面有个靓丽的女子。她和三个高大男人占在一起喝酒观舞。她的金色的头发扎成一个小辫子，修长的腿被一条蓝色的牛崽裤衬托得尤其诱人。她自已兴奋地随着音乐扭动着身子。可以看出，那个姑娘被这里的气氛感染，想跳舞，但是他们几个都不会跳拉丁舞。齐振飞上前邀请她跳舞，她说她不会。齐振飞说没关系，我带舞，你跟我跳就行了。姑娘高兴地答应了。齐振飞尽量跳一些简单的动作，他俩一边跳一边聊。她说她叫英格丽特，来自荷兰。那三条大汉，是她的荷兰朋友。她现在在北京的一家荷兰公司工作。她特别喜欢北京，已经在北京住了两年了，还想继续在此工作。齐振飞也把他的情况且给她说了一下。英格丽特说，美国和荷兰都没有北京好，你在北京住一年时间不够，应该多呆一段时间。这个活泼可爱的北欧姑娘，引起了齐振飞的兴趣。舞曲结束了。齐振飞说，我们是不是应当保持联系？你能不能把我你的电话号码给我？荷兰姑娘迟疑的一下，然后微笑着答道：“不必了，我经常来卡巴纳，我们还会见面的。”说完，她跑回三个荷兰男子那里。

齐振飞此刻一个人，精神得以松弛了一下。他环视餐厅和舞池，发现已经来了许多客人。就在吧台附近，他看见两个引人注目的外国女子。她们打扮穿带差不多。头发都是金黄的，或是染的，或是本来的颜色；都穿着黑色皮夹克，黑色皮裙，黑色长皮靴。都有一副窈窕挺拔的身材。其中一个就站在齐振飞的旁边。他和她的眼光一下子碰到一起。“你跳得真好！我一直在看你。”姑娘对齐振飞说。她的英语带有一种很重的口音。

“谢谢。你是哪国人？”齐振飞用英语问。

“俄罗斯。”

“俄罗斯什么地方？”

“海参崴。”

“好地方！我一直想去海参崴玩，可是还没来的及去，你在北京住了多久了？”

“三个星期。”

“你还要在北京住多久？”

“难说。也可能再呆几个星期，也可能下星期去上海。你是哪国人？”

齐振飞解释说，他是中国人，目前在美国工作，但今年将在北京住一年。姑娘话题一转，突然问齐振飞住在哪里。齐振飞说他的住所离这挺远，在城的西边。姑娘说，她的住处离这很近，他可以到她那去。她把一张名片递给齐振飞。名片上印着她的手机号码和她的中文、英文名字：依莲娜。他问：另外那位女子和你是不是一起的？她说是，而且住在一起。

上一支曲子结束，跳舞的人纷纷走出舞池。珍妮和那个拉丁男子分手之后，跑过来把齐振飞拉到一边。她问齐振飞：“你和那女人谈什么呢？她可能是妓女。”齐振飞反问道：“你怎么知道的？”珍妮说，“我看她们像。”

齐振飞深有感触地叹了口气。他想，在北京这个国际大都会，真是什么人都能碰到。

乐队的下面那首曲子是梅伦格（merengue）舞曲。跳梅伦格舞，不需要大幅度得摆动，做过多的花俏动作，舞伴能贴得很近。齐振飞邀请珍妮跳这支曲子，珍妮欣然答应。这首歌是非常流行的《我轻轻地亲吻你》（西班牙语“Suavemente besame”)。凡是爱跳梅伦格舞的人，一定会听过这首歌无数次。齐振飞心想：机会来了！他右手紧搂着珍妮的腰，试探着把自己的胸脯贴在珍妮的胸上。珍妮并不抵抗，反而迎上来，紧贴住齐振飞的身体，把头埋在他的右肩上。她右腿时而不时地插在齐振飞的双腿之间，隐约地摩擦他的要害部位，暗通款曲。他体验到怀里女人的胸脯特别的柔软而有弹性。俩人在乐队的演奏声中，抱在一起，随着节奏，扭动着身体。

时间已经过了半夜，他们俩跳累了。珍妮建议各自回家休息。齐振飞舍不得离开珍妮，但还是接受了她的建议。俩人一起走出舞厅。早在门外等候多时的一个卖花的小姑娘迎面走到齐振飞跟前，手拿几束新鲜的红玫瑰，问他要不要。齐振飞大喜，心中叫道：天助我也！他买了一束玫瑰，转身很自然地、若无其事地送给珍妮。珍妮接过花，眼神嘴角里流露出一丝喜悦。两人一起搭上一辆出租车。齐振飞让司机先把珍妮花送到农林大学的大门口，然后再回自己的家。两人约好，互相打电话，几天后再会。

两天过去了。齐振飞心里想着珍妮，实在按捺不住自己的情绪，便拿起电话，打给珍妮。珍妮一下子听出了齐振飞的声音。寒暄几句后，齐振飞切入正题。他问她去没去过三里屯？他说三里屯酒吧街很热闹，坐在外边喝酒，别有一番情趣。他说要去就现在去，过几天天气变冷，就不能坐在外面了。她说，她这几天有点感冒，不舒服，不想出门。她问：明天晚上，你有没有时间到我这来吃晚饭？我随便做点东西。

听到珍妮的主动邀请，齐振飞喜出望外，立刻答应了。第二天晚上，齐振飞把事先买好了一瓶红葡萄酒带上，坐出租车前往位于六道口的农林大学的外国专家和留学生住的绿林公寓。

在绿林公寓附近，他找到一家花店。他选了四只红玫瑰，四只白玫瑰，又搭配几枝康耐馨，让花店的小姐把这些花扎成一束。到了珍妮的住处，齐振飞把酒和花交给她。珍妮喜欢齐振飞带来的东西，齐振飞的兴致也异常高涨：美酒、鲜花、女人，应有尽有。珍妮的饭快做好了，她让齐振飞坐在客厅里稍侯。齐振飞发现，她住的地方是一室一厅，配有厨房、洗手间、热水、洗衣机，环境还算宽敞舒服。这是农林大学对外籍教师的统一待遇，北京其它大学的公寓与此相似。

不一会儿，珍妮把做好的菜端上来。她煮了一大盘牛肉，拌了一大盘沙拉，自己做了甜点，还煮了米饭。她说，她平常只吃素，不吃肉，怕长胖。牛肉是给他做的，希望他多吃。两人于是一边吃，一边喝，一边谈。前两次他们见面，彼此的印象完全是外表上的、身体上的吸引，没有思想心灵的沟通。在嘈杂的酒吧和舞厅里，他们没有机会坐下来畅谈，了解对方。这是他们第一次慢慢地讲述自己的故事。珍妮说，她生长在离伦敦不远的一个小镇上。那里空气新鲜、环境幽静。父亲母亲喜欢那个地方，他们一直住在那里。她上中学的时候，父母把她送到寄宿学校，周日她住在学校，周末回家。可能是因为上寄宿学校的原因，她从小养成了独立生活、自己照顾自己的能力。中学毕业后，她只身去坦桑尼亚工作，在那里的一个乡村教英文。非洲的环境虽然艰苦，但是她年龄小，适应能力强，在那里愉快地度过了她一生中的九个月。回到英国后，她进入伦敦大学的历史系学习。她的毕业论文是关于中世纪时期英国肯特（Kent）地区的文化。她今年23岁，还有个20岁妹妹。妹妹在大学读会计，长得特别漂亮，她的男朋友，是个医学院的学生。

珍妮说：在她结婚、生孩子、生活稳定下来以前，她喜欢多去远离英国的其它国家生活和工作。两年前的一个暑假，她在法国工作了一个暑期。她喜欢法国和意大利的风土人情，也想多去第三世界的国家。本来她今年想去印度教英文，但是她在牛津大学的一个中国女同学，劝她来中国，说中国变化特大，很热闹，她一定会喜欢。这位同学和北京农林大学有关系，便帮她牵针引线，安排她到北京工作。

齐振飞也说了他的故事。他说他和珍妮有许多相似的地方。他十六岁就离开家，一个人跑到另外一个国家生活和学习。他自己的性格也是非常独立。他也喜欢周游世界，做世界公民。这几年，他跑遍了半个欧洲，酷爱欧洲文化。他访问过英国，也去过法国、意大利，去了之后总是流连忘返。他讲了他在英国期间的经历，去过某某地，某某地多么好玩。他们回味着伦敦的那些好玩的街道和场所。

珍妮说，她明天早上的英文课上，要组织学生围绕一些问题讨论。她不愿意每日照本宣科地教中国学生英文。她想触发他们思考，让他们想办法用英文表达自己的思想。她把已经开好的一个单子，拿给齐振飞看。上面写着这些问题：

英国是否应当加入欧盟？

英镑是否应当变成欧元？

社会是否应当容忍同性恋？

双性恋是否道德？

流产是否是对生命的杀害？

大夫是否有权帮助不想活的病人自杀？

……

齐振飞又帮助珍妮想了几个问题。他还嘱咐她那些问题在中国是敏感的问题，哪些可以问，哪些最好不问。

在美国，齐振飞自然有许多来自英国的朋友、同事、学生。但这是他第一次如此亲近的与一个英国少女接触。珍妮的英国口音特别重，说起话来颇有BBC播音员的韵味，话语中带有的大量英式的用词和习语。齐振飞很习惯美国姑娘的言谈举止、表达方式、神情变化，他往往能准确地察觉她们细微的情感流露。但是，他此刻还不能完全把握珍妮的语言、神态、心迹，他们仍需要一段时间相互磨合了解。

在齐振飞临别时，他说：我以为你只是一个喜好出游、爱玩外向的姑娘，没想到你这么好客，饭做得这么好，是个多面手，以后一定也是个好主妇。齐振飞的话说得珍妮心花怒放。他们约好过两天再见。

一个星期后，齐振飞请珍妮在街上吃晚饭。然后，他请她到他的住处，说要送她一本他编的书。到了他家后，他拿出他编的英文学术著作《跨国的华语电影：身份认同、国家、性别》，送给她。在书的扉叶上，他写到："送给最亲爱的珍妮——很高兴在北京与你相识。"珍妮喜出望外，更加佩服齐振飞的学识与为人。齐振飞又拿出事先准备好的红葡萄酒，给每人倒了一杯。两人一边聊，一边喝。谈着谈着，两人热烈亲吻起来，随后，齐振飞把珍妮抱到卧室里。这是珍妮第一次在齐振飞的家过夜。他俩躺在床上，珍妮说：我第一次见你，就对你产生了好感，觉得你英俊。到了第三次见面时，和你广泛交谈后，我完全被你吸引住了。齐振飞说：我对你是一见钟情，第一次看见你就想得到你。她说：咱俩在一起多好，你能不能搬到我那去，咱们同居？齐振飞说：你在农林大学是外籍教师，我和你同居不是小事，我们要仔细想一想。她说：我们要是能住在一起多好，但是有一条，你要遵守，我妈打电话来的时候，你不要接电话，我不想让我妈这么快知道我们的事。

他们的关系飞速发展。她邀请他陪她去北京展览馆的剧院看芭蕾舞。那天她白净的脖子上带一副白珠子项链，穿一件黑色长裙，黑色高跟鞋，肉色长丝袜，外套一件黑色尼大衣。在齐振飞的眼中，她变成了一个成熟、高贵、善于交际的夫人。

在一个艳阳高照的星期日，他们和几个朋友一道去香山看红叶。珍妮身穿牛崽裤、球鞋、羽绒上衣，到了香山后，她一路蹦蹦跳跳，好不快乐。在爬往上山的路上，她不走大路，却沿着山间小路往上爬，同去的朋友们怕她迷路或摔倒碰破，都一道尾随她沿小径登山，结果累得大家气喘嘘嘘，汗流满面，而她却精神倍增。此时，她在齐振飞的眼中，好似一个天真烂漫的幼儿园的小朋友。

她特别好客，几次请来朋友到她家吃饭。有一次，她把白石，安娜玛丽娅，她的邻居、同是农林大学的英籍教师卓安，一个在住华的英国电脑公司工作的英国小伙大卫，她的英文学生加课外中文老师李晶，还有齐振飞，都请到家里吃饭。她做了好多菜，热情周到地招呼大家。在这种场合，齐振飞觉得她是一个称职的家庭主妇兼交际花。

他们俩最开心的事莫过于去卡巴纳酒吧跳拉丁舞。两人在舞场是耀眼的一对。齐振飞在美国匹兹堡市的拉丁舞技算是中等水平，可是在北京他无疑是高手。中国男人会跳骚沙舞的不多，而跳得像样的更是凤毛麟角。齐振飞每次出场，立刻引起人们的注目。他和珍妮经常一起去卡巴纳跳舞，他们已经和乐队的成员，酒巴的服务员，餐厅经理，相当熟悉。舞厅的其他常客都认识他们。经常在乐队演奏的开始，顾客由于害羞，不愿打头阵第一个出来跳。每次齐振飞和珍妮都信心十足，头一对出场跳。他们热情奔放的舞姿，马上感染了全场。他们一领头，别人也敢于跟着出来跳。有时，一些在卡巴纳吃饭喝酒的外国游客，见他俩出场，赶快拿出录像机，兴致勃勃地录下他们跳舞的景观。由于他们经常在一起跳，双方能理会对方极其细微的动作、暗示、眼神、手势，而作出相应的配合。齐振飞发现珍妮的手感特别好。两人的手接触时，通过他手上的最微小的变化和动作，她立即领会他的意图，随即作出应当的舞步。他们娴熟、优美、刺激强烈的舞姿，赢起客人们的阵阵掌声。此时此刻，齐振飞觉得他们是一对理想舞伴，珍妮是他的绝佳情人。

他们就是这样度过了快乐而短暂的蜜月——时间不长不短，整好一个月。

一天，珍妮来到齐振飞的住所，两人刚坐下，她感伤地说，“振飞，我害怕。”

“你害怕什么？”齐振飞问。

“我害怕我真的爱上你。”

“怎么，我不值得你爱么？”齐振飞打趣地说。

“我想在男人身上找到的东西，你都有。”

“真的？你告诉我，我是什么样的人。”

“你大方，诚恳，聪明，性感，幽默，多面性……你比我好。”

“是吗？原来我这么棒。”

“我害怕，我们这样下去，会越陷越深，到分手时，我们会心碎的。到时候我一定受不了。”珍妮说到此，眼圈红润了。

“你不是本来想跟我同居一年么？”

“是的，我的想法天真。如果我们同居一年，我一定会爱上你的。振飞，我不能嫁你。”

“我从来没有提过结婚的事。”

“是的。但是我知道你年龄不小，想结婚。”

“那你为什么不能和我结婚？”齐振飞问。

“我告诉你。第一，我要回英国，不会跟你去美国或留在中国。英国是我的家，我爱英国。我的父母一直希望我在英国生活。我的父母、家庭、亲戚、朋友，都在英国。我跟你认识才一个多月，我不能抛弃他们，跟你跑掉。我知道有些人愿意远走高飞，可是我不能。我的家庭是一个和睦的家庭。父母爱我，我也爱他们。我要嫁给一个英国人，我要住在英国。”说到这，珍妮伤心得掉下眼泪，好想她真得要抛弃父老乡亲，选择了一个外国人。

“你说的是人之常情，我能理解。”

“第二，我们的年龄相差太大，我比你小十几岁。”珍妮继续说。“以后，我的精力总比你充沛，这也是个问题。”

“还有呢？”齐振飞问。

“第三，我二十七岁以前不会结婚，但是你不能再拖了，你应当尽快成家。振飞，我爱你，所以我不应当耽误你。如果我们继续在一起，你会失去认识其他女人的机会。这样做对你不公平。”

听了珍妮的一番话，齐振飞也伤感起来。他意识到他将立刻失去她。他们的闪电式的恋爱来得快，去得也快。他已经非常喜欢珍妮，甚至可以说爱上了她。珍妮要这么快的离去，他没有精神准备。他试图说服她，改变她的想法。他说，真正的爱，不是可以超越一切吗？为什么还要考虑那么多其它的东西？爱可以征服一切困难险阻。再说，我们本来就不打算结婚。一年后，我们都得离开北京，你走你的，我干我的，天各一方，毫不妨碍。

既然我们同在此时此地，互相爱慕，为什么要分开呢？珍妮说不行，继续下去的结果不会好的，到时候我们一定更难过。她说，以后我们不再是男女朋友，而是一般的好朋友。她建议，今晚是最后的激情之夜，让我们尽情享受对方，以后就不能再这么做。

几天过去了，两人没有互相打电话和见面。两人心理都难过，但是又都忍受着他们自己为自己创造的煎熬。到了晚上，齐振飞打开电脑，查看他的电子信箱。他发现珍妮写给他的一封信。信是这样写的：

亲爱的振飞：

这几天我一直在想我们的事。我希望今天能在电脑的屏幕上把我的想法清楚地告诉你。首先，我向你道歉。在我们陷入爱情以前，我应当三思而行。我知道，我们两人喜欢对方的程度，很难使我们只做朋友而不陷得更深。那将是很难的事。自从我们第一次见面以后，我越来越喜欢你，越来越被你吸引住，跟你在一起越来越觉得恰意。问题就出在这里。我真是大错特错，以为我可以随便地和一个人在一起生活相爱一年。那样做意味着两人彼此要投入大量精力、产生越来越强烈的感情、而最终给予对方更多的心痛。我也低估了你想成家的愿望。

我不多写了。请你多保重。

珍妮

齐振飞读完了珍妮的信后，对这小姑娘油然生起一层新的敬意。她的字里行间同时闪烁出理智与情感的火花。她年纪不大，可是自我控制能力颇强。虽然齐振飞不忍心让到了手的东西就这样地丢掉，他尊重她的决定。此刻，他百感交集，情不自禁，马上在电脑上打出一封回信。信文如下：

亲爱的珍妮:

谢谢你的的信。虽然你比我年轻那么多，可是你好像比我更成熟、更平稳、更有责任感。我佩服你，尊重你的决定。

是的，我们做事要切合实际。你必须回英国，那里有你的家、朋友、同学，那里是你长大的地方，是你熟悉喜爱的环境，任何人都能理解你的想法。我明年也要离开北京，回到美国。我们都是临时在北京，命运把我们撮和在一起。我同意你的建议，在北京期间，我们是好朋友，我们还会经常见面。我不会意气用事。

珍妮，我好想你。你一定知道，你每天都在我的脑子里转，我想你，有时强烈到令人难以忍受的地步。我们能不能聚一聚？比如说，一起吃顿饭——就是吃饭，没其它的。你什么时候有空？谢谢。

爱你的，振飞

就这样，他们暴风骤雨式的恋爱结束了。他们已经不是恋人，而是朋友。

学术会议与交谊舞会

京师大学和山东的齐鲁大学联合举办一次大型国际学术研讨会，名为“全球化时代的文化理论研究”。开会地点是山东省济南市。齐鲁大学也是全国文艺理论研究重点大学。齐鲁大学踌伫满志，正在积极申请“教育部重点学科基地”的地位，这次会议也是他们申请过程的一个步骤。京师大学文艺理论研究中心跟齐鲁大学一直有良好的合作关系，也愿意助他们一臂之力，和他们一起办这次会议。为了举办这次国际会议，两所学校让齐振飞帮助他们邀请一些有名望的国外学者赴会。齐振飞欣然同意，积极和他在美国的同人联系。经过他的介绍和安排，几位美国学者也来华赴会。齐振飞在碧波大学的同事、英文系教授艾力克·约翰逊教授也来参加会议。艾力克·约翰逊是美国著名的马克思主义文学理论家，一直憧憬中国的社会主义实践。他的访问中国的夙愿，至此得以实现。白石也被邀请参加会议。他和齐振飞相约一起乘飞机前往济南，并且住在会议宾馆的同一个房间。

三天的大会安排了近百人发言。在大会的开幕式上，齐鲁大学校长，齐鲁大学人文学院院长先后致辞，强调这次大会的重要性，并预祝大会圆满成功。钱学勉主任代表京师大学致开幕词。

在第一天上午的全体会议上，约翰逊被安排发言。他的论题是“金融资本主义与文化理论的前景”。他首先讲到中国的经济发展和社会制度在当今世界上的独特性。中国的特殊环境，给西方理论工作者造成了一个挑战。人们不能用西方理论来生搬硬套中国现实。他又讲到金融资本主义与全球化对后现代主义文化带来的一些新的影响。最后他说，政治、经济上的问题，必然会折射在后现代主义的艺术中，他希望从事文化研究的人们注重分析各类艺术文本，包括文学、美术、音乐、电影、电视等，以便从中找出社会变革与现实生活的踪迹。他发言时，齐振飞作翻译，把他的每句话译成中文，使不会英文的大会代表能听懂。

下午，齐振飞做了他自己的报告，题目是“西方的大众文化研究与中国的现实”。他简要地回顾了一下欧美大众文化研究的几种模式。他强调中国情况的特殊性。我国是社会主义国家，同时又逐渐实行市场经济。在这样的格局下，大众文化与商品的关系，与官方主导文化的关系，与精英文化的关系，需要大家仔细思考。由于社会主义中国与西方发达资本主义国家在众多领域的不同，第三世界学者不能简单地运用欧美的模式来阐释中国的现象。

白石的大会发言题为“后现代主义理论与第三世界文本”。他谈到蓬勃兴起的第三世界艺术。如果用西方盛行的后现代主义理论来观察当今的第三世界文本，是不是完全合适？他又讲到当今中国艺术的特殊性。他以艺术家兼学者的身份，侃侃而谈，见解独到，吸引了不少听众。

开完一天会，齐振飞觉得不少学术报告都流于空泛，缺少对具体实例与文本的仔细分析。他对大会稍微有点失望。可是能借开会到一个新得环境走一走，认识些新朋友，也是一件乐事。

在会议期间的第一天晚上，举行了舞会，使各地代表轻松娱乐一下。可以说，学术会议加舞会是极具中国特色的活动。来参加晚会的几十名代表，男士居多。他们有的是二十多岁的刚工作不久的年轻教师，也有五十多岁的年长的教授。主办单位齐鲁大学的女大学生和年轻女教师，就成了众多男士窥视与追逐的目标。据介绍，这些女学生大多是齐鲁大学英语系的学生和毕业生。他们中有四年级学生，有研究生，有毕业后留校工作的和毕业后在外工作被叫回来为这次大会帮忙的。她们在会议期间的任务是作英文翻译。

舞会中放出的音乐是中国人习惯跳的三步、四步的交谊舞。这些老气横秋的文科教师们，虽然舞艺拙笨，但也乐得一次机会，可以和年轻女士跳舞。外地来的代表，因为自己的配偶不在场，获得了接触异性的自由。

齐振飞和白石观赏着眼前十几位往来穿梭、忙于应酬的当地姑娘。她们一个个面目干净、穿戴得体，动作伶俐，但却没有对她们产生什么特殊感觉。他俩坐下慢慢地喝点青岛啤酒，漫不经心地看着前面一对对的舞伴。

舞厅播放了一支华尔滋舞曲，舞伴们又一次地开始往来旋转移动，忽东忽西，时前时后。突然间，左右两边各转出一对舞伴，一下抓住了他俩的注意力。舞者原来在舞厅远离他俩的方向，现在随着音乐转动到他们这边来。两位姑娘身姿袅娜，明眸大眼，容光焕发。一个穿一条红色长裙，另一个穿一条米黄色长裙，把她们的身材衬托得凹凸有致。她俩在齐振飞和白石的左右两边同时起舞，时近时远，灯光忽明忽暗，使齐振飞目不暇接，心神不安，左右不能相顾。陪她们跳舞的是两位中年男子。他们头发稀疏，戴着深度眼镜，与他们的舞伴形成鲜明的对比。白石感叹道："这里还有如此女子，真是埋没人材！可惜，她们被那两个丑八怪围着。"白石想上前和她们跳舞，可是其他男士早抢在他前面邀请了她们。她俩卓然出众，醒目耀眼，大家睁着和她们跳舞，使二位应接不暇。一直等到舞会休息时，白石和齐振飞才得以上前与她们搭话。此时，几个本校姑娘正好聚在一起，她俩也在其中，两个男士便凑上去与他们攀谈。

“对不起，打断你们的话。你们跳得真好！”齐振飞开始了。

“齐老师，您好！白老师，您好！”几位女生齐声说。

“怎么，你们知道我是谁？”齐振飞问。

“当然了。今天上午约翰逊教授的发言，是您做的翻译。他的发言那么多偏词，我们翻译不了。下午我们又听了您的发言。您讲得挺有意思的。”她们其中的一个说。

“原来你们早知道我。惭愧，惭愧。请问二位大名？”

穿红裙的姑娘说：“我叫蔡莹，从齐鲁大学毕业，目前在南京大学英文系读英美文学硕士。”

穿黄裙的姑娘说：“我是秦芳，我也是刚从齐鲁大学英语系毕业。下个月要去本市的一家外贸公司工作。”

其他几位姑娘也介绍了自己。齐振飞此时仔细地打量一下蔡莹和秦芳。她们身材匀称，眉目清秀，仪态大方，有山东姑娘特有的优点。蔡莹个头略高，带有端庄文雅的气质；秦芳丰满，多了几分艳丽活泼。后来他听说，她们是齐鲁大学的两朵校花。

“哎呀，真可惜，刚才没机会和你们跳舞。我能不能现在就和你们预约好，一会和你们二位跳舞？”齐振飞问。

她俩互相看了一眼，笑了起来。

“我们当然高兴和你们跳舞。”秦芳、蔡莹说。

音乐一响，齐振飞请蔡莹跳，白石请秦芳跳。齐振飞显然比其他的男同事们的舞技高出一筹。

“齐老师，您跳得真好！”蔡莹赞叹道。

“还行吧。我看你们二十二、三岁年龄，那么年轻，心里好羡慕。”

“我们还羡慕你呢！你年纪不大，事业有成，那么杰出！”

几个人边跳边谈。白石对秦芳说：“你去公司工作是好事。

如果时光到流，我不会搞文。”秦芳说，她属于坐不住、好动的那种人。她喜欢与人打交道，不会死啃书本。她还说，她爱唱歌，去年暑假在济南电视台主持过一次大学生赛歌会。白石发现秦芳笑的时候，眉梢总是向上翘。她每一笑，眉梢就一翘，他的心就好像被拨动了一下似的。因为俩人靠得近，他发现她的胸脯特别丰腴，透发出不可抵抗的魔力。

齐振飞对蔡莹说：“祝贺你考上南大。那肯定很难考。”

“谢谢您的夸奖，我也挺高兴。”

齐振飞继续说：“像你这么有潜力的姑娘，现在恐怕没有读那专业的吧，又苦又累。如果干点其它的，钱可能挣不少，又比读研究生舒服。”

“我喜欢这专业，我自己愿意。”蔡莹答道。

“不简单，不简单。”

他发现她仪态雍容大方，美丽端庄，腰身挺拔，哪个男人占有了她，都会感到自豪。一支舞曲结束了，又一支开始。齐振飞想和蔡莹继续跳，可是一个年轻男老师跑过来，说某个李主任找蔡莹有事，要她快去。她于是匆匆离开，齐振飞也只能做罢。大约十一点半，舞会结束了，大家各自回到自己的住处。齐振飞和白石也回到他们住的招待所。入睡后，那两个山东姑娘的影子萦绕在他们的脑子里。

次日大会开了一整天。下午的大会，已经开到快五点了，马上将结束。齐振飞和白石坐在会议室内，耐着性子听发言。他们都觉得一个下午的发言许多空话套话，缺少实际内容。他俩心中烦闷，实在坐不住了，不等发言结束，提前二十分钟离开会场。

他们感到无聊，想去校外街上散散心。他们刚走到校门口，眼前一亮，迎面看见秦芳向这边走来。她还像昨日一样美艳动人。

今天她穿一条深蓝色的长裙，露出两条洁白光滑的手臂。俩个男士精神一振，忘掉了烦恼。

“秦芳，你好！”齐振飞赶快打招呼。

“齐老师好！白老师好！你们刚开完会？”

“会还在开，里面乌烟瘴气，没意思。我们出来走走，你去哪？”白石说。

“我们理论研究中心的李主任给我了一个任务，要我把社会科学院丁老师的文章翻译成英文，说文章要在美国一个有名的杂志上发表。杂志的名字叫什么《理论批评与社会实践》。”

“噢，我知道，那杂志很少人看。”白石说。

“是么？反正李主任让我翻，我就翻呗。差不多翻完了，我正要拿去给李主任看看行不行，真巧，碰到你们。我有好多名词翻不准，你们能不能帮我看一下？”

“没问题。”白石说。

秦芳从书包里掏出丁老师的文稿，题目是：“全球化时代的第三世界文学与中国的境况。”她同时拿出她的英译稿和一张写着她翻译不准的名词的纸。齐振飞接过这张纸，扫了一眼，看见上面写着：

主体

主体性

意识

意识形态

后殖民

后殖民性

后殖民主义

二律背反

二难推理

互文关系

上下文关系

……

齐振飞从口袋里掏出笔，把每个词的对应英文写在旁边。他说，“请你再给我指出每个词在中文原文的出处。有时候，一个词，根据不同的情况，可以有不同的翻译。”俩人一起查看了一遍原文中那些词的出处，务求准确。

秦芳脸上绽开愉快的笑容，对齐振飞充满仰慕之情。她真诚的说，“齐老师，您真行。英文那么棒，那么有学问。”

“嗨，这没什么。我在美国大学工作，经常要写洋八股。刚开始写的时候，自我感觉不错，到后来没了新鲜劲，就烦了。什么事不都是一样嘛”。

“您在美国当教授，了不起。”

“没什么意思。你多好，年轻，有的是时间，干什么都来得及。我觉得你的选择很好。昨天你不是说，你将在一家外贸公司上班吗？那比在学校当教书匠好”。

“您别这么说。我不是做学问的料。可能是我太好动，安不下心来。”

“这才好呢。充满青春活力。”齐振飞谈得高兴，白石也兴奋起来，他看了齐振飞一眼，便问，“大家今天晚上有事吗？我请你们吃饭好吗？咱们可以慢慢聊聊。”

秦芳迟疑了一下，然后答道，“谢谢您。因为开会，我已经好几天没回家了。我妈嘱咐我，今、明两天回家吃晚饭。今晚我得回家，不能陪您了。”

“太可惜。”白石说。下午的会结束了。代表们陆续从楼里出来，不少人朝他们这边的校门口走来。齐振飞看见蔡莹也夹杂在人群中，向这边涌来。今天她穿一条白色长裙，一双白色高跟鞋，优美高挑的身段，在那堆书生中，无疑是鹤立鸡群。看到她，齐振飞心里一跳。

“蔡莹，会开完了？去哪？”齐振飞问道。

“齐老师，您好！白老师，您好！秦芳，你好！刚散会，我正要回家看我父母。你们聊什么呢？”

“随便聊聊，不着边际。”齐振飞回答。

“齐老师，您觉得这会开得怎么样？”蔡莹问道。

“还可以吧。这会目的主要是为申请‘基地’造势。”

“李主任说，我们大学文科专业从来没有开过这么大、这么高水平的会。有全国各地的一流学者，还有一些著名国际学者，都来参加会议，这还不够好？”

“好，当然好，要不然我也不会来。有很多关于这次会议的事，我想跟你多聊聊。这样吧，吃饭的时间到了，咱们过马路，去对面那家饭馆坐下来，一边吃，一边谈，好吧？白石说了，他请大家吃饭。”

蔡莹觉得这个提议可以接受，说：“秦芳，你说呢？我吃腻了咱们食堂的饭。既然齐老师、白老师这么慷慨，咱们就答应吧。”

秦芳虽然是蔡莹的好朋友，但不愿蔡莹单独和两位男人吃晚饭，就说：“行，那就让白老师破费了。本来我得回家跟我妈吃饭，我就不回去了。”

两位男士心中欢喜，领着两个丽人，穿过马路，走向“泰山风味酒家”。他们刚到饭馆门口，不巧迎面碰上昨天在会上认识的南京的《世界思潮》杂志的毕主编。齐振飞见躲不过他，便热情跟他打招呼：

“老毕！又见面了”。

“老齐！忙什么去？”

“这不，正要去里头吃饭。怎么样，你也加入吧！咱们一起吃热闹。”

毕主编透过深度近视眼镜，用奇异的眼光打量这两个男子和他们身边的两个亭亭玉立的小姐。他犹豫片刻，然后说：

“我实在想跟你们热闹热闹，不过已经约好了编委的其他几个人一起吃晚饭，研究出会议论文特刊的事。今天就免了。老齐，以后有文章，别忘了给我们！”毕主编朝齐振飞做个鬼脸走开了。

“绝对不会！您慢走。再见！”齐振飞说。

四人一起走进酒家坐下。白石问两位女生喜欢吃什么，他点了她们爱吃的菜。大虾、鲈鱼、牛柳、几盘素菜和四扎青岛啤酒，服务小姐一一端上来。四人边说边吃，都很开心。蔡莹手里拨着虾壳，一面说：

“齐老师，看您挺能吃的。”

“今天高兴。因为能和你们在一起吃饭。”

两位姑娘忍不住笑起来。

齐振飞得意忘形继续说：“我从小景仰山东，今年终于有机会来看看。山东、齐国、鲁国，是我们中华民族的发源地之一，是孔子的故乡。山东是出模特的地方，真是名不虚传。”

两位女子高兴地笑出声来。不知是因为喝多了酒，有点兴奋，有点害羞，秦芳的双颊泛起红晕。她说，“齐老师，您喝多了。”

“才喝一点，不多。告诉你们，我小时候最喜欢读《水浒传》。里面的故事讲得是你们山东的英雄好汉。有时候我的胃口不好，吃不下饭，就学着梁山泊好汉的样子，勉励自己。你看武松、鲁智深这些英雄一进酒家，就把几两碎银往桌上一摔，叫道：‘切二、三斤熟牛肉，一碟熟菜，酒尽管上，银子有的是。’那是什么气概！一想到这，我什么都吃得下。”

蔡莹笑道，“真想不到，您人在美国，对中国的古东西还满了解。”

齐振飞举起了酒杯，说，“来，咱们为山东，为齐鲁故地，为梁山英雄，为山东美女，为咱们四人认识，干一杯！”

四人碰杯饮酒。

齐振飞道：“山东汉子以豪爽闻名全国。你们看，我有没有点山东大汉的性格。”

秦芳道：“山东人太粗，你跟他们不一样。”

“你们教我几句山东话，好不好？你们说几句山东话，我跟着学。”

“不说。”蔡莹道。“山东话土气，你不要学。我们都很少说山东话。”

几人这么谈着，吃完了饭。白石把服务小姐叫过来付了账。

“谢谢两位老师！”两位姑娘说。

“甭谢。咱们找个地方唱卡拉OK，跳舞，好吧？”白石意犹未尽。

“今晚不行。李主任让我翻译一篇稿子，我得把它赶出来。”蔡莹道。“秦芳，你陪陪两位老师。”

“不，不。”秦芳不好意思。“我也有事。不过我可以送老师们一段路。”

白石说：“有振飞在，你们还怕翻译？你们若遇到什么疑难，有他帮你们！今天大家都放松一下，咱们去唱歌！”

秦芳和蔡莹不再推辞，思索一下，想起是市区内有一家“梦乡卡拉 OK 厅”。于是他们一道叫辆出租车去那家歌厅。

舞厅不大，客人也不多。只有两伙人，分坐在舞厅的两端，在点歌、饮茶、喝酒。他们轮流去前台拿起麦可风，唱卡拉 OK，同伴则随着歌声起舞。齐振飞一行人找个角落坐下。齐振飞对白石说：“你刚请客，这次我包了。”他为自己和白石要了红方威士忌，为蔡莹点了西瓜汁，为秦芳点了澄汁，又要了一大盘水果拼盘，里面摆满切好的西瓜、香蕉、苹果、桔子。

白石说：“这里好，人不多，我们有机会多点自己的歌，尽兴地唱。秦芳，听昨天他们介绍，说你唱歌特棒，还在电视台主持过一次唱歌比赛，今晚你一定多唱几首。”

“好久没唱了。”秦芳说。“齐老师，在美国，你常出来玩么？美国人爱唱卡拉 OK 吗？”

“大多数美国人不唱卡拉 OK。他们害羞，也没这个传统。不过他们跳起迪斯科，可疯狂呢。”齐振飞回答。

“你常唱么？”

“有时候跟中国人一起出去玩时，唱一点。我脑子里的歌都是老歌，我小时候唱的歌，什么《我爱北京天安门》、《红湖水浪打浪》。今晚我主要听你们唱。”

秦芳走到前台，拿起麦可风，先唱了《掌声响起来》，又唱了《月亮代表我的心》。

白石听得入迷，看得着神。秦芳的双眸像含有两波秋水，随着歌声的内容，她的面部表情显出万种风情。她嗓音婉转清亮，歌声时低时昂。唱到情深处，她不时地瞟白石几眼。

秦芳刚唱完，白石情不自禁地夸奖她唱得好，同时提议两人和唱一些曲子。他问秦芳看没看过张曼玉、黎明演的电影《甜蜜蜜》。秦芳说看过，非常喜欢。歌好听，电影也好看。两人便让小姐找到这首歌，一起唱起来。

唱完这首，白石又建议唱“夫妻双双把家还”。秦芳不好意思，先是不愿唱，但在白石的一再要求下，最后答应了。

大家请蔡莹唱一首。蔡莹说她唱歌不如秦芳，但还是选了一首歌。蔡莹唱电影《海外赤子》的插曲《我爱你中国》。

我爱你中国！
我爱你碧波滚滚的南海，
我爱你白雪飘飘的北国。
我爱你森林无边，
我爱你群山巍峨。
我爱你淙淙的小河，
荡着青波从我的梦中流过。
我爱你中国！
我要把美好的青春献给你，
我的母亲我的祖国。

蔡莹唱罢，蓦地一种情感涌上齐振飞心头，他的眼角湿润。白石说：“蔡莹，你唱得真棒！有点叶佩英的味道。你看，你的歌声把振飞都感动了。振飞就是一个‘海外赤子’”！

他们让齐振飞无论如何也唱一首。齐振飞见推托不掉，就说：“我只会唱1970年代我小时候听过的歌。新的歌都不会。我就唱一首1970年代的歌吧——《北京颂歌》。”他拿起话筒唱起来。

灿烂的朝霞，
升起在金色的北京。

庄严的乐曲，
报道着祖国的黎明。
啊！
北京啊北京，
祖国的心脏，
团结的象征，
人民的骄傲，
胜利的保证。
各族人民把你赞颂，
你是我们心中的一颗明亮的星。

齐振飞歌声刚落，其他几人给他鼓掌。蔡莹说：“齐老师，看样子您真对北京挺有感情的。”他们还要选歌唱，服务小姐让他们等一会，现在轮到其他客人了。他们回到座位，喝着饮料，谈天说笑。

一个客人在前台唱卡拉OK，白石听见这首歌的音乐是慢舞曲，就邀请秦芳跳舞。歌声悠远缓慢。他的左手挽着她的右手，他的右手搂着她的腰，她的左手搭在他的右肩上，两人身体几乎贴在一起。她双眼含情脉脉，但不直视他。她浑身散发出强大的诱惑力。她高耸的乳房，白石低首可见。他已是神不守舍。他想亲吻她，但怕时机未到，反而坏了事。秦芳虽然表面平静，但心里的像藏了个小兔子似的，扑通扑通地跳，忐忑不安，不敢正视白石灼热的目光。歌声停止，两人只好也停下来回到坐位坐下。此时白石和秦芳俩眉来眼去、情绪缠绵、难舍难分。齐振飞和蔡莹看得清楚。齐振飞眼前坐着蔡莹。今天他刚认识的这位窈窕女子，无可挑剔。他默然无语，若有所思。他警告自己：自己是来济南开会，今晚不要做出荒唐出格的事，“发乎情，止于礼。”他说：“我累了，想回去休息，你们接着玩吧。”蔡莹说，她也累了，需要回家。白石说，那你们先走吧，他和秦芳再多玩一会。齐振飞叫了辆出租车，先把蔡莹送回家，然后自己回到招待所。

白石和秦芳又唱又跳了一阵子。此时已是凌晨两点。梦乡卡拉 OK 厅要关门。他们走到街上。夜晚的凉风吹来，令人舒服爽快。此时街上静悄悄的，没有行人和车辆，好像世界上只有他们俩人。他们背后的“梦乡”两字的霓虹灯一闪一闪，前面抬头望去，明月当空，群星璀璨。白石和秦芳站住不动，看看天空，又看看寂静的四周，一时说不出话。

过了片刻，白石又是被什么莫名的念头冲动着，先开了口。“那……那我们去哪呢？”

“回家。”秦芳回答。

“回家？这么晚回家，你妈问起来，你怎么解释呢？”

“那就回学校宿舍。”

“回学校？学校都被围墙围着，这时候你们学校的大门一定关了，你回得去吗？我自己也回不了你们学校的招待所。”

秦芳低下头，好像在琢磨着什么。“真的，是挺麻烦的。”

白石想了想，说：“这样吧，既然你我哪也回不了，不如找一家旅馆，暂时歇一歇。反正还有几个小时就天亮了。一到早晨，学校大门就开了，我们也就可以回学校了。”

“不！”

“那怎么办呢？我们不能在这站一夜。”

秦芳不说话。她嘴角隐隐挂着一丝微笑，头稍微偏向一旁，不正视白石，一双迷人的眼睛看着远方。她高耸胸脯，站在白石的面前，俨然像个高傲的公主。白石看她这副神情，愈发心里痒痒。他对自己说：“怎么办？不要放弃，坚持一下，再试试。”他问秦芳：“噢，你是不是对我不放心？我能把你怎样？把你吃了？请你放心，我不会对你动手动脚。咱们不是无家可归么？只是找个地方熬过几个小时罢了，怎么样？咱们走吧。”

“不。”

“那咱们就在这站一夜。”

秦芳沉默不语，心中犹豫，眼睛仍然看着远方，不看白石。最后，她轻轻地说，“好吧，你说怎么办就怎么办。”

白石心中一跳，但立刻压住内心的喜悦平静地说，“走，咱们去叫辆车。”

秦芳提醒他，“对了，你可能对我们这的事不了解，持本市居民身份证和工作证的人，不能在本市住酒店、旅馆，这是规定。”

“怎么还有这种事？真是莫名其妙。”

秦芳笑道，“你生活在国内，怎么不知道国内的清规戒律呢？”

“好，好，反正我不是济南居民，在济南无家，有权住酒店吧？我们先去我住的招待所，拿上我的北京身份证和足够的钱，然后找个地方。”

两人走了一段路，找到一辆出租车，直奔齐鲁大学招待所。果然不出所料，大学的铁门已经关了。看门师傅好像睡了。

白石对秦芳说，“你在这等着，我敲大门，如果没人开，我就从门上爬过去。”

“行。”秦芳又转头对司机说，“师傅，咱们就在这稍等一下好吗？他马上回来。多谢您了。”

司机说可以。白石敲了两下大门，见里面没人答话，就爬上铁门，翻了进去。他刚跳下来，门边传达室里走出一个中年汉子，半睡不醒，听到了响动，问道，“谁？你是干什么的？怎么跳墙进来？”

白石慌忙回答，“师傅，对不起，您听我说。我是从北京来开会的，就住在这。住这已经两天了。您看，这是我的会议代表证。”他把代表证从兜里拿出晃了一晃。“我今天外边约了几个朋友喝酒，都是几年没见的老朋友。我得回我的房间拿点钱，还要出来。”

看门的汉子有点不情愿，但还是放他进了门。进了大门后，白石大步走向招待所，推开招待所的门，就要上楼回房间。

“慢着，慢着。你怎么回事，这么晚去哪？”前面黑暗中传来一个声音。白石仔细一看，走道中放了一张床，这个汉子本来睡在那里，也是看门的，现在被他吵醒。汉子盘问齐是什么人，要干什么。白石只好又解释一番他是何许人也。他说，“我住在这，上去拿东西。”

守门人问，“你住在哪个房间？”

“208 号，楼上。”

“你自己住，还是和别人合住？”

“和齐教授合住。”

守门人半信半疑，要跟白石一起去房间。两人上了二楼，把房门打开。齐振飞躺在床上早已睡熟，不幸被他们叫醒。守门人说，“对不起，齐教授，打扰了。这位先生半夜三更回来，说是跟您住在一起，是吗？”

齐振飞躺着，揉揉眼睛，看看二人说：“是，他是住这。”

守门人说了声“打扰了”，退了出去。白石对齐振飞说：“对不起，把你吵醒了。我回来取东西，还得出去，你接着睡吧。

回头我再跟你细说。”他从皮包里拿出身份证和全部的钱，装在口袋里，匆匆离去。他跨出了招待所的门，又跨出了学校的大门，径直奔到等他的出租车前。上了车，白石把刚才经历的一切给秦芳讲了一遍，秦芳听后扑嗤笑出声来，说：“好呀，你在我们济南长了见识。”她吩咐司机开往泉城大酒店。一路上车少人静，夜游的人好像只有他们两人。车走了一段路，拐过了一个红绿灯口后，秦芳突然握紧白石的手，把头依偎在他的怀里。白石顺势伸出一只手，抱住她的腰，将他搂过来。她抬起头，首先亲吻了一下他的脸颊。白石心花怒放，主动亲吻秦芳的嘴唇。他终于松了一口气，感觉胜利在望。他心里想，“我忙了一夜，终于没白忙。”此时，两人的关系好像有了一个大突破。他勉励自己，再加把油，坚持到底。他俩坐在车的后排，秦芳挺拔的身段已慢慢松软下来，她像个小猫咪一样，斜靠在白石的肩上。

车到了泉城大酒店，两人走入大厅。九十年代的济南像中国其他城市一样，新盖了大量的酒店，供大于求，客房总住不满。白石拿出身份证和钱，说要住一夜。小姐说房钱560元一天。他刚要付钱，秦芳插嘴道，“小姐，我在昨天的《济南晚报》上看到，东岳饭店和星河大酒店打七折房价。他们和你们一样是四星级酒店，你们这一家怎么还这么贵？”小姐说等一等，去请示一下值班经理。不到一分钟她回来了，说经理同意给他们减价，房钱降到320元。俩人都高兴起来，白石禁不住夸奖秦芳：“你真行，够聪明的！”秦芳笑了，亲昵地把头靠在他的肩膀上。

两人走进客房。一天下来，他们已经极度疲劳，但是异性的吸引使他俩处于昂奋的状态。在床上他们尽情享受彼此带来的快乐。秦芳自言自语：“我怎么也不会想到，今天就这样被你得到了，真像做了一场梦似的。到底是怎么回事呀。”她又对他说：“那么多人想追我都追不着，怎么叫你一天就拿到了，你哪来的魔力呀？喂，小坏蛋，你现在得到了我，是不是挺得意的？”

“当然很高兴。”白石答道。

“你是不是觉得我这方面满随便的？我千真万确的告诉你，我只有过一个男朋友。他去上海工作，我们时常还有联系。”两人又谈了一会，便睡觉了。

等到白石醒来时，窗外已经大亮。他一看表，已是八点钟。他听见浴室里水流的声音，秦芳不在身边。“糟糕！今天上午的会议一定耽误了。不去也好，这种会本来没什么意思，大多数发言是陈腔老调，没有新意。”他这样想着，抬头一看，秦芳从浴室里走出来，全身裸体，站在他面前。他的眼球一下被吸引住，浑身像通了电。他仔细打量她的全身，她的头、脸、肩膀、胸部、腰、腹、脐、大腿、漆盖、小腿、一直到脚。他心中的火焰又一冒千丈。他把她拉到身边，抱住，吻她的身体，然后把她放倒在床上。

一番云雨之后，秦芳夸奖白石的功夫棒，耐力强。听到女人如此的赞赏，白石信心倍增。秦芳说：“小坏蛋，我原来以为你们这些在北京工作的大牌学者特别正经，特别高尚。结果呢，你们搞这些名堂！不过只有你胆大，像男子汉。其他人就是有胆，我也不理睬他们。”白石说：“我也是人呀！谁没七情六欲？”两人依隈在一起，喃喃燕语。

正式会议结束后，大会组委会安排外地的会议代表在市内和附近旅游。白石随会议代表们去济南各地参观。他由于连续作战，消耗大，睡眠少，头有些痛。他忍着头痛，跟大家一起游览济南名胜。他们先后去了解放阁，趵突泉，黄河岸边，最后来到大明湖。白石从前喜爱读《老残游记》，其中描写到济南的美丽风景。书中写济南府“家家泉水，户户垂杨，”风光胜似江南。如今的济南不似过去。今夏黄河水在山东境内断流。大明湖也不像老残当年看到的引人入胜。垂柳，荷花，回廊仍有一番情趣，但公园管理并没有把大明湖收拾得令游人心旷神怡。这里的景致比不上北京的北海公园里的荷花滋润鲜艳，也不如苏州园林的树木葱郁多姿。

白石和齐振飞没有去过曲阜孔庙和泰山，表示愿意随其他代表们去那里参观。秦芳和蔡莹也乐意陪他们参观。于是他们四人又聚在一起。蔡莹对齐振飞说，希望他以后有时间到南京大学讲学，那样他们就有机会重聚。齐振飞一口答应，说以后一定设法去南京，不为别的，就是为老朋友蔡莹也得走一趟！

趁蔡莹和秦芳不在身边时，齐振飞问白石："这次认真吗？小姑娘不错。"

白石说："我真挺喜欢秦芳，以前没遇见过这样的姑娘。她有一种说不出的诱人之处，我会珍惜！"

"好，我等着吃你的喜糖。"

"哈哈！我的喜糖你恐怕永远吃不到。"

他们一行先到曲阜。孔府庞大，愈走愈深，庭院套庭院，古柏参天。他们怀着崇敬的心情，走进孔府。孔子的精神塑造了中华民族的品质。他一生追求真理，但是理想不能付诸实现。死后，千秋万代把他奉为圣人。"朝闻道，夕死可也。""学而不倦，诲人不厌，发愤忘食，乐以忘忧，不知老之将至。""不怨天，不尤人，下学而上达，不知老之将至也。"孔子的无数的名言回转在白石的脑海里。白石半认真地对秦芳说："孔子有一句名言，我印象特别深，总是忘不了。"

"什么名言？"秦芳问。

"他曾经说，'吾未见好德如好色着也。'我记得这句话在《论语》里出现过两次，《史记·孔子世家》里也录下了。”

“那你就是好色之徒？你讽刺我？你好你的德去，我走了。”

秦芳佯装要走，白石赶忙拉住她，说，“跟你开个玩笑，别生气。我是用孔子的话批评自己。咱们继续往里走。这孔府占地这么大，无边无际。”

几人走完了一遍孔府，流连忘返。齐振飞的意识也沉浸在遥远的过去。他想起太史公司马迁《史记·孔子世家》结尾那段千古不朽的话语：

诗有之：“高山仰止，景行行止。”虽不能至，然心向往之。余读孔氏书，想见其为人。适鲁，观仲尼庙堂、车、服、礼器，诸生以时习礼其家，余低回留之不能去云。

次日，他们搭旅游车去泰山。到泰山脚下，一踏上泰山石阶，游人的胸中立刻产生了沉重的历史感。谁到此没有这种感受呢？作为五岳之首，泰山可以说是中国最神圣的山。两千多年来，历代君王到此封禅祭天。山道两边的巨石上，刻满了古今名人骚客的题字和诗句。泰山的每一块石，每一方土，每一棵树，都是中国文化和历史的积淀。此时整个泰山披上一层层苍郁的树木，气势磅礴。游人时见清凉的溪水从山涧中流出。他们沿着中心山道，向上爬。他们累了走不动了，就歇一下，喝口饮料。他们气喘嘘嘘地到达了中天门。秦芳、蔡莹、白石实在走不动了，没劲爬玉皇顶，打算坐缆车。

齐振飞执意步行上去。他说：“我一定要走上山顶，这是一种神圣的经历。如果你们缆车快，先到，你们就在玉皇庙等我。”

齐振飞抖擞精神，奋力爬向山顶。他走过了十八盘、南天门、天街、碧霞祠，最后到达泰山的颠峰——海拔1545公尺的玉皇顶。其他三人早坐在古登封台石碑前等他。他们每人买了一束香火，走入玉皇庙，跪下，以虔诚的心情向玉皇大帝祈祷。他们各怀心事，希望玉帝成全自己的心愿。

从玉皇庙出来，他们走到一处栏杆，眺望远方。山势苍茫，绵延起伏，几条山路自下而上，蜿蜒曲折，通向云天。山石峥嵘，万木竞秀，层林叠翠。视线极限处，云雾渺茫。身临此境，游人无不感受到杜甫诗《望岳》所描写的境界：

岱宗夫如何？齐鲁青未了。
造化钟神秀，阴阳割昏晓。
荡胸生层云，决眦入归鸟。
会当凌绝顶，一览众山小。

少年同学

阳历2001年、农历辛巳岁的春节到了。齐振飞已经二十年没在中国过春节了。以往他都是在暑假回国。由于工作原因，他一直没机会在一、二月份回北京。这回他又能够看到白雪飘扬的北国风光，感受喜气洋洋的新年气氛。春节前夕一场大雪降落北京。雪后的城市显得格外安静，雪把北京的空气过滤清洗一番，也好像净化了人的大脑和身心。

振飞的姐姐一家人从香港回到北京，与母亲和振飞团聚过节。60～70年代，他们住在东城区和平里。那时和平里是北京的边缘地带。和平里以北的土城，既元大都城墙的遗址，是北京城的最北端，邻近郊区。如今市区向外伸展，这里已是市区的一部分。地坛公园是振飞和姐姐小时候常去玩的地方。这次他们一起去逛地坛的庙会。在公园里他们买风车，吃冰糖葫芦，看表演，格外开心。

春节假日期间，齐振飞去拜访他儿时的好朋友张志远。他们已经十几年没见面了。两人是和平里第九小学的同学，171中学（也叫“红旗中学”）的同学。两家人又同住在一个楼里。小时候他们一起玩弹球、抓烟盒、撞拐、打乒乓球。当齐振飞在美国留学时，张志远考入北京大学物理系，并在北大结识了自己日后的妻子何静。大学毕业后，他们在北京工作了一段时间。后来张志远赴美国留学，在卡奈基梅隆大学的电子计算机系深造，并取得博士学位。何静也去了美国，就读费城大学，获得商业管理硕士。他们从国外取得学位后，回国工作，事业上腾飞发达，大显身手。何静在北京的一家房地产公司任副主管，张志远创办了自己的电脑软件开发公司。他们是中国的名副其实的高薪阶层。

上次两人见面是在齐振飞大学毕业后，暑假回国探亲的时候。转眼间十几年过去了。这回他们取得联系后，约好时间，张志远开车来接齐振飞。他西服革履、一表人才、春风得意。他的豪华的红色宝马轿车格外刺眼。张志远的进口私人轿车，是八十万人民币买来的。北京老同学的阔卓大方，使齐振飞这个美国的大学教授瞠目结舌，感到寒酸。他先把齐振飞带到他的公司办公楼。他的公司设在朝阳门外大街的一坐高级写字楼里，面对新的外交部大楼。进入办公室后，年轻的女秘书热情的招待齐振飞，给他倒咖啡。办公室的墙上挂着张志远的卡奈基梅隆大学的博士学位证书。柜厨上摆设世界各国的战机模型和坦克模型，这些都是张志远买来材料后自己组装而成。这是他小时候爱玩的东西。看来他的兴趣多年来没变。

张志远见到老朋友后，兴致勃勃，滔滔不绝地给齐振飞介绍他的生活和工作。他兴趣广泛，特别爱玩，现在最大的爱好是打高尔夫球，走到那，打到那。每次上飞机，都背着他的高尔夫球杆。他虽然拿着中国的护照，但是世界许多国家都去过。他喜欢去泰国和美国夏威夷打高尔夫球。今年夏天到来时，他打算带老婆和儿子去法国南部度假。

从张志远的办公室出来，他驱车带齐振飞去他父母家中给双亲拜年。张志远的父亲张志雄和母亲马蓝，是50年代留学苏联的学生，才华横溢。在齐振飞小的时候，他们只是普通机关干部。改革开放以来，他们官运亨通，张叔叔任中央某工业部门的副部长，马阿姨也升任中央某农业部门的局长。夫妻俩已退休，可是部里每天还派车来接张叔叔去部里做些事情。齐振飞十几年没有见过他们了。

马阿姨关切地问：“小飞，你成家了没有？”

齐振飞感到惭愧，不好意思得说：“没有。”

“那你一个人？”马阿姨问。

“我有一个女朋友，和她时好时坏。不知到以后怎么办。她是美国姑娘。”齐振飞回答道。

张致远说：“嗨，跟美国人在一起哪行呀，没共同语言，文化差异太大。还是中国姑娘好！妈，你快给小飞物色一个。”

马阿姨半信半疑得说，“需要我介绍么？好，我记着这事。”

每次齐振飞遇到好心的朋友关心他，要给他介绍对象，就感到不自在。他对中国的这个传统不习惯，但他后来也学会了逢场作戏，因势利导。别人给他介绍朋友，他也不拒绝，如果姑娘不错，他会和她接触交往。

告别了父母后，张志远带齐振飞去他自己的家里。他们到了建国门外大街后向东走，穿过国贸大厦等繁华地段，半小时后，到达通州。他们的洋房处在一个山清水秀的住宅小区中。此时，张志远的妻子何静已在家中等待他们的到来。

家中摆设着他们周游世界各国时买回的物品。张志远的书架摆满了他收藏的各种书籍。他们楼上放着一个巨大的电视屏幕，整个一层楼像个小型电影放映室。

他们九岁的儿子，虎头虎脑，嗓门大，力气大，精力无穷，已经是个小足球高手。父母把他送进北京学费昂贵的私立小学。张志远打算过几年把他送到美国读中学。

夜深了，张志远夫妇热情地留齐振飞在他们家过夜。躺在床上，齐振飞暗中羡慕张志远的一切：他生活在中国的环境中，做事得心应手的，左右逢源，拥有一个温馨稳定的家，一个聪明贤惠的妻子、一个可爱的儿子。他在家族中承前启后，上下左右的关系摆得很好，他让父母骄傲安心，在老邻居面前抬得起头。反观自己，在异国他乡漂流了半辈子，马上进入中年了，还是独自一人，无妻无子，对不起家人。老同学在国内干得那么好，而自己滞留国外，是不是走错了路？

但是，齐振飞意识到他和张志远之间在某些地方无法沟通。张志远大部分时间生活在一个单一文化的国度中，他的成功和顺利，使他难以想象和感受异样的生存模式和生活价值。由于长期在异国生活，齐振飞以为他比许多人多了一个世界。张志远虽然比齐振飞小一岁，可是在北京他反而象大哥一样安排着一切。第二天清早，张志远开车带齐振飞给他们儿时的老邻居、老叔叔阿姨们拜年。

老邻居赵伯伯已经八十五岁了。赵伯伯是老革命，一九三十年就参加革命，是老八路。“三八干部”，文革前任山西省副省长。七十年代初期，齐、张两家从干校返回京城，赵伯伯被批判后降职调任到北京某农业部门，大家恰好住在一个大院里。当年，他每次抽完一盒大中华牌香烟，就把烟盒送给张志远和齐振飞。两个小孩把漂亮的烟盒视为珍宝。赵伯伯爱读《参考消息》。那时的报纸的头版头条消息时常是“毛泽东主席会见某国外宾，与他们畅谈天下大事”。赵伯伯也给他们讲解世界形势和国家形势，讲中美苏的世界格局，讲古代的《三国演义》。老人兴致来了，还和他们两个小家伙下象棋。今天赵伯伯看到他两长大了，很高兴。告戒他们努力工作，遵纪守法，不要唯利是图，知足者常乐……

大约过了三个月，张志远打电话给齐振飞。他说，好久没给你打电话，没邀你出去玩，对你照顾不周，对不起。他最近忙着一件大事。他刚办完离婚手续。

齐振飞听后懵了。在他的心目中，张志远和何静是模范夫妻，是个人和事业上成功的例子。他们有的东西是他没有而想得到的。

张志远说，“我和何静在大学认识，我是她的第一个恋人，她也是我唯一的恋人，我们认识后从来没有爱过其他人。我们结婚十几年了。我们的生活没有激情，千篇一律。我们分家了。我们的房子归她，我的那辆八十万的宝马车也归她，又分给她一百五十万。”

“那你怎么办？”齐振飞问。

“钱以后再挣呗。”张志远满不在乎得说，颇有大丈夫气概。

“我还有一套公寓。我从房子里搬出来后，住在那。我刚把它装修了一下，让它像个家。有时我得接我儿子去住下。我也尽力把我一个人的生活安排好，让我父母放心。”

齐振飞听后不无感慨。他渴望有个安定的家庭，可是他的朋友想跳出家庭的园囿。他说：“我正想结婚，你有的我没有，我一直把你们看成是模范夫妻。你倒好，反而离婚。人真是不可思议的动物。”

张志远说：“对了，你还记得我们以前的中学同学李小山吗？”

齐振飞说：“当然记得。他学习不好，经常逃学，挨老师骂。不过他挺讲究哥们义气。我十几年没见到他了。他现在怎么样？”

“还行吧，他念书不行，但在社会上挺能折腾。前几年不知出了什么事，他蹲了三年监狱。事后我才知道。他开了一个桑拿澡堂，几次请我去玩，我都没去。以前我老婆让我少跟他来往。今天咱们一起去看看？也算是老同学聚会。”

“好呀。咱们去。”

他们驱车来到李小山开的“春香桑拿洗浴乐园”。到了目的地后，他们对接待员说，请找你们的老板李小山。一会李小山果然出来了。他立刻认出了张志远。张志远对李小山说：“你看谁来了？记不记得小时的同学齐振飞？”李小山和齐振飞仔细打量对方。李小山还是咪咪的眼睛，宽宽的鼻子，剃个平头，身材魁梧，只是现在大腹便便，身体发胖了。 二十年之后，老同学重逢，喜出望外 。三个人热烈地寒暄了一阵，彼此问长问短。李小山见到老同学，话特别多，好像要把压在肚子里的话全掏出来。“你们二位大驾光临，太让我高兴了。”

他们聊着，话题很快涉及到他们共同度过的少年时代。李小山说：“你们知道，当年班里数我最不爱看书。可是我就爱看课外的一本闲书——《水浒传》。那时毛主席发动批林批孔，讲儒法斗争，搞评《水浒》，古为今用。那是文革晚期，国家刚刚开始让老百姓看一点封资修的东西，包括古书。我最着迷《水浒》里面的英雄好汉的故事。我记得小飞也爱《水浒》，老跟我聊这本书。”

“对，那时咱们都住得很近，晚上吃完饭，出来乘凉。咱俩碰到一起就聊《水浒》。”齐振飞说。

李小山接着说：“记得咱们班里有个女生，姓楚，叫杨柳。教室里她坐在小飞旁边。她长得满有姿色，学习也特棒，当时我都不敢和她说话，但她跟小飞话挺多，眉来眼去。我就跟小飞说：‘鲁智深倒拔垂杨柳’。”三人哄然大笑。

“有没有楚杨柳的消息？”齐振飞问。

“后来她考进北京外语学院的英语系。大学毕业后分到外交部，是个出色的外交官，老往欧洲跑。听说现在已经是副司局级干部了。人家也是贤妻良母，自然不在话下。”李小山说。

“咱们班里当官的，男生没几个。楚杨柳可能是现在为止咱班同学官做的最高的。她年岁应当跟咱们差不多，不到四十，前途远大。”齐振飞说。

“我不是姓李吗，当时我自称‘黑旋风’李逵，不近女色，只好打报不平。那时你们俩是文弱书生，外边的孩子来欺负你们，是我把他们打跑的。还记得么？”

“记得，记得。”张志远和齐振飞齐声说。

“现在不同了，咱即广交豪杰，也好女色。哈哈哈。”李小山说。

“你活得潇洒。”张志远说。

“还是你们好，有学问，受人尊敬。我常跟我儿子说，好好学习，以后像张叔叔那样，上北京大学，毕业后自己开公司，赚大钱。说不定日后还能当上部长！”李小山说。“志远，你刚离婚了，心里可能不痛快。如果闷了，尽管到我这来。我这里是全方位服务，规模在北京是数得上的。大家洗完澡，可以进行各项活动——按摩、打牌、下棋、看电影、喝饮料，对了，我这还有个小餐馆，供客人吃饭。”

齐振飞小时候时常去北京的公共澡堂洗澡，可是现在已经不习惯脱光身子与其他男人一起洗澡。今天他只好和老同学一道洗澡。

从澡堂出来，李小山说：“你们二位大学者到我着来，太让我高兴了。今天二位就在我这吃晚饭，尝尝我的厨师的特色菜。”他把菜单递过来。

齐振飞看了菜单后，不觉发笑，说：“你的菜单满特别的。”

李小山说：“我是为了吸引顾客。来，今天咱们多吃，多喝。咱们能这么聚不容易。小时候我特爱看梁山英雄好汉在酒店里大吃大喝的场面。鲁智深、武松他们是真豪杰呀。当时我发誓：自己长大以后，有了钱，也得大吃大喝，做英雄。”

他们点了一桌菜，要了不少酒水，大吃起来。李小山的肚子大，能量大，一会工夫已经喝下两大扎燕京啤酒。他兴致高昂，滔滔不决地大发议论：

“现在北京玩的地方多了，花样多了，什么桑拿，健身房、度假村、卡拉 OK，可咱就是怀念咱们小时候玩的地方。记不记得当年咱们去什刹海和陶然亭游泳，去颐和园和北海划船，去香山爬山，连那时的冰棍都比现在好吃。三分、五分的小豆冰棍和牛奶冰棍，多有味！北冰洋牌冰激凌是夏天最好吃的东西。现在的食品又贵又没味。”

“跟二十多年前比，物价长了几十倍。”张志远说。

几个人不着边际地神聊了一晚，直到半夜齐振飞和张志远才离去。

都市漂泊者和漫游者

齐振飞在京师大学尽量把工作安排地紧张而充实。他有时用英文授课，以便提高学生阅读能力。他介绍国外的新的理论和研究方法，耐心解答学生的问题。国外学者到京师大学讲学，有时他被叫去充当翻译。他尽可能参加学校主办的各类相关的大小学术会议。他用中、英文撰写一系列学术文章（关于国际前卫艺术、大众文化研究的理论与实践，比较诗学，中外电影研究等）。有时他应邀去北京其它学校演讲。

2001 年春季学期，齐振飞在京师大学讲授一门“符号学与文艺理论”。这是他近年来的研究领域之一。他想给同学们讲述自己的文艺思想。课上有四十多个学生，他们是中文系的四年级学生和硕士研究生。

他说，我们日常汉语中的观念如“想象”、“抽象”、“象征”、“形象思维”等，总离不开一个“象”字。他就从中国的“象”字开始讲解符号学理论。他首先从中国古代的“群经之首”《易经》讲起。他引用一系列经典论述。

《易·系辞传》曰：“《易》者象也；象也者，像也。”

“古者包曦氏之王天下也，仰则观象天地，俯则观法于地，观鸟兽之文与地之宜，近取诸身，远取诸物，于是始作八卦，以通神明之德，以类万物之情。”

老子《道德经》：“道之为物，惟恍惟惚。惚兮恍兮，其中有象。”

王弼论及言、意、象的关系：“象者，出意者也。言者，明象者也。尽意莫若象，尽象莫若言。”

孔颖达有关于“实象”与“假象”的分类。

清代史学家章学诚讲道：“有天地自然之象，有人心营构之象。”“成道谓之象。”

王夫之曰：“乃盈天下者惟象也。”

刘熙载论述“按实肖像”和“凭虚构象”两种再现方法。“赋以象物，按实肖像易，凭虚构象难。”

讲到古代西方时，齐振飞提到了圣奥古斯丁的《基督教义》。书中他论及各种象或符号。有自然的符号，有人造的符号，等等。他又介绍中国哲学里的“名”与“实”的有关论述。从古到今，文艺理论的根本问题围绕着一系列的关系：道与象，道与器，符号与意义，真实与想象，艺术与现实，现实与再现、模仿、仿真、戏仿。最后他讲到符号学在二十世纪西方人文学科里的重要性。他在课上力图阐述他的艺术观点。

几个星期下来，齐振飞一直尽心把课讲好，可是很多学生们似乎不感兴趣，在课堂上面无表情。有的打瞌睡，有的看书，手机时而响起。齐振飞疑惑不解，不知其中原因。这些名牌大学的高才生，怎么这个态度？

一次下课后，两个男学生走过来。一个学生是赵勤思，硕士生，来自河北邯郸郊区。看上去三十出头的年龄，憨厚朴实。另一个是魏长浩，硕士生，来自四川。他二十四、五岁，聪颖灵秀。

赵勤思从小喜欢看小说，尤其中国古典小说，钟爱《三国演义》、《水浒传》。他打算硕士论文比较和研究中西叙述理论。魏长浩对现代思想史有浓厚兴趣，特别是现代性和现代化的问题。

齐振飞开门见山地问他们："实话告诉我，我的课是不是很枯燥？"

赵勤思回答："我们对您讲的非常感兴趣。可惜很多学生心思不在这。那些大四的学生琢磨着毕业的事，有的在联系工作，有的已经找到工作，有的在准备考研究生，有的联系出国。"

魏长浩说："很多人觉得理论太抽象，没兴趣。一般本科生喜欢读文学作品。有些人毕业后当编辑、记者，有些人当老师。搞文艺理论的不多。你对他们讲是'对牛弹琴'，大才小用。我们两个是文艺理论专业的研究生，所以特别喜欢听您的课。"

赵勤思说："您讲课完全是开放型的 ，鼓励学生积极思考和投入，很不一样。"

齐振飞说："是吗？我看学生都快睡着了。"

魏长浩笑着说："齐老师，听您讲课真有意思。看得出来，有时候您用中文表达有困难，找不到恰当的词。"

齐振飞说："是的。很多东西当初是用英文学的，到现在也不知道相应的中文词。在美国写作和教课自然都用英文思考和表达。所以在国内讲课时，经常需要把英文翻译成中文。有的时候不知怎么翻，有的时候更糟糕，脑子一片空白。"

赵勤思说："齐老师，我虽然是学生，可是不比您小几岁。我三十多岁了，有老婆孩子。小魏年轻有为，一个人，没有牵挂。他一路科班出身，基础扎实。我大学毕业后，在邯郸当了好几年中学老师。"他还说，如今他妻子就在北京，每天她卖早点，想请齐振飞和魏长浩去她那里吃早点。齐振飞和魏长浩欣然答应。

第二天早上，赵勤思带齐振飞和魏长浩去吃早饭。在学校东门外向北一多百米处，他的妻子韩秀英和小姨子小红摆一个露天饭摊，卖早饭、包子、烧饼、油条、豆浆、豆腐脑、馄饨汤、茶叶蛋。这里有一些简易桌子和椅子，不少民工在这里吃饭，桌子椅子不够，他们便蹲在地上吃。这附近有人卖盗版光盘，卖日用小百货。旁边有一个廉价低档的小旅馆，不时有打扮妖艳而庸俗的年轻女子出入其内。

韩秀英见到齐振飞和魏长浩喜出望外，热情地接待她丈夫的老师和同学。她看上去是个率直、大方、朴素的河北农家女子。

韩秀英说："勤思能考上京师大学很不容易。他笨手笨脚的，啥也不会，就会看书，我舍不得他一个人来北京上学。我把孩子留给婆婆看，自己带上妹子跟勤思来北京。勤思一个月那三、四百块的生活费，养不起一家人。所以我和妹子摆一个摊，卖早点，赚几个钱，一家人有点收入。"

齐振飞问："在北京还习惯吧？"

韩秀英说："刚开始不行，老想家，现在习惯了。我们希望勤思毕业后能留在北京工作。北京是大地方，我们想搬过来。华北年年大旱，庄稼收成不好。我们不想一辈子留在乡下。"

韩秀英的妹妹小红，十六、七岁的年龄，穿一个红色上衣，系一个白围裙，梳着一对小辫子，红扑扑的圆圆的脸，笑起来很甜。她刚上完初中，不愿意留在贫穷的家乡，想跟姐姐出来做事。

他们三个男人一边吃，一边聊。不一会话题从学问转到时局和政治。赵勤思忿忿不平地说："齐老师，您在美国生活很多年，您说说，美国为什么总找我们麻烦？他们在南斯拉夫炸我们的大使馆，侦察机跑到我们的近海搞间谍，撞毁我们的飞机。

他们遏止中国，把中国当成敌人。美国太霸道了。”

魏长浩激动地说：“我们中国在道义上可以做世界领袖。以前，我们是文明古国，对世界文明的发展做出巨大贡献。在近代历史上，我们曾经是被压迫民族，被侵略，是受害者。我们反霸权，反强权，和广大第三世界人民和国家站在一起，赢得许多国家的尊重。毛主席在世的时候，我们反帝、反修、反殖，号召第三世界人民闹革命，不怕大国强国，打游击战，‘农村保包围城市’。如今，我们的社会和经济迅速发展，一定会很快成为世界一流大国。”

齐振飞开口：“对地缘政治我一窍不通，我算是个‘世界主义者’吧。小时候我们被灌输‘共产主义’，‘国际主义’，长大后我生活在外国，所以我对国土的概念比较淡泊。中国古代就有‘小康’和‘大同’之分。中国在现阶段号召人民‘奔小康’，因为中国穷，但是人类最终的目的和理想是‘世界大同’。康有为的‘大同书’就很值得研究。他设想了一个无阶级、无国家、无私有财产的大同世界。

赵勤思说：“齐老师，您说得对。只是这口气难咽。您到底是文贯中西，见的多，看的远，想的深。我们的生活和学习环境太狭隘，影响我们的思维。以后要多向您学。”

魏长浩说：“以前人们真理想化，居然发明了‘世界语’，还有人学。这种语言永远不会流行。现在世界上说英语的地方最多，以后说中文的地方会越来越多。”

赵勤思说：“我们中国自古以来其实是一个相当传统、容忍的国家。我们不会应为宗教、种族、肤色去迫害、歧视一个民族。孔子说：‘有教无类’，不管你是谁，只要你按照文明的规范行事，就可以相安无事。我们中国有个‘天下’的概念，没有狭隘的民族主义。”

三人热烈地谈着，韩秀英说：“你们吃点东西，别只顾说话。”她又端上豆腐脑，茶叶蛋，包子给他们吃。

齐振飞说：“小韩，别忙了，我们饱了，吃不了了。”

韩秀英说：“多吃点。齐老师，我们勤思笨，脑子转不过弯来，请您以后多指教他。”

齐振飞说：“瞧你说的。可以看出，勤思是聪明人，日后前途无量！以后你就享清福吧。”

韩秀英说：“我这辈子不指望他享清福、挣大钱。我喜欢他有学问、实在。”

不知不觉，三人谈了近两个小时。赵勤思和魏长浩上午还有课，齐振飞想去学校东门对面的“学生之家”买几本书。于是他们起身离去。齐振飞把他和魏长浩的饭钱给韩秀英。韩秀英起初不肯收，想请他们吃饭，齐振飞一再坚持，韩秀英只好把钱收下。

在学校忙碌了一周之后，齐振飞想换换脑子，放松一下。每逢星期五或星期六晚上，他搭乘的士去位于工人体育场北门的哈瓦那酒吧。今天也不例外，他又来到此地。他喜欢这里每天播放的拉丁舞曲，他可以结识新朋友，找到舞伴。那里的老板是个新疆人，客人可以吃到新疆风味的洋肉串。客人里有中国人，但更多是外国人。

两周前齐振飞在此认识了一个新舞伴，她是一个在清华大学学习中文的法国姑娘，叫玛格丽特。今天他们不约而同地到来。两人一起跳了几支舞曲。跳完齐振飞走下舞池来休息，坐下喝啤酒。

旁边的一个男子说：“你跳得真好！拉丁舞跳了多久了？”

齐振飞转过头，发现了坐在他身边的一个中国男子。他看上去三十出头，带一副黑边眼镜，中等个子，留着长头发，略显消瘦。他的穿戴仪表显得与此处的环境不甚融洽，稍嫌土气，一看就不是此处常客。这里也有许多中国客人，但是他们大多在外企机构工作，在此地从容自得，如鱼得水。

“跳了差不多两年了。挺喜欢跳的。这是一种放松休息的好办法。你常来这么？我好像以前没见过你。”齐振飞回答。

“来过一两次。我不会跳。我的外语口语不好，不会跟老外聊天。对了，我叫李士节。”他们此互相介绍。

“我是齐振飞。幸会。”

“幸会。”

“你是不是喜欢这的气氛，喜欢在这坐一坐？”齐振飞问。

“我是想找感觉。”

齐振飞听后一怔，问道：“找感觉？找什么感觉？”

“哦，还没来得急跟你说，我在写一个电视剧剧本，有一组分镜头，描写的是这种场合。”

“是嘛。我也正在酝酿一部小说。咱们是同行，应当多聊聊。”

李士节说，他的剧本基本写完，已经交给北京一个影视公司的一个朋友，看看能不能用。他来自哈尔滨。原来在大学是学哲学。毕业后不愿意留在东北，不喜欢在什么学校、报社、机关工作，便只身到北京闯荡。他来北京五、六年了，属于“北漂集团”。没有固定工作，每周去一家公司工作三个下午。平常在家自己找活干。有时给报纸或杂志写点报道或短篇文章，有时翻译一点外国文学。他说他的英文口语水平等于哑巴，可以抱本字典作笔头翻译，但是不能开口对话。最近两年，他开始写电影和电视剧本，期盼成功的机会。

齐振飞问李士节：“我能不能问你的本子大概写的是什么？你可以不回答。”

李士节说："可以告诉你。剧本大概讲的是一个北京模特公司的故事。老板是个男的，中国人，英俊潇洒，腰缠万贯。模特来自世界各国。故事中有一个镜头是老板和他的一个欧洲模特在酒吧跳拉丁舞，所以我想来这看看。"

"有意思。看来你的戏走的是跨国爱情的套路。"齐振飞说。

"这是当前国内影视的一个卖点。"李士节说。

两人这么谈着。时间已晚，但意犹未尽，便约好明晚一起去兆龙饭店对面的"一千零一夜"阿拉伯饭馆吃饭，看肚皮舞。李士节说他也请他的一个同乡好友一起来。

第二天，李士节果然和一个年轻女子一起来饭馆聚会。她是一个明眸大眼、光彩四射的北方姑娘。齐振飞觉得她眼熟，好像在哪儿见过她似的。寒暄之后，他们边吃边谈。女子是李士节的哈尔滨同乡、"北漂集团"成员裴冬梅。她的父母在哈尔滨一家国营企业工作。按理说，母亲退休时，她本来应该去工厂接母亲的班。可是她不愿意留在老家。她从小性情活泼好动，在小学、中学里演戏、唱歌、跳舞。高中一结束，她一人来北京演艺圈闯荡。她在几部独立拍摄的艺术片里扮演角色。这些片子至今还没有在国内公演。

齐振飞突然想起他在美国的一个中国电影节上看过她出演的两部片子。她的角色深深得打印在他的脑子里，不能忘怀，挥之不去。在一部片中，她扮演一个三陪小姐，表现得惟妙惟肖。在另一部片中演一个刚离婚的少妇。影片中，她演的女子特别让人产生怜爱、同情之心。许多她的特写镜头烘托出一个性感、美丽、叛逆的性格。两部片子在国内没有公演。其中一部片子只在北京大学生电影节上放映过一回。她在非主流电影里出场，一直没有在商业电影电视里扮演过角色，所以只有小圈子里的人知道她。

言谈之中她富有表情，讨人喜欢，颇有东北人泼辣大方的特点。她和李士节的隐隐的东北口音，齐振飞听起来很有味道。他惋惜自己小时候在北京长大，不会说任何方言。目前裴冬梅没有固定的职业，不愿去某个单位工作，因为一旦有了片子拍，便需要全力以赴，不可能请假停止上班。她平日靠什么维持生活呢？齐振飞心里纳闷。

齐振飞说："我跟你们这号人在一起特高兴。像我这种人的生活四平八稳，有安全感，可是平淡无奇。你们呢，为了追求艺术，好像不识人间烟火，牺牲太大。"

裴冬梅感叹地说："是呀。有时真让人难熬。中国的清规戒律太多了，限制太多，搞纯艺术费力不讨好。看样子，大家都得搞点商业的东西，以商业养艺术，要不然实在没法坚持下去。"

吃饭时，裴冬梅的手机响好几次，她不停地接电话，往外打电话。她说，吃完饭后她要和几个朋友去桑拿洗澡，然后去"人间地上"夜总会玩。齐振飞觉得实际生活中的她有点像她在戏里扮演的角色，她的举止言谈有点三陪小姐的俗文化的韵味。她是个谜，令人摸不透。齐振飞察觉，李士节暗中追求裴冬梅，可是裴冬梅不大理会他。她是不是傍上了一个北京大腕？

餐馆的装修颇有穆斯林风味，身处其境，似乎生活在另一国度。晚上一共有四个新疆舞娘，差不多每隔二十分钟，轮流表演肚皮舞。她们的舞姿热烈美妙，在音乐的伴奏下，牵动着顾客的情绪，使他们赏心悦目。齐振飞、李士节、裴冬梅品尝着羊肉串、牛肉串、水果沙拉、馕，沉浸在的轻快的气氛之中。他们说要吃遍城里的新疆饭馆，日后一起去阿凡提餐厅、红玫瑰餐厅，还要结伴去新疆旅游。他们看完最后一个舞娘的表演，直到曲尽人散，才离开。

和李士节、裴冬梅吃完饭回到家后，齐振飞接到白石的电话。白石通知他杨之江在“老北京画廊”举办个人展，明天下午是开幕式，建议他去。白石说杨之江自然会在场，很多艺术圈内的人也会来。去年杨之江在匹兹堡市参加一个艺术展览时，齐振飞与他相识。第二天，白石和齐振飞一起来到“老北京画廊”。杨之江还是老样子：剃着光头，目光炯炯有神。几个朋友相见甚欢。杨之江说，这工夫他忙，要应付的人太多。希望晚上去三里屯喝酒，慢慢聊。

杨之江的老家是重庆，他考入中央美术学院，毕业后，一直留在北京。他先在北京一所大专的艺术系作讲师，觉得工作中束缚太多，行动不方便，半年后干脆辞了职，自己干，进行独立创作。他开一辆黑色桑塔纳轿车，住所和工作室在通州。他主要搞摄影和装置艺术。齐振飞一直欣赏杨之江的作品，尤其这次展览的摄影作品《都市风貌》系列。他的作品将新旧北京并列拼杂，既诙谐幽默，又沉重深刻。照片被电脑技术处理后重新排列组合，讲述了一个日益现代化的大都市，同时作品折射了几代人的记忆、怀旧、和正在消失的历史。他和许多来自外地而留在北京的艺术家们一样，有着不修边幅、我行我素的性情 。

齐振飞和白石、杨之江晚上一道去三里屯酒吧街喝酒。天气暖和，这些酒吧都在露天摆下桌椅，招揽客人。习习晚风吹拂，令人凉爽舒服。闪烁的灯火之下，各色各样的中外人士来到此地，坐在露天，畅饮谈天。

他们三人找了一个桌子坐下，齐振飞问俩他想喝什么。他为杨之江要了一杯红带威士忌，为白石要了一杯蓝带威士忌，为自己要了一杯马爹利。他们一面喝酒，一面观看来往的客人，一面漫无边际地瞎聊起来。今天三个单身男人谈论的题目，无非是艺术和女人，尤其是艺术圈内的趣事和他们认识的女人。杨之江酒后话多，讲起话来眉飞色舞。齐振飞生活在戒律森严的美国学府，说话小心谨慎，生怕有“政治上不正确”的言论。可是中国的艺术家们能够大言不惭，无所顾忌。尤其是他们的大男人主义，在美国大学里一定会惹出麻烦。不过今天齐振飞无所忌讳，任凭他们二位说。

一个街头画家走过来，问他们要不要画肖像。齐振飞大笑，说：“你可找对人了。他们俩是你的同行，中央美院毕业的。这位是杨之江，这位是白石。”

街头画家听了后有点不好意思，说：“两位大名听说过。今天有幸遇到两位。我以前在湖北美院学画，一直没机会认识你们。”

杨之江把街头画家的几幅人物素描拿来看了看，说：“画得不错嘛。挺有功底的。”

画家进一步问：“您要不要来一张？”

白石说：“算了吧。他如果要画像，早画了，等不到今天。”

画家说：“行。我先走了。”

齐振飞感叹地说：“你们是成功的艺术家，和尚未成功的有天壤之别。你们真幸运。”

过了一会，迎面走来一个仪态风骚的年轻女子。从她的穿着打扮和举止，杨之江马上认出她是个风尘女子。他招呼她过来，已有几分醉意，劈头盖脸地说：“

小姐，把你的手机号码给我。有需要我跟你联系。”

女子把她的电话号码抄给杨之江，然后走去。

杨之江兴致高昂，滔滔不决地打开话匣子，说：“我的下一个摄影作品系列是《都市流民》。作品已被选中参加明年的一个亚洲多国巡回展，参展艺术家和展地包括韩国、泰国、日本、新加坡。这么多人涌入大城市谋生，会造成各类问题。我想捕捉他们的生存状况、日常生活、以至个人情感。所以我要在城市里到处游荡、结识三教九流。像刚才路过的那种女子，我也认识不少。”

白石说：“到时我会写一点关于这个多国展览的评论。那几个地方的策划人已经跟我打招呼了。”

杨之江说：“振飞，新北京是一个丰富多彩的城市。它的方方面面，你肯定还没看到。”

齐振飞说：“是。北京这二十年变化极大，那么多的新地方我没去过。”

杨之江说：“对了，振飞，北京的夜景你看的不多吧？我带你走几个地方，让你开开眼界。白石，咱们一起走。”

白石说：“我有点事，我最近在山东济南认识一个姑娘。振飞知道。我挺喜欢她，她明天到北京来和我聚一聚。今晚我就不陪你们了，你带振飞出去转一转。”

杨之江说：“有这么回事？新闻，认真了？好，我不搅和你的私事。我还是老光棍，无事一身轻。振飞，跟我走一趟，愿意么？”

齐振飞说：“行，看看北京的夜景，散散步。我在北京的街头也应当做点民俗学的田野作业。”

两人和白石道别，坐进杨之江的桑塔纳轿车，离开三里屯。

汽车经过雅宝路。这一带具有浓厚的俄罗斯风味，那里的商店、饭馆、花店、和酒吧的招牌使用中俄两种文字，街道漂亮整洁，欧洲风情十足，人们行走在街上，经常听到俄语，仿佛置身异域。大批俄罗斯商人往来此地。

杨之江带齐振飞来到“群星夜总会。”（此处场所如今不复存在。）夜总会正门上面的大大小小的星状霓虹灯一明一灭，好像是对来客殷勤地眨眼献媚。外面聚集着许多出租车，等候乘客。

两人一进入夜总会，齐振飞被所看到的场景惊呆了。大约有几十多位前苏联和东欧的姑娘和一些亚洲女孩散坐在各处。她们的发色有金黄色的、亚麻色的、红色的、黑色的，眼睛有黑色、蓝色、灰色、绿色，身材高矮胖瘦各自不同，身穿耀眼裸露的衣服，构成一个五彩缤纷的小世界。那些亚洲姑娘中有蒙古人，她们能讲很少的汉语，和中国姑娘比起来，他们显得骨架更大，脸更圆。舞池里，一群男男女女扭动躯体跳舞。在美国也好、中国也好，齐振飞从没见过这种场面。

杨之江和齐振飞坐在吧台前，点了嘉士伯啤酒，一边喝一边观察。姑娘们在那里聊天、喝酒、抽烟、跳舞。男客有中国人，有外国人。有个别外地的中国游客听朋友介绍，也慕名来到北京的群星夜总会。眼前的场景让齐振飞看得眼花缭乱、心惊肉跳。

过了一阵，一个亭亭玉立的俄罗斯姑娘走到齐振飞面前和他搭讪。她用蹩脚的英文和齐振飞慢慢交谈开来。她说她的名字叫卡佳，来自俄国远东阿穆尔河畔的共青城，一周前到达北京。她今年二十四岁，没结婚，没孩子，在共青城是一名儿科医生。她指着坐在远处的一位俄罗斯年轻女子，说："看，那是我的朋友、室友安娜。安娜也是一名儿科医生，但是很不幸。她有一个孩子，丈夫没有工作，整天喝酒，是个没用的人。这次是安娜第二次来北京工作，是安娜介绍我来北京的。"

卡佳又说，在俄国远东地区她虽然是医生，收入却很低。所以，很多俄罗斯女人去外国工作。她说她喜欢游泳，她问齐振飞北京有没有水上公园，有没有迪斯尼游乐园。

卡佳身材挺拔浑圆，一头亚麻色的秀发，一张甜甜的脸，说话不紧不慢，娓娓动人。在两人交谈之中，渐渐地齐振飞对她产生了同情、了解。齐振飞明白了卡佳的意思：她在北京人生地不熟，想和他交朋友。

看着眼前的卡佳，齐振飞想起了和他周末在卡巴那餐厅酒吧跳拉丁舞的俄罗斯留学生玛莎。那个可爱的姑娘在北京语言文化大学学中文。跟她跳舞虽然愉快，可是和她沟通还是有困难，不像和欧美姑娘有很多共同的话题和经历。所以，半年多过去了，齐振飞并没有对她产生特殊兴趣而主动接近她。

扬子江见齐振飞发愣，提醒他说："振飞，别发呆了。中国爷们儿到这种地方来很简单，没什么心灵沟通。你别那么浪漫，胡思乱想。老电影《地道战》，看过吧？里面有一句名言：'各自为战，打一枪，换一个地方，不许放空枪。'这就是中国的游击战，今天在这种地方也适用。"

齐振飞突然想起前几天在电影院看的一部新电影叫《紫日》。近年来，中国许多电影有很强的跨国情结。《紫日》的广告说：这是"苍茫林海中，一个中国男人和两个外国女人的故事"。影片中最引人注目的是那个苏联红军女战士。她长得高挑秀美而端庄大方，既威严又可爱。她代表的苏联红军打败日本关东军，解放东北。这位红军女战士是解放者和保护者的象征，又是一个美丽性感的形象。当日本投降的消息传开来时，她脱掉衣服，全身裸体跳入河里洗澡。这场戏是电影的一个高潮。

面对卡佳，齐振飞不知如何是好。他给她买了一杯橙汁、一包香烟，要了她的手机号码，说很高兴认识她，希望保持联系，他如果有空会给她打电话。

杨之江和齐振飞起身离开群星夜总会。杨之江说："振飞，今晚开了眼界吧？你们美国有这种地方吗？北京就是北京！外地人、外国人、海龟（海归）都在北京漂泊漫游、寻找机会，连洋妞儿都来北京混饭吃。”

他俩驱车消失在北京的夜幕中。

齐振飞回到家里时，已是下半夜。他躺下睡觉，可是睡不着。几天来所见到的种种情景浮现眼前，挥之不去。他索性坐起来，拿起一本书看。这是法国十九世纪诗人波德莱尔的诗集《恶之花》。当年波德莱尔漫游巴黎街头，凝视各类人物，捕捉大千世界的稍纵即逝的景象。丑陋与美丽交织的现代都市，成就了他诗歌的特质和升华。齐振飞翻到一首十四行诗《给一位过路的女子》，他继续读了几页诗集，感到困倦，终于入睡。

重逢余雪

京师大学的文艺理论研究中心，每月在晚上举办一次文艺沙龙。每次聚会选定一个专题，先由几个人做简短的主讲，然后校内校外任何感兴趣的老师、研究生、和同行都可以参加讨论，各抒己见。在2001年春季的一次沙龙上，讨论专题是“先锋艺术在中国”。王向东请齐振飞、《前卫文艺》的主编刘梳风、白石、先锋小说家老树、和钱学勉教授做主讲人，希望他们做到抛砖引玉的作用。聚会就在京师大学的人文大楼的一间会议室。不大的房间挤满了几十人。看来大家对这个题目颇感兴趣。主持人王向东做开场白，刘梳风介绍《前卫文艺》的情况，老树讲他的创作经历和文学中的先锋问题，白石谈了谈目前中国前卫艺术家的发展和困境，钱教授讲到国内理论界对先锋艺术的看法。齐振飞把“先锋/前卫”这个概念在西方的起源、演变、及不同的涵义做了简短的回顾。

在座的男男女女以年轻人居多，其中一半是本校的研究生。这些勤学苦读、渴望知识的年轻人，都是尖子学生。艰苦繁忙的学习生活，使女孩子们无暇过多地顾及她们的外表和打扮。她们每人弥散着浓厚单纯的学子气息。

齐振飞坐在那里，一边讲述自己的观点，一边回答别人的提问。他的脑子考虑着学术问题，眼睛却被会场前排的一个亮点吸引住。他不好意思总往那看，可是忍不住眼光老往那个方向溜。那里坐着一个端庄清秀的女子，她一直微笑地看着齐振飞，时而轻轻点头，好像特别欣赏、领会他讲的东西。她大约二十六、七的年龄，上身穿一件淡粉色毛衣，脖子上带一条银色项链，下面穿一条灰色的长裤，脚上穿一双黑色长筒皮鞋。虽然她坐着，可以看出，她是一位高个长腿的女子。和在场的女学生相比，她的美貌和气质太突出了。齐振飞觉得她眼熟，可一时想不起在什么场所见过她。他等待沙龙结束后，走过去和她攀谈。

当王向东宣布讨论会结束后，齐振飞和那个女子不约而同地走到一起。她主动和齐振飞握手。她说：“振飞，你还记得我吗？去年夏天在老北京画廊……”

“哦，对，对。你是余雪！”齐振飞忽然想起来了。去年暑假，在他离开北京返回美国的前一天，一个朋友告诉他老北京画廊有一个前卫摄影艺术展览，值得一瞧。他匆匆忙忙地跑去看了看。

在那里，他认识了几个艺术圈的人，其中有余雪。但由于时间短，无法多谈。第二天上午，齐振飞便离开北京。整整一年过去了。这种遗憾的事在齐振飞的生活和社交中每每发生。

齐振飞对她说：“这次好了，我在京师大学教书、搞搞研究，人在北京，希望多联系。”他又忍不住问：“今天你一个人来的吗？”

余雪答道：“是的，现在我一个人独来独往。你怎么样？结婚了吧？”

“没有，还是孤君寡人一个。以后有机会，我们慢慢聊。真的，我觉得咱俩挺能聊到一起的，有共同语言。对了，我听朋友说最近有些话剧不错，我请你看戏，怎么样？”齐振飞发出了对她的邀请和进攻。

“好呀！你应当请我。我这么大老远跑来听你的演讲，应该有回报。”余雪如此地接受了齐振飞的邀请。

“最近北京的话剧界满红火的，上演了不少好的剧目。我查一下剧目、时间、地点，然后打电话通知你。”齐振飞说。

“行，就这样。”

齐振飞又说：“看完戏，咱们可以去王府井或三里屯走一走，换个环境。”

余雪说：“我特喜欢那些地方。那边的街道漂亮，酒吧、餐馆、酒店、老外特多，挺有情趣的。你们京师大学这一带，学术气息太浓。”

“嘿，你别骂我呀。我深有同感。那边的确好玩。我明天就给你打电话。”

“一言为定。”

第二天，他们在电话上约好星期天晚上去看一场新编的话剧《狂飙》。

约会那天，他们坐出租车在王府井的东方广场附近下来，慢慢地沿着王府井大街，朝着首都剧场的方向往北走去。

他俩并肩在王府井步行街上行走。余雪1米75，高高的个子，只比齐振飞矮五公分。此时她穿上高跟鞋，显得更高。她乌黑的秀发，又长又厚又亮，佩在肩上。老天赋予她令人妒忌的美丽动人的容貌、匀称阿那的曲线。无论是从前面看、还是从侧面看、还是从后面看，余雪的肩、胸、背、腰、臀、腿构成比例完美的身材。她穿着淡蓝色的连衣裙，褐色皮夹克，黑色高根鞋，肉色丝袜，露出浑圆性感的小腿。一路上，许多男人忍不住要回头看余雪几眼。齐振飞的自我也随之膨胀。

他们一路走，一路谈。齐振飞问："我记得你是青岛人。"

"是。"余雪答。

"难怪山东出了那么多美女、模特、演员。"

"没错。"余雪得意地回答。

"我的祖先肯定是山东人，要不然我不会姓'齐'。"

"你？没门，少跟山东套近乎。"

"你是艺术科班出身的吧？"齐振飞问。

余雪说："我先前在济南美术学校念书。我从小喜欢艺术，爸爸是艺术老师，教我画画。我后来考取了山东美术学院艺术史的研究生。去年毕业了，来到北京工作，在燕山美术学校教世界美术史，同时自己也搞点创作。"

不一会，他们到达位于王府井大街的首都剧场。在齐振飞小时候，他跟家人坐电车去王府井时，首都剧场是必经之路。他非常喜欢首都剧场和北京展览馆这样的有苏联风味的老式建筑。它们端庄典雅。齐振飞很高兴今天终于有机会来此看戏。据剧情介绍，《狂飙》是以田汉和他的四个红颜知己的故事编制而成。

演出开始后，余雪看戏全神贯注，非常投入。同时她含情脉脉，不时地会拉着齐振飞的手。

看完戏后已经天黑。夜幕之下，新建成的王府井步行街灯火辉煌，熙熙攘攘，热闹异常。东安市场和东方广场成了北京新的亮点。他们饿了，便沿着王府井大街向南走，走到位于京仑饭店前面的的翠华楼酒家吃晚饭。齐振飞请客。他们点了红烧海参、白灼虾、西芹百合和一壶龙井茶，边吃边聊。

齐振飞并不觉得《狂飙》有什么特别的好，反而觉得戏很沉闷，缺乏“戏剧性”。可是余雪的感受不同，她喜欢《狂飙》戏中的缠绵情调，被田汉与四个女子的悲欢离合的故事所打动。她欣赏女导演的女性视角和手法。

一周后，他们又去王府井的儿童小剧场看由孟京辉导演的马雅可夫斯基的《臭虫》。演员们把《臭虫》表演的既辛酸又幽默，使观众笑得前仰后翻，如痴如醉。

看完《臭虫》几天后，齐振飞邀请她到他的公寓做客。她看着齐振飞的住所说：“你这里什么也没有，四壁空空如野，不是人住的地方。你的日子过得像个苦行僧。哪天有空，我帮你布置一下。”

齐振飞说：“这房子也不是我的，是租的，我只在这住一年。”

余雪说：“住一年也是住呀！如果自己的家不舒服，就太对不起自己了。”

一个星期之后，余雪第二次来到齐振飞的住所时，抱来一大堆东西。她买来几幅油画的复制品，贴在墙上，顿使室内生辉。这几幅现代油画，线条简单而明快，勾勒出强烈的情绪。她买来一块印花桌布铺在餐桌上，把几个红蜡烛放在卧室里。最让齐振飞动心的是余雪带来的一个大花瓶和她精心选择的一个花束，其中有两朵红玫瑰，两朵白玫瑰，两支粉色康乃馨，两簇蓝色的勿忘我，粉色的、黄色的、白色的百合各一支，两枚黄色的菊花。她乐于布置齐振飞的房子，好像这是她自己的家似的。

齐振飞喜出望外，说："太不好意思了。本来是我应当给你送鲜花。你每月那点工资全搭进这些东西了。"

余雪说："我愿意，我高兴。"

齐振飞说，"不行，我得把钱给你。"他硬塞给余雪五百块钱。他赞叹道："你到底是搞艺术的，凡事都有艺术眼光。"

"当然了，现在你这里才像个家的样。"

齐振飞拿出一瓶中国生产的长城牌红葡萄酒。他给每人倒了一杯，两人边喝边聊。余雪讲起当时在山东美术学院学习时去沂蒙山区写生的情景。老师领他们来到一大片白桦林。林中的地上积满厚厚的金黄色的树叶。太阳照入林中，整个山区变成一个色彩缤纷的世界。自然之美使她更加热爱艺术。

齐振飞记得在七十年代自己小的时候看革命芭蕾舞剧《沂蒙颂》。一个年轻美丽的农村妇女，生下孩子不久，自己的丈夫上山打游击。她照看一个受伤的解放军战士，给他熬鸡汤，还用自己的乳汁喂那个伤员。舞剧要讲述的是"军民鱼水情，"人民是军队的乳汁，可是这段情节和那个芭蕾舞女演员的舞姿使年幼的齐振飞心旌颤动，想入非非。

这天晚上两人期待的事发生了。跟中国姑娘做爱，不着急，不焦躁，双方配合默契，舒服到位，好像本族人的基因天然是为对方设置的。她温柔体贴，善解人意。两人了解对方的思想、习俗、性情，乃至对方的潜意识、无意识。齐振飞心里琢磨，如果他们俩成家，一定是个非常和谐、美满的家庭。自己的母亲和亲属都会满意和高兴。和她结合，以后的日子会平坦幸福。如果自己打算和中国姑娘结婚定终身，余雪不是很好吗？

从夜晚到早晨，他们在床上，时而颠莺倒凤，时而甜言蜜语，时而朦胧入睡。由于一夜没睡好，早晨起来时，齐振飞无精打采。可是余雪余兴未尽说："你真厉害，我们夜里一共做了四次爱。"

齐振飞不敢相信自己有那么大的能量。"不可能吧，如果是那样，我早死了。"

"真的，我记得。"余雪肯定地说。

"是吗？我妈练气功，我姐懂中医会查脉，她们都说我肾虚、肾功能弱。"齐振飞想，自己已经不是二十多岁的小伙子了，居然雄风犹在，宝刀未老。跟琼妮在一起，自己总是怕不行，而心里越这样想，越容易阳痿。可是与余雪相处，自己的身体自然就来了感觉，一切水到渠成，不必着急。

余雪说："反正我觉得你够棒的。"

大约一个月过去了。有一天，余雪问他："当初我跟你好，是冲动，被你表面的东西迷惑住。我觉得你挺神秘的，没见过你这样的人。我什么也不懂，糊糊涂涂跟你就上床了。上了床还不知到发生了什么，像做了一场梦。现在我更了解你，真的觉得你挺好的。你有涵养，有学问，有深度。"

齐振飞说："我虽然有时候做一点所谓的艺术评论，但是我不是真懂艺术。你不喜欢你的那些艺术家朋友吗？他们有的很杰出。"

"不喜欢。他们太怪。"余雪说。

"我挺喜欢他们的。"

"那你跟他们结婚算了。"

"开玩笑，我怎么能跟他们结婚呢？"

"我自己是搞艺术的，但是我不想和搞艺术的谈朋友。好了，不说别人了。你觉得我怎么样？你对将来想过么？"

"对将来想过一点，没多想。"齐振飞含糊其词。

“好，好，你爱怎么想就怎么想！好像是我要你怎么样是的。以后我绝不先提‘将来’二字。”

他们时常一起去看前卫艺术展览、话剧和电影。他们去得比较多的地方是位于东华门的四合院，王府井校卫胡同老协和医院旁边的老中央美院的展厅，和东便门的红门画廊。2001 年王家卫的电影《花样年华》在北京公演，他俩一起去电影院欣赏这部电影。齐振飞对影片的小资气氛不以为然，可是余雪喜爱影片的含蓄而缠绵的情调。

一日，齐振飞带余雪去吃西餐。他们来到位于亚运村的一家美国餐馆。这里干净整洁，环境幽雅。他们点了牛排、意大利面，沙拉等默默地吃。餐厅里还有一对对其他情侣温馨地吃饭。

余雪扫视周围的客人，轻声说：“我觉得咱们俩是最好的。”

齐振飞也看了周围一眼，迎合地说“是呀，咱俩是最好的一对。”

余雪深情地说：“我喜欢跟你在一起吃饭，感觉挺好的。”

齐振飞听了这话，心里猛地感到一阵难过。同样的话琼妮跟他说过许多次，仿佛坐在他面前的就是琼妮。“跟你吃饭，感觉特别自在。”“我不喜欢跟别人吃饭，就喜欢跟你吃饭。”“你在，我基本上不去饭馆。”琼妮的话和美貌浮现在他的脑海里，他想念她，他的鼻子酸了、眼角红了。

“你怎么了？你表情有点怪。”余雪问。

“没事。刚才咬了一块辣椒，给我辣得够呛。”

“我们点的菜应该不太辣呀。”余雪纳闷。她话题一转，问：“对了，你不是说你在写小说吗？写得怎么样了？”

“一直在写，写得比较慢，太多杂事了。今天他们叫我去开会，明天要我写一篇学术文章。这些事不做也不行，这是我的本行，写小说是副业。”齐振飞回答。

“你经历那么丰富，国内和国外的事都知道，应该能写出有意思的东西。”

“但愿如此。”

“小说是关于什么的？”

“我是一边写，一边想。大概讲一个北京人在美国生活了二十年后，回到北京体验生活。小说写他在北京的感受和见闻，中间穿插些半真半假的爱情故事。我想涉及点中国现代史，比如我们父母那一辈的故事，加上一点我自己的跨文化的、不中不西的感受。等等，等等。”

余雪说：“你别想得那么多，你把你的真实感受写出来就是好作品。”

“你爱看小说么？”齐振飞问。

“上中学和大学的时候特别爱看，现在没工夫。在大学的时候我很着迷米兰·昆德拉的《生命中不能承受之轻》。我觉得他把男女之间的事刻画得入木三分，特有情趣。不过那部小说可能有点过时了，不知道对你有没有帮助。”

“是吗。你看的小说比我看的多。这本书我一直想看，可就是没空，这几天我应该买来看看。”

齐振飞又说：“我也给你推荐一本书吧。我外公的词集《碧城乐府》，你爱读词吗？词是最美丽的文体，它是语言的提炼、感情的升华。用固定的格律和简约的文字，写出复杂的感情。”

余雪说：“我的古文底子不深。但是既然是你外公的词，我当然愿意看。”

次日，齐振飞去逛三联书店，发现《生命中不能承受之轻》的中译本，便从书架拿起一册翻阅。余雪不是说这部小说精彩吗？他读了没几页，便被小说的流畅幽默的文笔吸住，于是站在书架前阅读。主人公托马斯有一个所谓的“性友谊”原则，即“三三原则”：

“就是说，如果你一下子与某位女人连续三次约会，以后就肯定告吹。要是你打算与某位女人的关系地久天长，那么你们的约会，每次至少得相隔三周。

三三原则是托马斯既能与一些女人私通，同时又与其他许多娘们儿继续保持短时的交往。”

齐振飞觉得这三三制有道理。当初有几次就是因为自己追求女子的心情过切，欲速而不达，反而坏了事，不够老练，沉不住气。可是哪个男子能够永远坚持三三制呢？在一夫一妻制的今天，一个男人迟早会倾倒于一个女子，这个女子在一段时间内乃至终身成为他的精神上和生活上的支柱。齐振飞想起了与他相爱过的女子们。他觉得自己这个单身汉实在坚持不下去了。

晚上回到自己住处，余雪半躺在床上，打开台灯，慢慢阅读振飞借给她的词集《碧城乐府》。词中很多典故她不熟悉，个别生僻字句不认识。但是她感悟到词的主题，欣赏词的韵味。她发现《碧城乐府》的大多数词表达爱情、亲情、友情。词集的前三首是词人写给他夫人佩瑜，抒发了身处逆境之时患难夫妻之间的真挚爱情。集子的第二首词是纪念他们结婚二十周年。

贺新郎

再赠佩瑜九妹

历历犹能记。
想当年，

小乔初嫁，
绮妆新试。
百合花团云锦簇，
袅袅轻纱垂地。
算廿载，
流光过矣。
憨女痴儿都长大，
更霜飘两鬓纷如此。
浑似梦，
几弹指。

经年坚卧西风里。
儘沉吟，
草间偷活，
望门投止。
惭愧良辰成虚度，
一笑看天而已。
尚差胜，
牛衣相对。
待得重逢花烛日，
共琼筵拼却龙锺醉。
还细说，
此时事。

余雪低头仔细品味词句，浮想联翩。

病痛与创伤

往事的记忆和历史的重载使齐振飞心事重重，神经衰弱。在身体上，他这一段时间过度劳累。在京师大学的工作消耗了他不少的精力。不间断的研究和写作，让他疲惫不堪。和余雪共度的春宵时刻，虽然美好也使他吃不消。余雪在枕边经常对他轻声细语地说："我就是想把你弄累，让你没力气和别人搞。"

齐振飞的旧病小肠疝气又犯了，左睾丸胀痛。他从小有这个病。以前静养一下或吃点中药就会好。这次病情严重，身体不适，以至行走困难。他没有跟余雪说，自己一瘸一拐地叫了出租车，去医院看病。医生说吃药和静养恐怕都无济于事，最好动手术，一劳永逸。

从医院回到家里时，天已黑了。齐振飞精疲力竭。外面忽然雷电交加，大雨如注。北京春天的狂风把窗户吹的咣当响。他又饿又冷，睾丸疼痛，时而浑身痉挛。他感到孤独、害怕、无助。他给余雪打电话，让她过来一下。余雪冒雨来了。虽然她打了雨伞，头发和衣角被雨水打湿。她看到齐振飞脸色蜡黄、形容憔悴，大吃一惊。她心疼地问到："你怎么了？前两天还好好的。"

"我病了。你知道什么是小肠疝气么？"齐振飞说。

"不知道。"

"这是男人的病。肠子掉进睾丸。我小时候有这病，以为好了没事了。最近又犯了，从来没这么厉害。"

"我第一次听说这病。"

“说不定我以后不能做剧烈活动，不能跟你跳舞，丧失性功能和生育功能……”

“行了，别说了。医生怎么讲？”

“医生说吃药没用，建议我住院开刀。把那个洞口用针线缝死，以后小肠就再也掉不下去。”

余雪安慰了齐振飞一番，让他听医生的话，安心住院，一切都会好的。“我陪你住院，照顾你。”她半开玩笑地说：“即使你丧失生育功能，我也愿意跟你一辈子。”

齐振飞知道这是不可能的事，但是余雪能说出这样的话，他极为感动。他问，“你真的爱我？”

“真的！”

齐振飞住进朝阳医院。手术还算成功顺利。手术后伤口时而疼痛，他仍住在医院恢复一段时间。余雪每天都来看他，给他带来食品、书籍。齐振飞动情地说：“余雪，我们虽然没结婚，但是你厮守着我，我们像一对白头夫妻。”余雪答道：“你的嘴别那么甜，要看你以后的行动。”

母亲虽然行动不便，也经常来医院看望儿子。她感激余雪天天照顾生病的儿子。她对振飞说：“余雪是个好姑娘。她是能跟你过一辈子的女人。况且她才貌双全，品德兼优，你要珍惜，不要喜新厌旧，过几天又迷恋另一个女人。你已是三十好几、奔四十的人了，该成家了！”

“妈，你说得对。我心里有数，终生大事我不会再拖了，会尽快解决。”他时而想起另一个山东姑娘蔡莹。蔡莹和余雪气质相仿，只是余雪比蔡莹身材大一号，年龄长两岁，阅历多三分。

一次余雪来医院看望振飞。余雪坐在病床前，振飞坐靠在病床上，两人聊天。振飞说：“咱俩互相吸引，其实好多是表面上的东西。咱们缺乏更深的了解。表面上你可能觉得我不错，其实我有很多硬伤。”

于是齐振飞给余雪讲起他的童年。往事如烟，记忆把齐振飞带回了三十年前的文化大革命时代。他想起爸爸、妈妈、哥哥、姐姐，和自己，他的鼻子有点酸楚，眼睛也潮湿了。

他讲到：我的哥哥和姐姐有过快乐的童年。小的时候，他们在家里每人有一个保姆专门照顾。稍微大一点，他们被送进西安市第一保育院。它的前身是陕甘宁边区儿童保育院。父亲那时出门，总有警卫员、秘书、司机伴随。我出生后，家里遇到麻烦。我不到两岁的时候，父亲被赶出西安，全家搬到北京。所以我的童年不能和我的哥哥和姐姐相比。

文化大革命的风暴席卷全中国，没有一家人能够逃避。1969年，也就是我不满七周岁的时候，全家被迫离开京城，去江西五七干校下放劳动。家里落户在江西省九江地区永修县的一个贫苦山区。全家五口人，住在一间漏雨的平房里。南方多雨，老天一漏，房顶也跟着漏，家人便拿出锅碗瓢盆、水桶接雨水。江南潮湿，家里从北京带来的木制家具大都变形。我体弱多病，一到干校就得了小肠疝气。

在江西干校文革发展得如火如荼，父亲也惨遭其害。他被莫名其妙地打成“走资派”，不允许他回家住，被隔离审查。哥哥才十五岁，去了县里的造纸厂当工人。姐姐更小，去江西云山共产主义劳动大学，半工半读。姐姐才十几岁，劳动起来不甘落后，上山砍完柴，要背七十斤重的柴火下山。寒冷天气，也要卷起裤腿，下农田插秧，使她一度染上风湿性关节炎。可是姐姐总是乐观向上，刻苦学习，认真劳动，把自己当做红色接班人、老革命的后代。她写革命日记，记新式山歌，洋溢着年轻人朝气蓬勃的精神。

这时，家里只剩下我妈和七岁的我。我每日提着饭盒、热水瓶去一里多远的干校连部打饭。食堂伙食不好时，妈妈和我就吃自己种的菜补充。我俩开了一小块地，种下黄瓜、香瓜、西红柿、玉米、丝瓜、白菜、空心菜。有一次，我看到一个绿油油的大丝瓜长在架子上，性急地把它摘下来，兴冲冲得跑着拿去给母亲看。母亲看了后，一边摇头一边笑着说，“傻儿子，这么大的丝瓜，吃起来已经太老了，不能吃了，可是做丝瓜囊，又太青。你让它长老点，就可以做丝瓜囊，用来洗碗。现在你把它摘下，不是浪费了吗？”

小学的第一课是“毛主席万岁”，第二课是“中国共产党万岁”。课余，老师组织小孩子们干农活，拾牛粪、插秧、割稻子，捡麦穗。插秧时，经常被蚂蝗咬。我就像大人一样腰间系一个小瓶子，里面放了盐，把正在吸自己血的蚂蝗从腿上拔出，放在盐瓶里，蚂蝗就会死掉。割水稻时，自己的手也被镰刀割破多次。我也跟大人一样上山砍柴，拔竹笋，打蛇。我赤着脚，脚下长着厚厚的一层茧，不怕路上石子、荆棘扎脚。

有一天小学课间休息时，我们小学生在教室外边玩。几个干部带着一个人到我们学校。我仔细一看，那个人就是我爸爸！干部们把我们这些小孩子叫到身边，要我们喊口号：“打倒齐正！”这些七岁到九岁的小孩子们感到莫名其妙，只好跟着大人喊：“打倒齐正！”这样喊了一阵子后，他们把爸爸带回关押他的仓库里。自始至终，我一言不发。爸爸尴尬地站在那里，微笑着看了我一眼。这是我儿童时代经历过的极其恐怖的一天。我感到冤枉，相信爸爸是好人不是“坏人”，不是“走资派”。那件事极大地伤害了我的自尊心。我害怕同学和老师会看不起我，把我当作异类。我在他们面前抬不起头。之后很多年，我害羞而缺乏自信。

我爸爸惨遭迫害，被关起来，让他没日没夜地交代问题。他有很多病，得不到治疗。有一天，他一跤摔倒，脑溢血爆发，去世了。我那时才九岁。作为一个儿童，被告知爸爸不在了，犹如晴天霹雳。这是不能被一个孩子接受的惨痛事实。我无数次梦见爸爸的音容笑貌。每次梦醒时刻，悲伤欲绝。同学朋友们都有父亲，为什么唯独我没有？

在我的记忆中，父亲去世后的几年里我妈妈流着眼泪不停地写申诉信，一次又一次地递交给有关部门，希望他们给父亲平反昭雪。这样的委屈、伤心的日子直到很多年以后才结束。1970 年代末，父亲的冤案终于被推翻。

父亲去世时，因为他是“有问题”的人，没有能够马上为他举行追悼会。几年之后，全家已经回到北京，有关方面故意把父亲的追悼会安排在遥远的江西省南昌市举办，他们害怕太多父亲的战友、同事参加追悼会。记得那时的江西省委书记也是陕北人，爸爸当年在延安的同事。他大驾光临，前来参加父亲的追悼会。来时他坐一辆轿车，后面还有一辆吉普车跟随。追悼会时，我和家人本来想保持心情平静，可是乐队一奏哀乐，我们悲痛万分，泪如泉涌。

我们把父亲的骨灰从南昌运到北京，放在八宝山革命公墓。那时中国火车的软卧席，不是任何人都能坐，要看级别。应为爸爸在世的时候够级别，我们捧他的骨灰回京，也就有资格一路坐软卧。后来哥哥在陕北老家给父亲立了碑，把他的骨灰安葬在家乡。

说到这，齐振飞喉咙哽咽，眼圈红了。

余雪握住他的手，说：“别难过。咱们都是中国人，家里都有过类似经历。我爸虽然是大学生，但是因为他出身不好，是地主的儿子，就分配不到合适的工作。他一辈子在小学教美术，直到退休。他的想法和抱负根本不能实现。我们家庭的气氛也很压抑。我也是在那种环境下长大的。你别想太多，好好休息，早日康复。”

后来他们两人彼此知根知底、心心相印。

齐振飞不久出院了，出院后康复过程也还顺利。他坚持把京师大学春季学期的课教完。手术不可避免地对手术区域的皮肉组织和神经造成损坏。日后他的左睾丸时而隐隐胀痛，尤其在身体疲劳精神紧张之时或节气变化之季。

春季学期一结束，暑假来临。齐振飞和余雪在各自学校教的课程结束了，两人自由了。中国那么大，齐振飞很多地方还没去过。他邀请余雪和他一道旅游。他的内心有一个小算盘，面子上也有虚荣。在中国旅行，有位中国美女陪伴多好呀。听到振飞的建议，余雪迟疑一下，心想：我和你振飞没有正式夫妻关系，一起跟你出门远行住宾馆，不伦不类像什么？她表示不情愿。

振飞说：“这都是什么时代了，你还那么封建？我们一起旅行度蜜月，反而能加深我们的感情。”

余雪说：“好吧。我等你的钻石戒指。国内好多地方，我也没去过，咱们一道走吧。”

她提出去桂林—漓江—阳朔。余雪是搞美术的。广西秀美的自然景观是每个中国艺术工作者向往的地方。于是他们坐飞机先到达桂林，在那里游玩了一些景点，比如七星岩。然后他们乘船游历漓江，抵达阳朔。漓江风光称雄天下，碧水青山，奇峰秀木，像一幅山水画长卷，美不胜收。一路上，游客们忙着观赏船外两岸的自然风光，不停地拍照。同时船上几位男士不时侧目偷看余雪的容颜和体态。

阳朔是最佳休闲地点。到达阳朔后，他们俩时而徜徉西街，时而骑自行车四处转转，欣赏本地的秀美景色。有时他们坐上小船，船夫慢慢摇荡船桨，他们穿梭于诗情画意的山水间。有时他们干脆爬山，直接触摸此处的山石草木。

从南方回来后，齐振飞提议去北方旅游胜地——青岛。他说："一方水土养一方人，你们青岛出了那么多美女，可惜我从来没去过。我们去青岛，你做我的导游好不好？"

余雪欣然答应。

齐振飞问："在青岛，我要不要去拜访你父母？"

余雪想了想，说："不。你心神不定，这样去见他们，不是闹笑话吗？叫我跟他们怎么说？这是中国，不是美国！等你送给我钻石戒指以后，再去见我父母。"

齐振飞赶忙说："好吧，听你的。"

到达青岛后，他们也真幸运，得以入住栈桥宾馆。据说，当年孙中山下榻此处。齐振飞平日最喜爱喝青岛啤酒，而青岛啤酒瓶上的标签就是栈桥宾馆。没想到今日下榻的酒店正是栈桥宾馆，令他兴奋不已。余雪也很激动。她和自己心爱的情人回到老家，对青岛又有了一番新的认识和感触。他们的房间窗户正好面对海岸和栈桥，优美的风景尽收眼底。此时此景，让他俩如醉如痴。

青岛的黄金海岸线气候宜人，风光如画，游人如织。蓝天白云下，红瓦房顶的欧式建筑，格外醒目迷人。白天，他俩在海滩上散步、海水中游泳。晚上，他们尽情享受海滨城市丰盛的海鲜。餐馆里俩人相对而坐，缓缓用餐，完全放松。齐振飞抬头平视余雪：匀称的锁骨和肩膀、雕刻般的颧骨和脸颊，洁白的双臂、纤长的手指、明亮的双眸、温和的气质。面对这位兼有中西古典美的女性，齐振飞由衷地感到平和、安稳、融洽。

齐振飞忍不住说："余雪，你的身材特别有骨感"。

余雪说："骨感？你是说我身材好？是呀，我从小身材突出。我的中学体育老师找我父母好几次，要我去体校打排球。我妈妈就是不答应。她不愿意我走那条路，想让我学艺术、或者好好读书。"

"对，对，你妈有远见。"

"你这个人是不是特别看重女人的外表？你是不是想找一个花瓶？"

"没有，没有……"

一日，他们搭旅游车去附近的崂山。崂山的地貌起伏跌宕，错落有致。山势磅礴，巨石屹立在上，蜿蜒的海岸线在脚下。站在巨石上眺望海天，顿觉天地寥廓，宇宙无垠。

2001 年 7 月 13 日傍晚，吃过晚餐后，余雪和振飞在栈桥宾馆外边的海滩散步，欣赏着青岛迷人的夜景。突然四处鞭炮声起，人情沸腾。两人一时不知发生了何事。兴奋的过路行人告诉他们，中国申办奥运成功！他俩陶醉在热恋中，忘记了那天应当留心新闻。他们赶紧回到宾馆打开电视机。电视荧幕反复播放一条重大新闻：国际奥委会宣布北京将是 2008 年夏季奥运会的主办城市！全国各处沉浸在欢乐之中。中国人多年的梦想实现了。

再见，北京

光阴荏苒，转瞬间2001年8月份到了。齐振飞在北京整整度过了一年四季。他在京师大学的教学工作已经结束。自己的小说写作已完成了一些章节和片断，可是他一时不知道如何将它们连串起来，书的结尾怎么写也没想清楚。他只好把写作计划放下，等待将来完成。他留恋北京的生活，但是秋季学期即将开学，他一定要回美国上班。

齐振飞请京师大学的部分师生吃午饭，向大家致谢、告别。他们在京师大学校园内的“如归餐厅”相聚。在座的包括文艺理论研究中心主任钱学勉、文学院长王向东、艺术学院教授兼《前卫艺术》主编刘梳风等人。齐振飞感谢他们一年来对他的帮助。他说他在京师工作期间学到了许多新东西、结识了新朋友。现在要离开，恋恋不舍。

王向东说：“振飞，这一年你住在北京，能有机会多陪陪母亲，他老人家高兴了吧？”

刘梳风笑道：“听说你在北京一年，个人生活方面也大有发展。你结识了一位新的女朋友，是吧？”

钱学勉说：“你回来寻根问祖，加深了对自己家庭的了解，加深了对中国和北京认识，对自己将来的工作和研究方向，得以重新定位。回到美国后，你要把真实的中国讲授给你的学生和同仁。你来中国讲学，把国外新的好的东西，介绍给国内学界。这样一出一进，你能发挥独特的作用。”

齐振飞说：“你们说得是。这一年在国内我收获很大。我感谢大家对我的关照！”

王向东说：“你什么时候回来工作，我们都欢迎你。既然你母亲和未婚妻都在北京，你干脆把美国的工作辞掉吧。哈哈！我们学院聘你做教授没问题。”

赵勤思、魏长浩两位学生说：“齐老师，这一年从您那里学到许多东西，希望您以后常来京师大学讲学。”

齐振飞跟他的朋友们一一联系，告知他即将离京返美。

珍妮发来电子邮件，说她已经回到到英国，希望进入牛津大学的法律学院学习。她很幸运能在北京和他认识，向他问好，祝他好运。

蔡莹从南京大学发来电子邮件，说她被澳大利亚悉尼大学的英文系录取，她不想放弃这个机会，决定去澳大利亚留学。

琼妮从美国发来电子邮件，说看样子他们俩将来要各走各的路，她对振飞有美好的记忆，最近一个朋友对她追得很紧，她对他也有好感，看来不能再拒绝他了。

齐振飞设晚宴请新老朋友吃饭，向大家告别。客人有余雪、张志远、李小山、白石、秦芳、李士节、裴冬梅、杨之江。白石和秦芳手拉手一起到场。李士节和裴冬梅两人一起出现。

李士节说他的剧本终于被紫光影视公司采用，电视剧即将开机拍摄。裴冬梅将在里面扮演一个主要角色。

裴冬梅说，她三年前拍的一部电影终于被准许在国内公演。

秦芳说，她辞掉了济南的工作，搬到北京，和白石住在一起。她还告诉振飞，齐鲁大学得到教育部人文学科“文艺理论研究基地”的地位。

白石宣布，他和秦芳订婚了！

杨之江若有所失。他说，老朋友白石离开光棍俱乐部，叛逃了，现在只剩下他一人，好可怜。

张志远、李小山马上自我介绍，说他们从小跟齐振飞是同学、朋友。他们现在加入杨之江的光棍俱乐部。

张志远说："'二十年河东，二十年河西'。没想到，在我这个年龄，新的生活又开始了。"

齐振飞说："是呀。我也有同感。我出国二十年，一晃就过去了。人生如梦。现在我想起我们小时侯在地坛公园一起打乒乓球的情景，仿佛昨日。"

这时大家把目光一齐投向齐振飞和余雪。余雪羞涩低头不语。齐振飞拉着余雪的手说："我嘛，恐怕叛变光棍俱乐部的日子不远了。哦，事情还在发展。来，吃饭！吃饭！"

2001 年 8 月中旬的一天，齐振飞要返回美国。一周前，他把租住的公寓退掉，搬回到母亲的家中。早晨6点半，齐振飞起床，发现妈妈不在房间，想必她已出去活动。他出了房门，走下楼，到了公寓外面。妈妈在楼前面的院子里练气功。天已亮了，旭日的斜光照在青绿的树叶上，几只小鸟吱吱鸣啭。妈妈缓缓地从高天厚土、自然万物中摄取大块的新鲜的混元气。她悠然自得，浑然与天地化为一体。

齐振飞感到今天早上特别宁静、和平。他在院子里的一条石凳上坐下，意识开始习惯性地自由流荡联想。他想得很远，想到那些自己也许永远搞不清楚的东西。

至哉坤元，万物资生，乃顺承天。坤厚载物，德合无疆。含弘光大，品物咸亨。牝马地类，行地无疆。柔顺利贞。君子攸行，先迷失道，后顺得常。

无极生太极，太极生两仪，两仪生四象，四象生八卦，八卦生万物。

遂古之初，谁传道之？上下未形，何由考之？冥昭瞢暗，谁能极之？冯翼惟象，何以识之？明明暗暗，惟时何为？

本始之茫，诞者传焉。鸿灵幽纷，曷可言焉！曶黑晰眇，往来屯屯，庞昧革化，惟元气存，而何为焉！

余最喜此等半有半无，半古半今，事之所无，理之必有，极玄极幻，荒唐不经之处。

李阿姨打开窗户，喊齐振飞和妈妈，说早饭做好了，回来吃饭，振飞不要耽误今天的飞机。吃完早饭，余雪来了，为振飞送行。她把和振飞在阳朔和青岛旅行的照片带来了。她将照片印了两套，一套给振飞带到美国，一套留给振飞在北京的妈妈。

妈妈用殷切期待的眼光看着余雪，说："我老了，走不动了，不能去机场送振飞。谢谢你。希望你以后常来看我。"余雪说："我以后一定常来看望老人家。希望您注意身体，多多保重。"

齐振飞告别了母亲和李阿姨，与余雪搭出租车前往首都国际机场。汽车行驶在刚建成的四环路——"申奥大道"直奔前方。

在机场，两人拥抱吻别。余雪忍着离别的感伤，打趣地说："希望你能完成你的小说，我期待欣赏你的处男作。"

齐振飞笑了，说："好的，我尽量努力。"

余雪轻声而坚决地对齐振飞说："我等你！"

齐振飞说："我爱你！"

他乘中国国际航空公司的航班飞往美国。

后记 忆旧游

麦迪逊市绿草如茵湖光潋滟，
匹兹堡大学主楼知识的圣殿。
旧金山的夜总会内舞步翩跹，
基辅克列夏季克街回首惊艳。
世界公民无处不逢明媚春天。

第聂伯河畔婀娜的辣妹，
已是我屋里勤俭的贤妻。
一对可爱的天使般儿女，
是我俩最大杰作和乐趣。
我们山盟海誓忠贞不渝。

当跨文化沟通不能疏导，
我的情感泛起涟漪波涛，
越洋过海飞回北京青岛。
北漂集团中的山东佳丽，
暗淡记忆里更光彩明耀。

我忘不了她窈窕的身姿，
含波的双眼，平和的性情。
她一个温柔轻微的动作，

让我豪情千丈一泄万顷。
你还作画吗？你过的还行？

国际都市北京缤纷绚丽，
各国美眉云集斗艳争奇，
令我流连忘返陶醉不已。
我少年时期成长于此地，
移居海外后常回访故里。

两千零九天的立秋之日，
北京月亮比加州的圆润。
我在家中独酌茫然无语。
一樽伏特加酒进入嘴唇，
更回味燕京啤酒的芳醇。

西域行（乌克兰之恋）

——第三部——

PART Three

启程

秦汉思出生于西安，也就是古都长安。公元前一三八年，西汉使者张骞，从中国出发，一路西行，横跨中亚，找到了月氏，开辟了丝绸之路。他跋涉万里，历尽艰辛，在海外生活了十几年，娶胡女为妻，养育子女，最后回到长安。他发现了西域，成为中国历史上一个伟大的旅行者。据历史学家的考证和推测，中国古籍里记载的月氏，属于斯基泰文明。斯基泰人生活在今天的乌克兰大地上。考古学家在乌克兰的赫尔松地区的古墓里发现了中国汉代的丝绸。

2004年8月的最后一天，秦汉思从美国旧金山国际机场出发，飞抵乌克兰，到达首都基辅市的鲍里斯波尔机场。作为美国国际文化交流中心的一个成员，他将在基辅生活和工作一个学年。他的新工作是在基辅的一所大学讲授世界电影和文化理论，同时研究乌克兰电影。

秦汉思年轻时离开中国到美国留学，取得学位后，留在美国工作。他在美国生活已经二十多年了。他用“Hans”作为自己的英文名字，因为这与中文“汉思”谐音。不懂中文的朋友和同事便如此称呼他。他目前在美国北加州大学的比较文学系任教，住在离旧金山不远的一个小镇。他有一份稳定的工作，但是时间一长，工作变成例行公事，缺乏新意。他希望能够到其它地方走走，呼吸新鲜气息，感受异样的东西，得到新的体验。他年龄四十，恰值不惑之年，但是在生活上，他还很迷茫。他仍然单身一人，没有伴侣。

他对东欧一直充满兴趣，但是对乌克兰并不太了解。以前乌克兰不是苏联的一部分吗？苏联解体后，乌克兰成为独立的国家。秦汉思有个好朋友萨沙。他来自俄罗斯圣彼得堡市，已经移民美国，现住在旧金山。他是个电脑专家、数学奇才。他三十五、六岁的年龄，已经开始谢顶。跟秦汉思一样，他也是单身。在秦汉思赴乌克兰之前的一个晚上，他们俩在旧金山的一个酒吧聊天畅饮。一杯伏特加酒下肚后，萨沙的话多起来，不断地跟秦汉思开玩笑。

萨沙说："汉思，你知道俄罗斯和乌克兰的不同之处吗？"

"不太清楚。" 秦汉思回答。

"我告诉你。俄罗斯有三大出口。"

"哪三大出口？"

"能源，军火，美女。"

"乌克兰呢？"

"乌克兰只有一大出口。"

"什么？"

"美女！所以俄罗斯对国际秩序的贡献大的多，哈哈哈。"

秦汉思也忍不住笑了。他说："别胡扯了。古代乌克兰，'基辅罗斯'，不是斯拉夫文明的发源地吗？"

萨沙耸耸肩膀，没有回答秦汉思的问题。他说："汉思，你知道我喜欢亚洲姑娘，但是我告你，斯拉夫女人非常优秀。结婚前，她们身材特棒；结婚以后，她们会把家照顾得很好。如果你不信，你打开电脑，看看网站上众多的国际社交机构。你会看到数不清的东欧美女的照片和介绍。事实上，一些机构定期组织美国单身汉进行旅游，来会面俄罗斯城市和乌克兰城市中可能成为新娘的姑娘，比如在我的家乡圣彼得堡。如果你有兴趣，我可以帮你注册其中一个旅游团。这将是一趟有价值的旅行。我们公司的几个书呆子同事就是这样找到很好的伴侣。而在美国，他们没本事碰到这样好的女人。”

秦汉思说：“你信不信，我很快要去乌克兰了！但不是什么国际交友之旅，是为了一个国际文化交流项目。”

萨沙用其一贯嘲讽的语气说：“祝你好运。带个新娘回家。我希望，当你回到旧金山的时候，你将是一个已婚的男人了。到时我一定去机场接你。干杯！”

那年夏天，秦汉思他们这批去乌克兰的交流项目的学者，先在美国首都华盛顿召开了一个预备会。在会上，秦汉思遇到博洛迪亚。他是费城的一个大学的电机工程系教授，看上去五、六十多岁的年龄。他是乌克兰裔美国人，小时候从乌克兰移民到美国。秋季学期，他将在基辅作访问学者。春季学期，他将在乌克兰西部城市利沃夫。他看到秦汉思在乌克兰没有熟人，便帮他租了一间基辅的公寓。在美国和加拿大有许多乌克兰侨民，他们形成一个庞大的关系网。

秦汉思从乌克兰驻旧金山领事馆获得了多次往返乌克兰的工作签证。他买了机票，收拾好了行李箱，然后来到了乌克兰。

秦汉思的公寓是一套两居室，离市中心不愿，靠近弗罗迪莫尔斯卡(Volodymyrska)街和萨克萨汉斯寇科(Saksahanskogo)街的交汇处。塔拉斯·舍甫琴科公园以及塔拉斯·舍甫琴科国立大学的中心校区，距离秦汉思的公寓只有一个街区。位于博赫丹·赫梅利尼茨基（Bohdan Khmelnytsky）街和弗罗迪莫尔斯卡街拐角处的国家歌剧院，距离秦汉思的公寓只有二十分钟的步行路程。

秦汉思带来了两个巨大的皮箱，里面装满了衣服和其它日常用品。还有一个沉重的书箱是通过外交邮袋运到基辅的，被直接送到基辅的交流项目办公室。秦汉思带的这些书涉及电影理论、世界电影史、华语电影、以及全球化的研究课题。他也带来乌克兰语和俄语的词典和课本，以及有关在乌克兰的城市指南。由于秦汉思是教授电影方面的老师，他带了数十部影片的光盘。他还有一个区域通用的光盘播放器，这他在旧金山的日本城中购买的。这台播放器可以播放所有格式的光盘。

来自乌克兰的爱

到达基辅后，秦汉思先把生活安顿一下。他休息了两天之后，便去美国文化交流中心报道。中心主任是娜塔莉娅·巴雷什。她中等身材，满头银发，带着一副白色眼睛。她出生于乌克兰，后来在美国留学，取得人类学博士学位，并留下工作。她目前致力于美国和乌克兰之间的文化和学术交流的事业。在乌克兰知识界，她是一个备受推崇的人物。在夏天于华盛顿召开的交流中心的预备会上，她已见到秦汉思。此时她热情地跟他打招呼。

她说："汉思，欢迎！你终于到达乌克兰，一切都好吧？有什么困难，尽管跟我说。"

秦汉思答道："我还好，这里一切对我来说都是新鲜的。我处于兴奋之中。"

她说："这很正常。过一段时间，你的精神会慢慢安静下来。对了，你的合作单位之一是基辅国际文化大学吧？"

"是的。"

"过两天我带你去那里，把你介绍给他们。"

娜塔莉娅嘱咐她的助手拉瑞莎，一个做事麻利的中年女子，立即打电话联系那所大学，通知他们秦汉思已经到达基辅市，并约个时间见面。

在交流中心，秦汉思和博洛迪亚重逢。两人寒暄叙旧。交流中心所在的大楼位于市中心。它紧挨着第聂伯酒店。酒店斜侧就是独立广场，而这里也是克列夏季克（Khreshchatyk）大街的尽头。他们俩在办公室办理完正事后，决定去街上散步。

夏末秋初，基辅天高气爽。白云悠悠，和风拂面。独立广场和克列夏季克大街上游人如织，构成一道道的靓丽风景线。年轻妇女的穿着时髦得体，从头到脚流露出时尚的气息和自然的天赋。她们的衣服、裤子、裙子、和鞋子似乎都是经过精心挑选，搭配得恰到好处，衬托出自己的美丽容颜和妙曼曲线。无论是感性丰满的体态，或者是纤细婀娜的身姿，当她们走在大街上的时候，都会吸引游客的眼球。

秦汉思情不自禁的说："乌克兰女人着实迷人。"

博洛迪亚笑了，说："当然了！全世界都知道。

博洛迪亚和秦汉思穿过独立广场，在克列夏季克大街上边走边谈。这条绿树成荫的道路相当宽阔，沿途矗立着令人印象深刻的纪念碑和高大建筑。博洛迪亚熟悉乌克兰历史，变成了秦汉思的导游。他滔滔不绝地讲述基辅主要街道的建筑史。

博洛迪亚说，咱们眼前看到的是二战后重建的结果。早在1934年，基辅取代哈尔科夫成为乌克兰的首都。二战中，纳粹德国入侵苏联时，基辅成为他们最珍贵的战利品。战争结束后，斯大林想重建并且恢复乌克兰首都的光彩。克列夏季克大街的主要建筑物坚持了斯大林的建筑原则。其风格是新古典主义、哥特式、文艺复兴、巴洛克式风格的混杂。斯大林终止了苏联的实验性的现代主义建筑，即苏联式的建构主义（constructivism）建筑，而提倡正统的古典主义风格。幸存下来的建构主义的最佳例子是哈尔科夫市的列宁广场的建筑群，后更名为自由广场，其紧靠着哈尔科夫国立大学。莫斯科的建筑师亚历山大·弗拉索夫（Aleksandr Vlasov）设计了克列夏季克大街气势恢宏的建筑，并在 1946 ～ 1953 年之间完工。

博洛迪亚不厌其烦地继续给秦汉思讲述。他说，在斯大林时代另外一位主要的苏联建筑师是迪米特里·车屈林（Dimitry Chechulin）。他造就了莫斯科市的风景线，而弗拉索夫在基辅做着相同的事情。在莫斯科，人们可以清楚地看到斯大林风格的纪念碑式的建筑，比如所谓的“七姐妹，”即七座摩天大楼。其中包括莫斯科国立大学大楼，乌克兰饭店，北京饭店，外交部大楼，农业部大楼等。领袖想在其身后留下的永恒的印记，用这些奢华的巨型建筑激发了人们的崇敬之情。

秦汉思告诉博洛迪亚，在 2002 年的冬天，当他访问了莫斯科的时候，就在乌克兰酒店住了一个星期。他被乌克兰酒店的气势和装潢深深地折服了，尤其是在大楼中的墙壁和天花板上华丽的油画和壁画。在 2003 年夏季，他在俄罗斯莫斯科国立大学还学习了俄语，天天路过莫斯科国立大学大楼。

俩人走到附近的一家乌克兰风味的“两只鹅餐馆”吃午饭。

博洛迪亚说：“汉思，我给你介绍乌克兰食品吧。正宗的罗宋汤，是乌克兰罗宋汤。罗宋汤最先出现于乌克兰。这里的人也常吃‘荞麦’，英文是buckwheat，俄文和乌克兰语是grechka，你也尝尝。”

秦汉思说：“好的。我点这些菜。北京有家著名的‘莫斯科餐厅’。我小的时候，家人带我去那里吃饭。我一直爱喝罗宋汤，但是不知道它来源于乌克兰。”

博洛迪亚说：“乌克兰是斯拉夫文明的发祥地。”

他俩一边吃，一边谈论乌克兰、俄罗斯、美国和中国的饮食文化，饭后他们散开。

9月的一天，娜塔莉娅与秦汉思一同来到基辅国际文化大学。她把他介绍给了大学的人文学院院长以及电影系的系主任。该电影系专注实际操作，在电影制作、导演、音效、摄像方面颇具优势，他们培养乌克兰未来的影视工作者。秦汉思讲授的课程属于理论课程，名为“世界电影中的种族和性别”。他着重讲授三位导演的电影：美国的D. W. 格里菲斯，德国的雷内·法斯宾德，以及台湾的李安。他让学生进行跨文化的批评分析。

巧合的是，秦汉思教学的第一天是9月11日。这是美国历史上灾难的一天。但是，这也是亚历山大·多夫任科诞辰一百周年的纪念日。多夫任科被认为是乌克兰最伟大的电影导演。他对于其乌克兰的热爱充分表现在其具有抒情性的杰作之中，如《兵工厂》和《土地》。电影系主任对秦汉思说，多夫任科是“乌克兰的格里菲斯。” 秦汉思讲完第一堂课后，学校举行一个小型招待会来欢迎他，并且纪念多夫任科。

秦汉思的另一个合作单位是乌克兰科学院表演艺术研究所。阿列克谢·特勒申科是该机构的研究员，也是秦汉思研究活动的主要联系人之一。阿列克谢年龄处于五十岁和六十岁的之间，是是一位和蔼可亲、充满活力、身材魁梧的男人。在乌克兰的电影界，阿列克谢是一位杰出的学者、评论家、以及组织者，并且对基辅“电影之家”的运行起了主导作用。电影之家成为电影学者、电影工作者和影迷的重要聚集地。阿列克谢在基辅的《世界电影》杂志里也有自己的定期专栏。带有轻微的乌克兰口音，他讲着一口流利的英语。他热情地欢迎秦汉思，让他参与电影之家的活动。

秦汉思着手建立学术方面的各种联系。他也访问基辅－莫希拉学院。在那里他结识了奥列赫·普鲁申科。奥列赫是基辅莫希拉学院语言学系比较文学专业教授。学院位于康特拉克托瓦（Kontraktova）广场地铁站附近。奥列赫是位瘦高个子的男人，头发黑色，一双炯炯有神的眼睛。他在加拿大留学，获得了多伦多大学的英美文学博士学位。他讲一口优雅的英语。毕业后，他在多伦多从事教学的工作，但是最终毅然回到乌克兰，因为他觉得自己在乌克兰可以做一些有用的事情。在乌克兰的比较文学和文学理论圈子里，他颇负盛名。

奥列赫邀请秦汉思在该系定期地进行教学讲座。这些学生的英文水平在乌克兰名列前茅，都可以用流畅英语来交流。秦汉思的讲座大多是关于东西方比较诗学和叙事理论。奥列赫还向秦汉思介绍了大学的电影俱乐部，这是一个蓬勃发展的学生组织。一天晚上，在电影俱乐部，秦汉思介绍并放映了中国电影《霸王别姬》。电影放映后，秦汉思回答学生们的提问，与他们讨论这部电影。

著名的基辅塔拉斯·舍甫琴科国立大学离市中心不远。大学的几栋抢眼的老式建筑修建于十九世纪后期。一栋涂成红色的大楼里坐落着乌克兰历史系，法律系、和国际研究系，而“语文研究所”和各个语言中心位于黄色的大楼里。大学教授多种语言，英语、德语、法语、西班牙语、中文、日文、阿拉伯语、波斯语、土耳其语等。大学的旁边是风景秀丽的塔拉斯·舍甫琴科公园，其中矗立着塔拉斯·舍甫琴科的雕像。

一天，秦汉思在家里吃过早餐之后，便应约去舍甫琴科大学的中国文学与语言中心。这里距离秦汉思的公寓只有十分钟的步行路程。秦汉思走进了黄颜色的大楼里的中国文学与语言中心。他向教师们作了自我介绍。安德烈是一名乌克兰男子，四十岁出头，是中文教授，中心主任；塔蒂亚娜·罗迪诺娃年近三十岁，是中文讲师；他们都热情地迎接秦汉思的到访。安德烈在圣彼得堡国立大学东方研究系得到学位，并且在中国大陆和台湾生活学习过一段时间。秦汉思很高兴能用中文和他们交谈。

他们三个人在中心的办公室坐在一起，品茶，用中文聊天，比较中国、乌克兰、和美国的教育。安德烈告诉秦汉思关于他们中心的一些事情。该大学有一个蓬勃发展的汉语教学和中国文化教学。他们的课程由本地的乌克兰教授和来自中国的客座讲师讲授。今年，中文专业接受了三十个新学生。合计起来，一年中他们会有一百二十名学生学习中文专业。在前苏联的时候，汉学家的培训主要集中在两个地方：莫斯科国立大学和圣彼得堡国立大学。这两所大学的汉学研究具有的悠久传统。在今天在基辅，多达五所大学提供中文语言教学和中文学位。专家们正在进行一个开创性的工作，即编纂《乌克兰语－汉语词典》。对于一个新兴的国家，这样的文化基础工程是非常必要的。在以往，他们只需要《俄汉词典》。

塔蒂亚娜告诉秦汉思，他们的教育体系与美国的教育制度不同，因为美国学生可以改变自己的想法并且转换自己的专业。

而在乌克兰的教育体系中，这些班里的学生需要坚持着自己的专业长达五年的时间。在外语教学中，你不会看到那种学生人数的金字塔形状机构，而在美国却不一样了。例如在第一年有三十名学生，第二年有二十名学生，而后第三年有十名学生。在乌克兰，中文专业的学生会从一开始直到毕业，都不会改变专业。这种情况与中国和俄罗斯相似。

秦汉思对他们中文课程计划的印象非常深刻。他们邀请秦汉思去授课，并且在每周二给大三中文班的学生放映中国电影。他们认为，每周一次地放映中国电影，可以促进学生学习中国的语言和文化。在秦汉思自己的电影收藏品中，有数十部世界电影、美国电影以及中国电影的碟子。其中大部分中国电影对于乌克兰的学生和教职员工却是全新的。

秦汉思遇到了刘嘉彦，一名来自广西的中国留学生，他在基辅理工大学学习机械工程。他已经在乌克兰学习了三年。他个头矮小，皮肤黝黑，但精力旺盛，思路活跃。在基辅理工大学校门外的咖啡厅里，秦汉思邀请刘嘉彦共进午餐。秦汉思对基辅华人社区的人员的构成很好奇。刘嘉彦说，有许多中国大陆学生在乌克兰留学。仅仅在基辅，就有七千多注册的中国学生。而在哈尔科夫有同样数量的中国学生在学习。在乌克兰，哈尔科夫和基辅拥有数量最多的教育机构。很多中国学生就读于基辅音乐学院。包括学生和商人，在基辅的中国人数量有两万人。

刘嘉彦带秦汉思去基辅的微型“唐人街”。在利比德斯卡（Libidska）地铁站附近的大型集市里面，有几家中国商店。这些商店出售从中国进口的食品、衣服、鞋靴以及其它产品。不少店主和销售人员操着中国东北口音。秦汉思看到豆腐，豆芽，面条，以及罐头荔枝和其它食品。他顺便在这里购买了些东西带回家。

在秦汉思抵达基辅没多久之后，面临着另一种困境，一个关于语言的窘境。是学习俄语或还是乌克兰语？对于一位不懂乌克兰语和俄语但必须住在乌克兰一段时间的人来说， 这是一个困难的选择。秦汉思曾经向在美国的乌克兰裔朋友提出了这个问题。他也征求基辅的朋友和同事。起初， 他们的回应礼貌而周到。

博洛迪亚对秦汉思说 :“你可以学习俄语。俄语更有用。你可以在乌克兰、白俄罗斯、俄罗斯的任何地方使用俄语。”

娜塔莉娅也插话说 :“首先学习俄语 , 这将打下一个良好的基础。以后你可以转学乌克兰语”。

但是过了一段时间后，当大家更熟了以后，他们的反应改变了，并且透露出自己的真实感受。

“你为什么不学习乌克兰语？乌克兰语比俄语更有意思。”博洛迪亚笑着说。

“如果你学习乌克兰语，与乌克兰朋友交流更方便！”拉瑞莎呼应着说。

秦汉思继续每周学习俄语。但是他觉得乌克兰裔的美国朋友给了他无形的压力，当他遇到他们或看到他们的眼神时觉得不好意思。于是他决定停止学习俄语一段时间，转换学习乌克兰语。

秦汉思很快感受到乌克兰正进行着去俄罗斯的进程。在塔拉斯 • 舍甫琴科大学，教学语言是严格的乌克兰语。这是乌克兰最负盛名的国立大学，类似于北京大学在中国的地位。在基辅的莫希拉学院，也称为“乌克兰的哈佛”，教学语言是乌克兰语和英语。在首都，公共标志都是乌克兰语。秦汉思在教科书里学到的俄语不同于遍布街头的乌克兰语单词和句子。

乌克兰的地理、人口、和灵魂是在俄罗斯影响力和本土文化之间徘徊。在乌克兰西部，特别是在利沃夫地区，人们具有强烈民族主义倾向。人们大多说乌克兰语。但在东部和南部，大批俄罗斯裔在那里生活，使用俄语。当前的乌克兰总统选举的政治博弈也反映了乌克兰内部的不同意见：两个最强的候选人一个是亲西方的，另一个是亲俄罗斯的。

秦汉思到达基辅差不多三个星期了。生活在异国他乡，秦汉思试图解开一个的四大文化之谜：乌克兰，俄罗斯，美国和中国。他发了一个很长的电子邮件给在美国和中国的一些朋友和同事。他报个平安，告知大家他已经在这个国家安顿下来，并讲述一些他的感受和见闻。他记得冷战时期的《007》电影系列中一个片子叫做《来自俄罗斯的爱》(From Russia, with Love)。于是他就恶作剧式地在电子邮件的题目栏中写上“来自乌克兰的爱”(From Ukraine, with Love)。

亲爱的朋友们和同事们：

我想告诉大家，我已经在基辅安顿下来。我在这个城市的已经快三个星期。总体上，我感觉很好，心情愉快，虽然有时语言不通。我还不能讲流利的俄语或乌克兰语。

每周我都要到美国在基辅的国际交流中心的办公室几次，和同僚们相聚，交流信息和情况。中心的大楼与市中心的独立广场近在咫尺，位置很好。

这学期我在基辅国际文化大学讲授的课程是“世界电影中的种族和性别”，此课每周一次。与此同时，在乌克兰社会科学院里我做些当代乌克兰电影的研究工作。在我教学的那所大学里，电影研究与其说是一门学科，还不如说是一种实践。他们主要教学生如何制作电影、纪录片和电视节目。所以，我的美国文化研究式的理论课程好像有些特别。但到目前为止，教师和学生们似乎还能接受我所提供的课程内容。

我仅仅开始触摸到乌克兰社会与生活的表面。我的感觉是，虽然人们充分认识到他们国家正面临着的许多问题，比如腐败，缺乏民主等，但是对于一个新近独立的国家而言，人们有一种自豪感。虽然基辅罗斯是斯拉夫文化的起源，长期以来乌克兰遭受到了蒙古人、俄国人、波兰人、德国人的外族统治。近代历史上，乌克兰人第一次成为了新的“历史主体”，重新获得自己命运的掌控权。现在，乌克兰语是该国的官方语言。当下，在每一个人的心中的一件大事就是即将于十月进行的总统选举。乌克兰人担心这可能会变成一个肮脏和令人恶心的过程。

作为乌克兰的首都城市，基辅拥有约三百万人口，一些当地人这样估计。在城市的每个地方，我可以看到许多新的建筑物。随着城市的扩大，其它州的人口逐渐转移到基辅。但就整体而言，基辅是一个舒适和惬意的中等城市。基辅没有特大城市那样的疯狂，如像莫斯科或北京。在这里人们都比较友善。

我每周四天学习俄语，每天一小时。到目前为止，我的俄语学习的进展缓慢。我希望自己在这里安定下来以后，语言技能将有所长进。

住在这所城市，我的日常开销并不低。出租车司机、一些餐馆、甚至新认识的朋友都有意无意地赚我这个老外的便宜。他们让我为他们提供的服务多付钱。这样的事情几乎每天都会发生，真是考验我的耐心。尽管如此，我还是非常喜欢这个城市。

比较任何其它发展中国家，在对待外国人方面，基辅不是很好，但也不是太坏。我在这里的花费，不比在加州少。我需要交房租、雇佣房屋清洁女工、请俄语家教、在大学里请人翻译自己讲座；还有食物、社交、交通上的开销。费用加起来真是不菲。

虽然我来以前已有所听闻，但是我还是对乌克兰蓬勃发展的国际婚姻服务感到惊讶。当游人抵达基辅机场入境的时候，每人必须的填写一份正式的“移民和出境卡”。在此卡的底部居然有国际婚姻律师事务所的广告、电话号码、和地址！我发现，像这类专门从事国际交友和婚姻的机构遍布了整个城市。

基辅市最亮丽的大街是市中心的克列夏季克大街。乌克兰语大街是“vulitsa”，俄语为“ulitsa”。街头附近的网吧里一眼望去，便能看到单身男性浏览国际交友网站和查看姑娘们的笑容可掬的照片。有趣的是，乌克兰已成为世界各地孤独者寻求家庭和精神伴侣的最佳场所！在网吧，我看到这一切时笑了。这可能是该国头号的旅游业吧。

基辅是一个非常有魅力的城市。漂亮的老式建筑矗立在克列夏季克大街的两侧，而在周末本地人沿着这条大街漫步，休闲，娱乐。在我的记忆中，夏日的圣彼得堡的涅瓦大街是最迷人的街道。但是能在基辅的大街上走一走，同样令人心旷神怡。

我就此停笔吧，以后再写。

此致问候

汉思

2004 年 9 月 20 日

来自乌克兰的爱

基辅夜生活

基辅是乌克兰最富有的和最国际化的城市，有极端奢侈的人们，也有贫穷的百姓。当在城市中心的时尚商店旁边闲逛，或走到地下商城，你会觉得仿佛是在一个在西方发达的大都市里。这里商品虚高的价格会使人们感觉，美国的普通超市里的商品会更便宜些。闪亮的豪华轿车，如奔驰、宝马，行驶在街道上。在乌克兰，什么样的人能买得起这样昂贵的商品呢？但是，只需要从城市中心稍微走远一点，就可以见证下层社会的贫困。在地铁站或街上，人们贩卖货物。在寒冷冬天一个路口的地下通道里，行人可以看到老妇人出售蔬菜、水果、鸡蛋。此情此景令人心酸。

众多的赌场，酒吧和脱衣舞俱乐部点缀着这个城市。肉体可以出卖，空气中弥漫着由金钱导致的腐化和堕落。不少英语的出版物和小册子，自然是针对国际社区、外籍人士和肉体消费的游客。面孔诱人和胸脯丰满的照片突出占据了城市生活指南的页面，呼唤着外国读者花费现金来进行“按摩”和“陪同”。只要拨一个电话这些女郎就可以叫走！金钱，性，和赌场建构了一个炫耀财富和鼓励消费的奢侈阶层。

独自一人，秦汉思时而在市中的酒吧里度过夜晚。在那里他可以遇见和自己一样的外国人，能够用英语聊天。在这个城市中，讲英语的人通常聚集在几家混杂的酒吧里，如“金门酒吧”、“似成相识酒吧”、“55俱乐部”、和“奥·康纳爱尔兰酒吧”。秦汉思有时光顾市中心独立广场附近的奥·康纳酒吧。然而，越来越多的外国人的小型社区开始涌现。美国商会和欧盟商会定期在这些地方聚集。美国民主党协会在金门酒吧举办讨论会。他们还在那里一起还观看了美国总统竞选辩论。

一个晚上，秦汉思选择去“第聂伯河俱乐部”，这是一个远离城市中心的俱乐部。俱乐部是一艘巨大的船，停泊在第聂伯河岸。晚上这一带极其活跃。霓虹灯照亮了街道和建筑物，汽车和人群川流不息。在俱乐部的一楼，有一个赌场。在二楼，有两个独立的大房间：一个酒吧和一个迪斯科舞厅。一些客户喜欢在安静的酒吧里交谈、喝酒、吃东西，而其他人则喜欢在喧闹的迪斯科舞厅里疯狂地跳舞。望着窗外，游客们赏心悦目，可以看到月亮、星星、和城市灯光的交相辉映。光影在第聂伯河水中荡漾闪烁。

秦汉思走进酒吧，看到一群人在吧柜台旁用英语交谈着。他走上前去，向他们介绍了自己。他们很高兴地看到又一个美国侨民来到基辅。戴维·亨德森，满头银色的头发，穿着西服，戴着眼镜，不乏绅士风度，紧握着秦汉思的手欢迎他。他介绍自己。他是在基辅“美国商会”的副主席，并且是《基辅生活》英文周刊的主编。他对秦汉思说：

“我已经在基辅生活了五年。我与一个乌克兰女人结婚。有时间，我会在这所酒吧坐坐。如果你要找我，来这里就可以。这是我的名片。如果你遇到了警方的麻烦，给我打个电话。我会帮你的。你在基辅做什么？”

秦汉思告诉大家，他是在一个学术交流计划的成员，将在此地居住一年。

戴维问：“你是一个人来的吗？”

“是的。我没有家人或其它牵挂。” 秦汉思说。

“好极了！像你这样优秀的年轻人，在乌克兰能在两周内结婚。”戴维开玩笑地对秦汉思说。

“是吗？好的，那我将在两周内在基辅结婚。”秦汉思笑着回应他。

“别这么快，伙计。傻瓜才这样做。看看你周围的乌克兰女人吧。乌克兰是单身男性寻找乐趣的天堂！”有人突然插话。这是约翰。他是一个身材矮小消瘦的男人，光滑的黑色头发，三十岁左右，是一位来自纽约市的推销员。他像个小混混。他吹嘘着给秦汉思讲述他在这个城市的性生活的经历：

“我把我的东西存放在纽约城里，两个月前我来到基辅。我卖药品给医院，在美国赚了一些钱。在基辅，我租了一套公寓。我每天付四十块钱的房租，平均每月租金一千二百美元。我喜欢这里。嘿，伙计，这就像美国一百年前的狂野的西部。在这个城市的酒吧、夜总会、街道上，我可以很容易找到女人。那天晚上，在麦当劳餐厅，我遇到两个姑娘。她们试图勾引我。我简直不敢相信。看到那个女孩吗？阿廖娜，她多么漂亮。”

秦汉思朝着约翰手指的方向看去。一个身材婀娜的金发少女，二十岁上下，正站在吧台的另一边。她一双水汪汪的蓝眼睛左右盼顾。约翰说，“你可以给她七十美金。上周末我与她度过了快乐的时光。”

另一个男子走过来和秦汉思搭话。他名叫哈利，是个中年美国人，来自在密苏里州的一个小城。他是一个身材魁梧的男人。就像他的名字Harry一样，他是一个毛茸茸的家伙，在他的脸上、手上、胳膊上和胸前长有很多毛发。他说，他在年轻时，曾是一名驻扎在冲绳的美国海军士兵。他在日本和韩国住了许多年。现在，乌克兰是他最喜欢的地方。这些混杂的外籍人士喜欢秦汉思，袒护他，欢迎他这个新的亚裔侨民光棍来到这个东欧城市，加入他们的行列。

老道的哈利想给秦汉思一点忠告。他说："汉思，你初来乍到，别让这里的女孩赚你的便宜。你跟一个女孩交往后，她会向你要一百格里夫纳，即一百乌元，来'打车'回家。那是多少钱？大约二十美元！她在骗你。她一定坐公共汽车回家，省下钱用于购买其它东西。乘坐公共汽车是七十五分，相当十五美分。聪明点，别上当。"

"喔，有这么回事？是应当小心，谢谢。"秦汉思说。

"女孩还会要求你给她买好吃的东西：香槟，香烟，香肠，酸奶，饼干，巧克力，奶酪等。我才不给她们埋单呢！跟她们打交道，我有我的底线。"哈利接着说。

一个打扮艳俗女孩走了过来，凑到他们几个男人身边。秦汉思转过头看她。哇！好一个性感女人。她的头发染成白金色，披散在乳白色裸露的肩膀上。她上身穿了一件紧身的蓝色背心，衬托出巨大的胸部。你几乎可以看到衬衫下的乳头。她下身穿着一件红色的短裙和黑色的高筒靴子。她的身体散发出浓烈的香水气味。她跟秦汉思说话，用的是流利的英语。

"你好！我是卡佳（Katya）叫我凯特（Kate）吧。"

此时秦汉思已经喝多了。他也打招呼："你好，亲爱的。我喜欢你的斯拉夫名字'卡佳'。不要使用英语的名字。"对他的耳朵来说，"卡佳"听起来比乏味的"凯特"更可爱，"啊"音结尾的名字更显得女性化。他们开始交谈。

"为什么你的英语这么好？" 秦汉思问她。

"我有很多外国朋友。我经常来这个地方。你可以在这里找到我。但不要误会我的意思。我只是想在这里交朋友。"她笑了，并且眨了眨她大而圆的眼睛。

约翰马上插话："我能请你喝杯酒吗？"

女孩答道："好的。谢谢。我喜欢喝玛格丽特鸡尾酒。"

于是约翰给她买了一杯玛格丽特鸡尾酒。

她开始抽烟。约翰也跟着抽烟。几个人谈论着。

卡佳说，她在德国生活过三个月，那时她的男友是德国人。后来他们分手了。"当我到达基辅机场回到乌克兰的那一刻，我不想再喝乌克兰啤酒。德国啤酒是那么的好。在乌克兰我们没有那样好的啤酒。"

卡佳身上的浓郁的香水味和刺鼻香烟味，使得秦汉思几乎无法呼吸。秦汉思走开让卡佳和约翰单独聊天。

到了晚上十一点，秦汉思有点醉意。秦汉思一直坐在吧台，喝了很多威士忌。一个体态匀称、略带挑逗的黑发年轻女子向秦汉思走过来。她问秦汉思能不能请她喝一杯。秦汉思说可以。秦汉思给她买了一瓶科罗娜啤酒。他们相互介绍。她说她是在基辅读大学的经济学学生，原籍是俄罗斯圣彼得堡。

听到这，秦汉思高兴起来，因为他在那年夏天刚刚访问了圣彼得堡，非常享受那里的白夜。"我去过你的城市。那不愧是世界上最美丽的城市之一。我非常喜欢它。冬宫，涅瓦河，涅瓦大街，太美了。"秦汉思赞口不绝。

"我不喜欢基辅。圣彼得堡比基辅好得多。我更喜欢俄罗斯。我只是在这里学习。"她说。

秦汉思还想进一步追忆圣彼得堡城市的风光，但是她打断了秦汉思说："我在这里工作，你想做爱吗？"

秦汉思一愣。他有点震惊。然而他马上明白了。他摇头说不。

"对不起，我虽然喜欢你，但我不能和你聊很长的时间。我必须工作。”说罢，她转过身去，走向在酒吧里的另一个男顾客旁。

隔壁的迪斯科舞厅，热闹非凡。不少打扮妖冶、穿着暴露的女士出入其中。本地男士和外籍男性游客混杂在内。暗淡的舞厅里，灯光旋转照明，一亮一灭，映照着舞动的身躯。轻佻的嬉笑和言语，夹杂着节奏强烈的音乐，飘荡在整个舞厅。

午夜到了。秦汉思感到疲劳困倦。左右一看，戴维、哈利都不见了。戴维应当回家了。老婆在家里等他。而单身汉哈利可能遇到新的女人，已经消失在夜幕中了。约翰和卡佳俩人坐在酒吧的一角，亲热地交谈。秦汉思起身离开酒吧，独自一人回家。

奥尔哈

在 9 月下旬，国际交流中心举办了一个大型的学术会议。交换中心的所有学者都参加会议。会议的主题是“乌克兰独立后的知识分子和艺术家”。会议由交流中心主任娜塔莉娅·巴雷什主持。与会代表们包括美国来的学者和本地学者。那些在乌克兰其它城市的外地研究员和学者乘坐火车，抵达首都赴会。美国来的学者们上次彼此相见是六月在华盛顿的预备会上。他们很高兴能终于在乌克兰聚集到一起。乌克兰是他们共同的研究和教学的目的地国家。会议开始之前和在休息间隙，他们在会议厅外的大厅里，一边喝咖啡，一边热烈交谈。

会议中的大部分的讲座和讨论使用乌克兰语进行。交流中心安排了基辅几所大学的十几个学生，为那些不懂乌克兰语的与会者担任翻译。这些学生大部分是女学生。她们给会议帮忙，同时也得到机会锻炼自己的英语技能。交流中心的拉瑞莎走到秦汉思面前，请他从这些学生中选择一位翻译。

秦汉思看着这群等候在会议厅门口的学生翻译们。其中那位个子最高的女生，披着飘逸的金发，亭亭玉立，格外醒目。那天，她穿着一条黑色紧身长裤和一件粉红色的衬衫。秦汉思问拉瑞莎，是否可以让这位学生做他的翻译。拉瑞莎便高兴地介绍他俩认识。

“很高兴认识你。我的名字是奥尔哈”。这个女孩说。

“我也很高兴认识你，奥尔佳。我的名字是汉思”。秦汉思说。

“‘奥尔哈’（Olha），而不是‘奥尔佳’（Olga）。‘奥尔佳’是俄语。虽然这是同一个名字，我还是喜欢我的乌克兰名字”。奥尔哈纠正他说。

“好的，‘奥尔哈’，对不起。”秦汉思连忙回答。

“没关系。正如你会发现的那样，有时俄语中的‘g’变成乌克兰语中的‘h’，就像我的名字。你必须训练你的耳朵。”

奥尔哈二十一岁，就读于基辅戏剧学院。她的英语足够流利，带有轻微的外国口音。她在秦汉思旁边坐了整整一个白天，耐心地把乌克兰语的发言和讨论翻译成为英语。

在晚间的招待会上，他们有机会聊天了。她来自利沃夫，她的父亲是利沃夫的伊万·弗兰科国立大学里的社会学教授。利沃夫是乌克兰西部的重镇，毗邻波兰。历史上，利沃夫曾一度享有奥匈帝国地区省会的地位，作为区域贸易的汇聚中心。这座城市有文艺复兴和新古典主义风格的宏伟教堂和建筑。这里的人大多信仰天主教而不是东正教。人们讲乌克兰语。全市的主要民族是乌克兰人。利沃夫是乌克兰民族主义的温床。乌克兰的民族英雄伊凡·弗兰科与这个城市有关。

喝了一点红葡萄酒后，奥尔哈变得更加轻松和活泼。她说："在乌克兰西部人们有一个谚语：'在利沃夫出生是最好的事情。如果你可以重生，你还愿意选择在利沃夫'。利沃夫不像基辅。基辅有很多富人也有很多穷人。利沃夫人口主要是中产阶级。"

秦汉思说："我已经听到了很多关于利沃夫的事情了。有人告诉我，这个城市确实有其自己的特点，是乌克兰文化的重要中心。城市的建筑很有气魄是吗？我以后想去看看这个城市。"

"是的你应该去看看。"奥尔哈说。"我的父亲和母亲仍然生活在那里。我的父亲曾经就读于美国威斯康星大学。他本来可以在美国居住和工作，但是他决计回到利沃夫。乌克兰才是他的精神和灵魂所在。他觉得自己在祖国可以发挥更大的作用。"

"这真是非常令人钦佩的。我认为有些知识分子可以在乌克兰这个过渡性的社会成为有影响力的公众知识分子。而在美国，谁是公众知识分子？没有人听你的。社会太商业化了。流行歌手和好莱坞明星才有观众。"秦汉思说。

奥尔哈除了具有的女性魅力，还表现出一个知识分子的智慧和修养。她一双大而明亮的蓝眼睛好似是其充满智慧的头脑的窗口。从她的身上，也可以嗅到了一股酸酸的气味。作为一名经验丰富的东欧旅行者，秦汉思已经熟悉了这种气味。这是这一地区女性身体的特有气味。这可能跟她们的饮食有关。这种酸味对人类和动物有一种特别的吸引力。秦汉思不禁被奥尔哈迷住。奥尔哈一整天坐在秦汉思旁边，在他耳边用英文窃窃私语，给他翻译会议内容。

秦汉思的心脏跳动加快，但他试图掩饰自己的内心骚动。在会议结束后秦汉思不想失去她，便想出了一个方法。他说："奥尔哈，我有一些俄语的能力，但是我想我应该学习乌克兰语。乌克兰语是一种美丽的语言。毕竟我在乌克兰，应该利用这个机会。我不知道你是否有空可以教我乌克兰语。当然，我会付费给你。比方说每小时十美元"？

十美金在当时汇率约为五十多格里夫纳。对于普通的乌克兰人，这是一个很好的价格，尤其是对于一名学生。奥尔哈欣然地接受了他的建议。从那时候开始，她成了秦汉思的语言老师。他们每周见面学习两到三次，有时在她学院的食堂，有时在咖啡厅，有时在公园里。

十月的一天，在他们的语言课结束之后，他们来到附近的舍甫琴科公园。他们逛了一小会儿，然后在长椅上坐下来。乌克兰的秋天是一个迷人的季节。在灿烂的阳光下，公园里金黄色的树叶闪闪发光。几只鸟儿在树梢上吱喳鸣唱。蔚蓝的天空，白色的云朵，清新的空气，令人心旷神怡。在公园北部的边缘是舍甫琴科大道。林荫大道两旁的白杨树，笔直高大，耸入云天。他俩沉浸在美丽的秋天景色中。

奥尔哈说："汉思，我来教你乌克兰语的十二个月的单词。比如十月，乌克兰语是'Zhovten'。它的字面意思是'黄色之月'"。

"哦，这太有趣了。'Zhovten'多么恰当呀。看看我们身边的金黄的树叶"。秦汉思说。

"下个月将是十一月。乌克兰语是'Lystopad'。意思是'落叶'"。奥尔哈说。

"多么美丽的语言啊"！秦汉思不禁赞叹。

"你看俄语中的十二个月的说法类似于拉丁语和英语。你晓得俄语单词，对不对？它们都是英语的同源词：Yanvar（一月），Fivral（二月），Mart（三月），Apryel（四月），May（五月），Iyun（六月），Iyul（七月），Avgust（八月），Sentyabr（九月），Aktyabr（十月），Nayabr（十一月），Dikabr（十二月）。但是，我们的乌克兰语言却很大的不同。这是一种更原始的语言”。

奥尔哈掏出一张纸，写下了乌克兰语中每年十二个月的单词和其词根的含义。

一月，Si-chen，切割之月

二月，Lyu-tiy，严寒之月

三月，Bere-zen，桦树之月

四月，Kvi-ten，鲜花之月

五月，Tra-ven，绿草之月

六月，Cher-ven，红（莓）之月

七月，Ly-pen，椴树之月

八月，Ser-pen，镰刀之月

九月，Vere-sen，石楠之月

十月，Zhov-ten，黄色之月

十一月，Lys-to-pad，落叶之月

十二月，Hru-den，堆（雪）之月

秦汉思惊叹不已。他说：“原来乌克兰语是这样富有诗意，它与农业、节气和自然紧密地联系在一起。这让我想起几千年前的中国一首古诗。《诗经·七月》‘七月流火，九月授衣。’全诗叙述一年十二个月农人如何按照节气生产劳作。”

在公园里，他俩坐的长椅面对着塔拉斯·舍甫琴科的雕像。

奥尔哈接着给秦汉思讲授一堂乌克兰的历史课。她说：

“我们最伟大的民族英雄是一位 19 世纪的作家，他是塔拉斯·舍甫琴科。他把乌克兰的‘农人语言’转变成精炼的文学语言。沙皇很害怕他，把他流放。某种意义上，他锻造了现代乌克兰人民的语言和灵魂。也许你已经注意到了，很多东西都是以他的名字而命名：塔拉斯·舍甫琴科大学，科学院塔拉斯·舍甫琴科文学研究所，塔拉斯·舍甫琴科公园，塔拉斯·舍甫琴科地铁站，塔拉斯·舍甫琴科大道等，我们太爱他了。”

秦汉思说：“是的，我注意到了这一点。在我来到这个国家之前，我做了关于乌克兰历史的一些研究。我读过他的英语翻译版本的诗歌。其实，那天在交流中心的办公室里我从计算机上下载了一些他的诗歌。”

秦汉思急于夸大和炫耀自己积累的关于乌克兰的知识。他搜索自己的公文包，掏出舍甫琴科的一首著名诗歌的复印件，其中印有诗歌的乌克兰原文和英译。奥尔哈用乌克兰语给秦汉思朗读了这首诗。

我的遗嘱

当我死的时候，把我埋
在我心爱的乌克兰
我的棺椁在高高的土坡上
在一片蔓延的原野中
我的眼睛能看到田园
以及无边的草原
我的耳朵能听到

宽阔的第聂伯河的咆哮

当乌克兰的第聂伯河可以承受
进入深蓝色的大海的
敌人的血……那么我就会离开
这些山丘和肥沃的土地 --
我会离开这一切，然后飞向
上帝的栖息地
然后，我会祈祷……但直到那一天
我对上帝一无所知

哦，把我埋下吧，然后你们起来
打破沉重的锁链
用含有暴君的血液
滋润你们已获得的自由
在伟大的新家庭里
自由者的家庭中
你们亲切的轻声话语
把我记住

1845 年 12 月 25 日

尽管秦汉思对原文不完全听懂，他感受到诗句散发出来的铿锵韵律。奥尔哈乐见秦汉思对乌克兰文化的浓厚兴趣。她的脸上洋溢着满足和快乐的光芒。她说：“这是舍甫琴科非常著名的诗。乌克兰所有学童都知道这首诗。原诗句非常悦耳动听。”秦汉思赶紧补充说：“当然，英文翻译失去了语言原有的魅力，但是不讲乌克兰语的外国人仍然能感受到原诗的韵味。”

在一个阳光明媚的秋日，奥尔哈和秦汉思沿着安德里伊夫斯基斜坡（Andriyivskiy Uzviz）行走。这是一条蜿蜒起伏的街道。习习秋风，吹到脸颊上，令人感到凉爽舒适。他俩漫步街头，环顾四周的露天市场。秦汉思很喜欢乌克兰的民间艺术，编织，刺绣，木雕和陶器。具有精美图案的桌布、毛巾、盘子、盒子，被展示在摊位上出售。秦汉思想给自己的母亲买一块桌布，用于她在北京家里的新餐桌。奥尔哈帮秦汉思选择了一块漂亮的大桌布和几个精致的漆器盘子。这些物品都有传统的乌克兰纹饰。

当他们走到安德里伊夫斯基斜坡的一个地方，奥尔哈停下来，指给秦汉思说："这是米哈伊尔·布尔加科夫博物馆。当年他就住在这条街上，写出了他的杰作《白卫军》。"俩人于是走进作家的博物馆，观看里面陈列的照片和物品。

奥尔哈和秦汉思之间在智力方面的共鸣有所增长，他们的友谊也加深了。她建议他们一起去基辅国家大剧院观看戏剧《白卫军》。该剧由布尔加科夫的同名小说改编而成。这部小说生动描述了20世纪初期在布尔什维克革命时代中基辅的情况。秦汉思欣然接受她的邀请，一道去剧院看戏。奥尔哈坐在秦汉思旁边，用几乎听不到声音的窃窃私语地翻译重要的对话，以便不打扰周围的观众。

一天晚上，秦汉思邀请奥尔哈去市内的"热带俱乐部"跳萨尔萨舞。奥尔哈有些犹豫说："我从未去过那种场所。"秦汉思说："没什么大不了的，我们去放松一下而已。不要天天学习过于严肃。" 奥尔哈同意了。

几年前，秦汉思是一个狂热的萨尔萨舞者。早在旧金山，每逢周六他光顾拉丁舞俱乐部。当他访问北京的时候，他也发现了那里的拉丁舞场。他成了"卡巴纳餐厅"、"拉丁酒吧"、和"哈瓦那咖啡厅”的常客。当秦汉思在 2003 年的夏天里访问莫斯科的时候，他找到这个城市的“爱经吧”(Kama Sutra Bar)，一个可以跳拉丁舞的地方。当秦汉思在匈牙利布达佩斯暑期旅游的时候，他还在维克街的一家俱乐部中跳萨尔萨舞。

这次在基辅，秦汉思急于炫耀自己的拉丁舞技能。他教奥尔哈跳萨尔萨舞和玛琳舞。她很快就学会了，并且十分享受。任何人都会被拉丁音乐特有的节拍和旋律所感染。

秦汉思惊喜地看到约翰和卡佳也在该俱乐部里。他们一起跳萨尔萨舞，但是动作有些笨拙。当秦汉思在男厕所赶上约翰的时候，便忍不住问他：“嘿，约翰，很高兴在这里见到你。你好吗？你约了卡佳吗？还又是在鬼混，不认真？”

“嘿，汉思，你好！很高兴在这碰到你。还好吧？我对寻花问柳有点厌倦了。我挺喜欢凯特，跟她好像有缘分。也许我会和她建立稳定的关系。走着瞧吧。我看到你和一个漂亮小妞在一起”。约翰说。

“她是奥尔哈，我最近遇到的一个乌克兰女孩。她很聪明。我们是朋友而已。”秦汉思说。

约翰、卡佳、奥尔哈，秦汉思彼此介绍。四个人一起坐在一张桌子旁。他们听着音乐，观看其他舞伴跳舞。他们自己也起身跳了几轮萨尔萨舞。

在舞蹈中场休息间歇时，俱乐部组织了一场色情表演。一对男女进行脱衣舞表演。他们的动作足够挑逗性。俩人几乎完全赤身裸体，只有一小片布遮住了他们的重要部位。疲惫的观众狂叫起来。表演刺激了来客的感官，使得他们恢复精神。秦汉思有点不好意思，对奥尔哈说：“对不起，我没想到这里有脱衣舞表演。”奥尔哈说：“没什么，我不是小孩。他们愿意跳什么舞，是自己的事。别人才不在乎呢。”大约十一点钟，他们几人离开俱乐部，分别回家。

奥尔哈是位人见人爱的女孩。但是秦汉思害怕采取下一个步骤，不知道该怎么办。他比她年纪大这么多。如果他们成为恋人合适吗？奥尔哈总是说她喜欢秦汉思的陪伴。她说，她还从来没有离开过乌克兰，从未见过像秦汉思这样的不同、神秘、而有趣的人。当然，当他俩出去玩的时候，秦汉思绅士般地支付所有的费用，不管是在餐馆、酒吧、咖啡厅或剧院。如果奥尔哈是秦汉思在酒吧随便遇到的一个女子，他也许会趁势占有她。但是奥尔哈不同。秦汉思尊重她，也不想破坏他们之间的纯洁关系。

电影文化与民族想像

自从秦汉思来到了这个城市，不知疲倦的阿列克谢一直邀请他参与基辅电影界的许多活动。秦汉思参加了阿列克谢主持的“乌克兰与世界”的项目，既一年一度的电影节和学术研讨会。2004年“乌克兰与世界”电影节暨研讨会的主题是“爱还是恐惧？这就是生活”。阿列克谢把他介绍给同事和电影观众。秦汉思接受了一家基辅电视台的采访。在《完全电影》杂志中，阿列克谢写了一篇文章，把秦汉思介绍给杂志的读者。在阿列克谢主办的电影节里，他让秦汉思选择一部合适的香港或中国电影列入节目中进行播放。秦汉思选择了吴宇森的杰作《喋血双雄》。影片在“电影之家”放映。观众非常喜爱这部片子。

电影之家举办了许多电影系列。放映的电影包括《哥萨克人的漫游》、《酋长马泽帕的祷告》、《马麦》、《博格丹·赫梅利尼茨基》。虽然这些影片的艺术价值有争议，它们都尝试建立乌克兰的民族认同，弘扬自己的民族英雄。这些带有政治倾向的电影并没有在商业影院里放映。但是电影之家里面挤满了的孜孜不倦观众。看电影也成了观众自我反省的一个过程，就像制片人一样试图重新创建乌克兰的历史。马泽帕，一个被俄罗斯东正教诅咒的人物、被视为斯拉夫团结的叛徒，现在成为了乌克兰的英雄。电影之家为基辅的观众重新想象自己的历史和祖先的提供了一个场所。

乌克兰和澳大利亚合作出品了《钢铁一百》，在电影之家首次公演。乌克兰侨民出资制作了这部电影。电影歌颂了在二次世界大战末期反对苏联统治的乌克兰游击队员。阿列克谢并不认同这种狂热的乌克兰民族主义。他告诉秦汉思：关于这一段历史，波兰政府曾经要求乌克兰政府做出道歉。在争取民族独立的斗争中，这个乌克兰民族主义者团体屠杀了波兰民众。

电影之家放映各种特色电影：艺术片，取悦观众的大众电影，艺术与商业融合的电影。由乌克兰导演罗曼·巴拉扬导演的《璀璨的夜色》，是关于盲人儿童特殊学校的动人故事。一些女演员们和男演员们是现实生活中的学校学生。

电影之家也不排斥俄罗斯的声音。其中有2004年的两部新片。一部是由弗拉基米尔·马史克夫导演和主演的《爸爸》；另一部是《维拉的司机》，由帕维尔·朱赫来导演，著名的乌克兰演员博格丹·斯图普卡扮演一名将军。秦汉思把两部片子都看了，阿列克谢问他有何观后感。

秦汉思说："两部片子我都很喜欢，帕维尔·朱赫来是我喜爱的导演，而弗拉基米尔·马史克夫是我喜爱的演员。朱赫来的上部影片《小偷》是个杰作，在美国被提名为最佳外语片奥斯卡奖。影片中马史克夫把角色扮演地惟妙惟肖。这次他也做导演。"

阿列克谢说："帕维尔·朱赫来的父亲，戈里格力·朱赫来，也是个了不起的导演。他导演的《士兵之歌》是苏联解冻时期的代表作，影片还参加了法国戛纳电影节。"

"是吗？那我一定看看。"秦汉思说。"《维拉的司机》的思想和艺术不谈，电影里的克里米亚景色太美了，令人陶醉。那个与司机相爱的海军司令部的的女服务员丽妲，高挑而优雅，性感而温柔，着实迷人。"

"哈哈！汉思，你觉得我们这里的姑娘好，你也找一个吧！"

"我可没有那样的好运气。"

阿列克谢对秦汉思说：尽管通过了很多努力，乌克兰每年的影片产量还很低。许多有才华的乌克兰艺术家在俄罗斯的影视业工作，因为俄罗斯具有更多的观众和更大的市场。制作俄语电影会更有利可图，而不是乌克兰语的影片。要打造充满活力的乌克兰民族电影仍然是一项艰巨的任务。

在2004年10月中旬，基辅举办规模庞大的第三十四届"基辅国际青年电影节"(Molodist Film Festival)。"电影之家"以及众多的商业电影院分别放映相关电影。10月31日在"乌克兰宫"举行了电影节的闭幕式。这是基辅最大和最宏伟的剧院。奖项分别给予了不同类别的电影：最佳影片、最佳短片、最佳学生电影等。仪式结束后，剧院首映了基拉·穆拉托娃的新片《调音师》。她生活在乌克兰南部城市敖德萨，与敖德萨电影制片厂多有合作。年纪七旬的穆拉托娃，以其特殊的艺术风格，享誉影坛。

阿列克谢发给秦汉思一个电影节的通行证。秦汉思邀请奥尔哈和自己一起参加电影节闭幕式。他俩人被穆拉托娃这部片子迷住了。

闭幕式结束后，秦汉思鼓足勇气问奥尔哈一个问题。多日来，他一直想问，但没有足够的胆量去做。秦汉思问奥尔哈，是否愿意去他家里喝酒。已经是晚上十一点了。奥尔哈笑了笑说："当然可以。"他们来到秦汉思的公寓。秦汉思从冰箱拿出一瓶香槟，打开它，倒进两个杯子里。他们坐在客厅的沙发上一起饮酒。那一刻，秦汉思再也忍不住自己压抑的感情。在沙发上他亲吻奥尔哈，她回吻。他扶起她，把她带到卧室。

第二天早上，奥尔哈需要早起上课。秦汉思有些疲劳，多睡了一会。早餐后，秦汉思振作起来，写了篇关于穆拉托娃的《调音师》的评论。这是阿列克谢的建议。他的影评的标题是《凯旋时刻的黑衣夫人》。文章被翻译成了俄语，刊登在乌克兰周报《首都新闻》。

橙色革命

从秦汉思到达基辅以来的几个月里，他一直享受着基辅美丽的都市风景。夏末，克列夏季克大街的喜庆气氛；秋季，舍甫琴科公园里色彩斑驳的树叶和基辅植物园里的千姿百态的花卉；初冬，空中飞舞的雪花。这些都令秦汉思心旷神怡。他一点也没料到，自己会经历到一场巨大的政治风暴：乌克兰总统选举和所谓的“橙色革命”。

从秦汉思的公寓到位于赫鲁谢甫司科寇（Hrushevskogo）街的文化交流中心，他必须沿着克列夏季克大街行走。在途中，他需要穿过在街头成群结队的示威者。示威者来自全国不同地区。在寒冷的冬天，他们搭建帐篷，睡在大街上。他们克服寒冷、饥饿和干渴。为了信仰，他们愿意牺牲自己的一切。有些年轻人甚至在克列夏季克大街结婚。他们穿着白色婚纱和深色西装，把自己奉献给一个伟大的事业，“嫁给革命”。美国文化交流中心也腾出些空间给这些示威者，以便这些来自遥远地区的人们休息和睡觉。秦汉思的一个学生斯威特拉娜告诉秦汉思：她自己家提供了紧急避难所给那些远道而来的示威者。她的母亲还给那些客人做饭吃。秦汉思看到一座帐篷上面挂有着“科学院文学研究所”的招牌，他为之感动。

尽管政治斗争激烈，基辅城市内仍然维持着和平与秩序。人们表现出了高度的纪律性和约束力。示威活动有序地进行。没有人为的破坏，也没有暴力。位于克列夏季克大街的著名中央百货店（TSUM），一直向消顾客和公众开放，而在大街上数不清的狂热的示威者人恰好在中央百货店的外面游行。这些日子，城市居民对待彼此都非常亲切和友善。他们把食物和饮料给陌生人，甚至掏出硬币给街头的乞丐。

示威者高呼口号和标语。“支持尤先科！” “我们绝不屈服！” “要自由，不要奴役！”在克列夏季克大街和独立广场，代表不同组织和城市的无数帐篷架设在那里，把基辅市中心转化成五彩缤纷的帐篷城。秦汉思忙着用自己照相机和摄像机拍摄录制场景。看着眼前的一切，他也想起了中国现代史上的学生运动和抗议活动。

这几天，奥尔哈一直处于兴奋和高度紧张的状态中。橙色革命吞噬了她的整个身体和灵魂。她忙前忙后，往来穿梭于克列夏季克大街，独立广场和她的学校。几乎每一天，她要跑去探望来自她家乡利沃夫市的人们。他们在这里也搭设了许多的帐篷。从利沃夫市来的一些学生是奥尔哈昔日的同学和朋友。在基辅戏剧学院里，奥尔哈的同学们也组织了集会来支持尤先科。有时奥尔哈会停留和睡在利沃夫市的朋友们的帐篷里一整夜，以显示她的决心。

由于奥尔哈的热情，秦汉思被吸引到这场政治进程中。他也定期前往位于克列夏季克大街和独立广场的帐篷城。示威者必须在帐篷里吃饭，休息，睡眠，取暖。秦汉思担心奥尔哈的健康和安全。在一个大雪纷飞的下午，他带了几瓶矿泉水和一大包香肠、奶酪和面包给奥尔哈和她的战友们。奥尔哈很高兴地看到秦汉思能支持她的事业。在独立广场和克列夏季克大街的革命气氛也感染了那些碰巧路过那里的人们。尽管天气寒冷，这么多人的激情和他们的体温产生了极大热度，使得每一个人的身心感到温暖。

11月份的一个下午，人们再次在独立广场集结，进行新一轮的集会和抗议。奥尔哈与她的朋友们和秦汉思走出了帐篷，向广场行进。在广场边的邮局大楼附近，秦汉思看到了安德烈和塔蒂亚娜带领一群来自舍甫琴科国立大学的学生。这些学生是中文专业的学生，也是他们二位自己的学生。秦汉思用中文向他们致意。奥列格和基辅莫希拉学院文学专业的学生也来了。秦汉思也看到国际文化大学的学生们也在人群中。各路学生汇集到广场。

在广场中临时搭建的平台上，演说家们向人群致辞，流行歌手唱起歌来提振人们的情绪。阿列克谢代表基辅电影家协会讲话。他讲完之后，流行歌手鲁斯兰娜唱了一首歌。随着激越的音乐，人群的情绪又昂奋起来。他们要求一个公平的选举，宣誓效忠橙色革命。

维克托·尤先科和尤莉娅·季莫申科突然出现了！美丽的季莫申科还是梳着她一贯的发型，在她的头部顶端，是厚厚的乌克兰传统发辫。尤先科站到了台上，向人群讲话。他鼓励自己的支持者战斗到最后时刻。“我们会赢！乌克兰不需要腐败。我们要一个干净诚实的政府！”

尤先科的脸看上去有些可怕。毒素已经永久地毁容了他的面容。他的支持者认为：尤先科是为了国家才遭受这一切。他已经肩负国家的重担，为人民背起一个巨大而沉重的十字架。他的血液中的毒素水平可以随时杀死他。但是他毫无畏惧。他是命运的主宰者。在这个历史时刻，人民需要他，而他也回应这些民众的呼声。在广场里，他脖子上的橙色围巾把他和人们的心连接在一起，也连接了全国各地数以千万计的乌克兰人的心灵和精神。

秦汉思也加入了人群，并用乌克兰语和人群一齐呼喊：“尤先科！尤先科总统”！在那一刻，秦汉思似乎忘了自己的国籍。他自认是一个革命者，无论自己的国籍是中国，乌克兰或美国。自己是一个国际主义者！随着人群情绪的上升，秦汉思的堂吉诃德式的自我意识也在膨胀。此时，在 20 世纪 30 年代的一位中国作家未完成、未发表的小说手稿在秦汉思脑子里出现。几年前，在北京的中国现代文学馆，秦汉思研究“革命加恋爱”的主题。他阅读到这部小说的手稿。小说描述在上海租界里革命青年从事活动的情景。小说的片段涌现到秦汉思的脑海里：

鲁朝阳高喊：“打倒帝国主义！打倒独裁者！”他带领一群来自上海大学的学生行进到了南京路。零售店店员和普通市民群众都跟随着他。他走在人群的最前沿。在群众高呼口号的时候，学生把反政府的传单散发到空中。警察开始殴打和逮捕学生。警察把枪口对准学生，并且开始朝人群开枪。鲁朝阳对警察大喊起来：“中国人不杀中国人！打倒日本帝国主义！英帝国主义滚出中国！打倒腐败政府”！

“乌克兰万岁！独立万岁！支持尤先科”！在独立广场上，秦汉思和人群一起大声呼喊着。周围的温度已经低于冰点。雪片不断地飘落到人们的头上、脸上和身体上。地面满是泥泞。但是，基辅的警察和安全部队表现出了相当的克制力，并没有攻击示威者。

在南京路上，鲁朝阳向他的跟随者们挥动自己的右手。“撤退！反动派想杀死我们。快散开！今天我们已经实现了目标。”

鲁朝阳和他的恋人李咏梅让其他人首先离开，而他们两个人与警察缠斗起来。鲁朝阳被警棍击中头部，倒在地上。李咏梅跪在他的身边，把他抱在自己的怀里。泪水涌出她的眼睛。李咏梅愤怒地冲着警察喊：“杀人犯！你们是罪犯”！

奥尔哈拉住秦汉思的胳膊，让他紧跟游行示威的人群。秦汉思的遐想被打断了。他们向乌克兰议会行进。一行警察森严地守着议会大厦。奥尔哈和其她女孩们走到了警方的防线附近，把鲜花放在警察的盾牌上。警察们也微笑着面对她们。警察和示威者之间的对立情绪开始缓解。双方没有采取任何武力攻击。对峙是象征性的，其实他们都有共同的梦想。

2004 年 11 月 21 日是第二轮投票的日子。奥尔哈和她的同学以及秦汉思的学生去在基辅的各处投票站。市区气氛紧张，安全措施加强，警察四处巡逻。在弗罗迪莫尔斯卡街和萨克萨汉斯寇科街的交叉路口附近，警察发现了一辆可疑的莫斯科牌照的汽车。他们在汽车内发现了爆炸物。警察拘留了车内的两名男子。炸药的威力足够强大，可以炸毁五百米半径范围内的一切。幸运的是，灾难没有发生。否则，秦汉思可能已经在一场大爆炸中死去。秦汉思的公寓距离那个路口是只有五十码的距离。如果是发生了大爆炸，毫无疑问秦汉思居住的大楼将被彻底炸毁。

亚努科维奇赢得了第二次选举的胜利。但是，最高法院废弃了选举结果，宣称选举过程存在普遍的舞弊行为。2004 年 12 月 26 日，举行第三轮的总统选举开始。尤先科成为胜利者。在 2005 年 1 月 23 日，尤先科就任乌克兰总统。橙色革命以胜利告终。

在尤先科的就职典礼当天，奥尔哈和秦汉思决定在家里庆祝。外面烟花照亮天空，礼炮鸣响。在秦汉思的公寓里，他俩打开一瓶香槟。他们为他们之间的友谊、为乌克兰、为革命干杯。

奥尔哈观看电视上的就职典礼。秦汉思随便写一个顺口溜以自娱。秦汉思读给奥尔哈听。奥尔哈听到秦汉思的歪诗后，开心地笑了。

乌克兰，我的爱

尤先科（Yushchenko），亚努科维奇（Yanukovych),
你们都是 Y（why）打头，为什么互斗？
你们同叫维克多（Viktor),
乌克兰人民才是胜利者 (victors)。

蓝色的天空，黄色的土地。
这是乌克兰国旗的颜色，
我们是一家人，
我们是一个国家。

你是蓝色的，我是橙色的，
我们都是彩虹中的一个色调。
大家都是乌克兰人，
乌克兰是我们亲爱的祖国。

你用俄语说 da，我用乌语说 tak,
我们都对民主说“是”。

你说 nyet，我说 ni，
我们都对暴政“不”。

俄语 xorosho，乌语 dobriy，
我们都很“好”。
兄弟们，姐妹们，
我们都是乌克兰人。
乌克兰，我的国家，
乌克兰，我的爱。

短途旅行

秋季学期之后和春季学期之前，是乌克兰大学的寒假。奥尔哈需要回到利沃夫市与家人团聚。秦汉思一直想访问这个独特的文化名城。他的朋友博洛迪亚已经在那里。他春季学期将在那里作访问学者。他早就邀请秦汉思去参观这个城市，并邀他住在自己的公寓。于是，奥尔哈和秦汉思一起坐火车前往利沃夫，这个乌克兰西部最大的城市。

他们搭乘夜班车。秦汉思订了车厢里的一个包间。通常这是四个人的房间，而现在里面只有他们两个人。从基辅到利沃夫，是三百四十英里的路程。缓慢行驶的火车却用了十一个小时。

奥尔哈回家，而秦汉思去找博洛迪亚。博洛迪亚很高兴看到秦汉思，热情地欢迎他。秦汉思住在他的公寓里。博洛迪亚的脑子里总是充满了知识和智慧。他说："汉思，我们可以这样概括整个乌克兰：基辅是政治，利沃夫是文化，敖德萨是商业，哈尔科夫是高等教育，顿涅茨克是工业，第聂伯罗彼得罗夫斯克是技术。欢迎来到利沃夫，对于我来说，利沃夫是最有趣的乌克兰城市"。

"是吗？你继续说。" 秦汉思说。

"我出生在距离利沃夫二十英里的一个村庄里。我离开那个村庄时才五岁。我去了德国，然后移民到美国。这个区域是彻底的乌克兰文化，我喜欢这里。"

"我还以为你最喜欢基辅呢，基辅也是非常乌克兰化的，对吗？"秦汉思逗他说。

"基辅当然也很好。但是在基辅，我还是觉得不舒服。在街上人们讲俄语。人们讲俄语甚至没有意识到这一点。我想这是为了潇洒文雅才说俄语。人们可能认为乌克兰语是一种乡下语言。在利沃夫，情况完全不同。在这里每个人都讲乌克兰语，在任何场所：咖啡厅、家里、以及在工作中。我只是觉得，在这里人们会更自然些。在这里我感觉舒服"。

冬季，利沃夫地区每日雪花纷飞。大地变成一个银白色的世界，干净、肃穆、静寂。博洛迪亚带秦汉思去看看城市的几个景点。俩人在雪地上迤逦前行。他们首先参观了伊凡·弗兰科国立大学。然后他们来到美丽的伊凡·弗兰科公园。他们从公园的一头穿行到另一头。最后他们造访了宏伟的圣·乔治教堂。他们走进去参观一番。晚上，他们在利沃夫歌剧院观看了柴可夫斯基谱写的歌剧《马泽帕》。

长期以来，这个城市是奥匈帝国的一个区域中心。在20世纪早期，这个城市被波兰人和德国人交替控制。直到20世纪30年代，利沃夫才被置于莫斯科的控制下。这里天主教教会与东正教教会同样强大。利沃夫靠近波兰边境，距离波兰名城克拉科夫不远。文艺复兴时期、新古典主义、和巴洛克风格的教堂、建筑和古迹遍布利沃夫的老城区。这个城市的风景可以与布拉格、克拉科夫、布达佩斯和布拉迪斯拉发等中欧名城相媲美。利沃夫拥有古老欧洲的魅力，本应是一个理想的旅游地。可惜，这里的旅游业没有得到很好的发展。由于资金的缺乏，众多华美的老式建筑无法得到正常地维护，也没有安装现代化的设施。

这座城市有一个节约用水的机制。在大多数的公寓里，只是在每天特定的时间里提供用水。通常早晨从6～9点，晚上6～9点供应用水。其它时间人们必须使用预先储蓄的水。每间公寓内装置了储水箱。利沃夫缺水的状况令外人不可思议。这一地区里全年降雨量充沛。秋天阴雨绵绵；冬天，几乎每一天下雪。假若一个人把几个水桶放在露天而收取从天而降的雨雪，那就足够他使用。

奥尔哈和家人团聚两日后，便与秦汉思约会。她带秦汉思去利沃夫著名的露天市场。市场位于老城区中心，出售乌克兰传统手工艺品。奥尔哈帮秦汉思选择了一些图案漂亮的刺绣、毛巾、盘子。秦汉思打算把东西带回中国和美国，馈赠自己的亲戚和朋友。

在利沃夫待了几天之后，秦汉思需要赶回基辅。而奥尔哈打算留下来与她的家人多待一些时间。奥尔哈送秦汉思到火车站，与他吻别。她会在一个星期后回到基辅。秦汉思乘坐一列晚上的火车，第二天早上抵达基辅。

橙色革命已经结束了，秦汉思希望向另一位乌克兰英雄：尼古拉·奥斯特洛夫斯基表示自己的敬意。他的小说《钢铁是怎样炼成的》的影响了一代又一代的中国人。在基辅念书的中国留学生刘嘉彦告诉秦汉思：在乌克兰，有好几个这位作家的纪念馆。一个是在他的家乡，沃林州的菲利亚。另一个是在克里米亚的索契，在那里的一家疗养院中，他度过了他自己的最后岁月。而还有一个是在博亚尔卡，一个距离基辅 23 公里的小镇。在 20 世纪 20 年代，虽然奥斯特洛夫斯基曾经在当时的“基辅电气机械研究所”学习过，基辅没有以他命名的纪念馆。

由于博亚尔卡与基辅这么近，秦汉思希望参观这里的纪念馆。他问奥尔哈是否可以跟他一起去。当秦汉思提出这个提议的时候，奥尔哈说她乐意同秦汉思一起去游览，但是对这位作者和他小说没兴趣。

“你读过奥斯特洛夫斯基的小说吗？”秦汉思问。

“没有，我不想去读它。但是我知道关于小说的一切。我的爸爸妈妈看过这部小说。那时候每个苏联人都必须读它。苏联解体的时候，我还是一个孩子。我对这位作家和他的小说没有兴趣。”奥尔哈说。

“为什么？”秦汉思不解地问。

“这部小说都是关于社会主义的内容。现在，谁还对这个有兴趣哪？苏联毁了乌克兰。你知道，奥斯特洛夫斯基是一个乌克兰人，但是他却背叛了乌克兰。他把第一次世界大战期间的乌克兰起义，写得太可怕了。他把乌克兰的独立战士描写为土匪。”奥尔哈回答。

“你太苛刻了。在那个环境下，他只能这样写。”秦汉思说。

“我不知道。但我不喜欢那样的革命。我喜欢的革命只有橙色革命！”奥尔哈俏皮地说。

纪念馆建于博亚尔卡，是因为当年奥斯特罗夫斯基参加了这里火车站的建设。就像小说的主人公保尔·柯察金一样，他曾经参加了从贝加尔到莫斯科的铁路建设。小说形象生动地描述了在建设西伯利亚大铁路的过程中，苏维埃青年表现出的非凡意志和忘我精神。

2005 年 1 月的一天，一个阳光明媚但寒冷的周六下午，奥尔哈和秦汉思去基辅的中央火车站，买了火车票，乘上开往博亚尔卡的一列火车。这是一列缓慢的古董式的火车，人们就好像回到了以前的历史时代。火车里挤满了乘客。很多人没有座位站在车厢里。在火车上，一青年男子与一名老妇人兜售着报纸和巧克力，他们穿梭在人群中，就好像火车还不够拥挤。车厢里厕所的门不能关闭。奥尔哈预先警告秦汉思：在车程中，应该控制自己身体的水分消耗。秦汉思问她：今天，车上为什么会有这么多的人？她说：在每个周末，人们要去他们在郊区的所谓的“别墅”耕种。城市居民的“乡间别墅”并不是什么优雅而气派的度假场所。许多乌克兰家庭在郊区有一块土地，用以种植蔬菜，水果，马铃薯，各种各样的农产品。这是生存的必要。人们自己种植的食品，是他们全年的大部分的食物来源。除了肉类和奶制品需要购买外，其它食物得以自给自足。乘客脸上的神情显得疲惫。经济困难影响了人们的生活。农村的情况与基辅市区反差强烈。列车经过四站之后，抵达博亚尔卡。

博亚尔卡看起来像一个贫穷、肮脏、落后的第三世界村庄。镇子的主要街道是一条狭窄、泥泞的道路，却叫做“克列夏季克大街”。这是它的原名，后来改成为“卡尔·马克思大街”。但是在乌克兰独立以后，又重新改成“克列夏季克大街”。“奥斯特洛夫斯基纪念馆”距离“克列夏季克大街”不远。在纪念馆前面，有一所学校。一个红军战士的雕像竖立在学校的前面，但不是奥斯特洛夫斯基的雕像。学校命名为“奥斯特洛夫斯基学校”。在乌克兰独立之后，校名改为博亚尔卡“第二小学”。

在学校的后面，是奥斯特洛夫斯基纪念馆。纪念馆是一个普通房子。在博物馆外边，曾有过作家的雕像，但是已经被毁坏。现在只有雕像的基础部分，上面写着:“尼古拉•奥斯特洛夫斯基，1904 年～ 1936 年。”纪念馆由有两个房间组成，当作两个展厅。其中一个房间是奥斯特洛夫斯基的展厅，而第二个房间是博亚尔卡历史的展厅。

在博物馆馆里面，有这位作家的纪念品，照片，他的制服，旧报纸，以及他的小说被翻译成为各种语言的版本。这部小说被翻译成了七十五种语言。至少有三种中文翻译版本被展出。纪念馆展示了的一个中国代表团来参观的留言。

博物馆讲解员拿出几盘录像带给他们看。见到秦汉思是一个中国人，讲解员选择了一盒中文录像带，将其插入录像机播放。这是不久前中国人拍的《钢铁是怎样炼成的》的电视剧。剧组中的演员来自乌克兰和俄罗斯，但是对话是中文配音。历史具有讽刺意义。秦汉思听说乌克兰的一些组织抗议中国重拍这部苏联红色经典，因为它对当年乌克兰独立运动的负面描写。但是中国的观众不管这些。他们是通过记忆来怀念过去的革命传统。

讲解员问他们是否想在留言簿里签名留言。秦汉思浏览了纪念馆的留言簿，惊讶地发现其中参观者有一半来自中国。这些游客用中文写下了自己的感受：

“保尔 · 柯察金浩气长存！”

“永恒的荣耀属于奥斯特罗夫斯基！”

“中国和乌克兰的友谊万岁！”

“非常高兴能够来到奥斯特洛夫斯基的祖国，参观了他的纪念馆。保尔永远是青年人的光辉榜样”。

秦汉思不禁笑了起来。他忍不住拿起笔，煞有其事地写道：“2005 年初，秦汉思到此，祭奠伟大的革命英雄奥斯特洛夫斯基和他的主人公保尔。共产主义精神永存！”

在整个参观过程中，奥尔哈感到哭笑不得。她无法理解，为什么那么多人，尤其是中国人，远道而来朝拜一个残废的、卧床不起乌克兰人。矮小破败的纪念馆与这位英雄的深远影响太不相称。

“汉思，你如愿以偿，高兴了吗？你终于有机会朝圣我们伟大的乌克兰英雄，对吗？”奥尔哈取笑秦汉思。

“我没想到这地方竟然如此寒酸。我相信，很多外国游客会感到非常失望。”

突然一下子，记忆把秦汉思带回到二、三十年前的中国，自己读中学的时期。一天，在课堂上，同学们阅读和朗诵《钢铁是怎样炼成的》的结尾的一段名言：

人最宝贵的东西是生命，人的生命只有一次。人的一生应该是这样度过的：当他回首往事的时候，他不会因虚度年华而悔恨，也不会因为碌碌无为而羞耻。这样，在临死的时候，他就能够说：“我的整个生命和全部精力，都已经献给世界上最壮丽的事业——为人类的解放而斗争。”

苏联作家的这段话，成了一代又一代的中国人的座右铭，似乎已经转换为中国人的基因。此时秦汉思默诵这段话，产生一种难以名状的感觉，浑身起鸡皮疙瘩。

在纪念馆，秦汉思拍了一些照片。他们俩傍晚乘坐火车返回基辅。在火车上，奥尔哈测试秦汉思的乌克兰历史的知识。她问："你有没有听说过的大饥荒呢？"

"什么大饥荒？"秦汉思问。

"在 1932 年和 1933 年间，乌克兰有一次大饥荒，是斯大林造成的。他想摧毁乌克兰人民的意志。苏联在乌克兰施行集体农庄制度。他们迫使农民放弃自己的土地和粮食。"

"我略知一二。我好像什么地方读到，美国和加拿大的乌克兰社区想建造一个有关的纪念馆。"

"你还是怀念苏联的什么革命精神么？"

"我可不是斯大林的粉丝。"秦汉思辩护道。"我只是好奇纪念馆是什么样子。"

他们在火车上聊着。下午四点左右，火车抵达基辅。

秦汉思和奥尔哈在一起度过的日子，令他们陶醉快乐。奥尔哈充满活力，跟她在一起，秦汉思也觉得年轻了许多。但是，他之间存在代沟。就像在暴风骤雨般的革命之后，人们感到疲惫一样，他们之间的高烧的情谊也渐渐退热。

有一天，奥尔哈告诉秦汉思，在未来几周内她需要参加一个新戏的排练。这出戏叫《我们的乌克兰》，是关于橙色革命期间中几个同学的生活。她扮演其中一个角色，最近会非常忙。秦汉思已经整整两个星期没有看到她了。她没有打电话，秦汉思也没有打电话给她，因为他不想为难和打断她的排练和演出。最后秦汉思实在忍不住了，拨通了她的手机。她没有接听。秦汉思给她的手机发了短消息。整整一天，她都没有回复。秦汉思有了一种不好的预感。他决定去戏剧学院找她。当他刚刚进入排练厅门口的时候，看见了奥尔哈。她和一个英俊的乌克兰小伙子亲热地聊天，她吻那个小伙子。他们并没有注意到秦汉思。

秦汉思知道那家伙，他名叫米哈伊尔，是该戏剧学院的一名学生，他在本剧中扮演男主角。秦汉思感到心痛，便悄悄地走开了。刚刚看到的情景让他头脑清醒。他应当留给她空间，让她自由地成长。他俩之间若还有什么恋情，那应当是柏拉图式的精神恋爱，中国式的忘年交。往后的日子里，他们俩人渐行渐远。

孤独与友谊

当秦汉思独自一人在家里时，电视和电脑成了他的伴侣。在他住的公寓里，电视频道大多是乌克兰语和俄罗斯语频道。德国新闻频道，即“德国之声”，播出的一半时间用德语，一半时间用英语。美国有线电视新闻网络（CNN）频道时有时无。“时尚电视”频道仅仅有图像，但是却缺少文字。英国广播公司（BBC）新闻播放的时间较长。偶尔，英国广播公司的转播会暂停，而秦汉思便没有英文节目可看。这基本上是秦汉思在国外的电视文化。在这个城市里，可以看到几种英文报纸。秦汉思时而拿起一份英语报纸和杂志阅读，如《基辅邮报》、《基辅周刊》。

偶尔秦汉思的公寓里会有时停电，而且没有事先预告。所以，具备一个手电筒至关重要。最糟糕的是，有时用水也被切断了，也没有事先警告。你如何能洗手呢？又如何做饭或使用抽水马桶呢？停水会持续多久？一小时？三个小时？还是八个小时？原因是什么呢？有些管道太陈旧而易爆？或者这也许是一次例行节约用水的措施吗？没有给出任何解释。有时候，秦汉思被驱动到了绝望的边缘。一次或两次，秦汉思心理上还能承受，可以泰然处之，但是如果长期这样就会考验秦汉思耐力的极限了。

秦汉思想念中国菜，特别是在加州天天吃的中国菜。自助午餐价格是 6.99 美元；自助晚餐价格是 9.99 美元，这其中包括丰富的绿色蔬菜，水果，米饭，面条，锅贴，以及酸甜汤。对于一个单身汉，这是省事、方便、绝好的美餐。在基辅，秦汉思常在一家快餐连锁餐厅里吃饭，它名叫“小吃先生”。“我可以点一个三明治，一份沙拉，和一杯喝茶吗？”这是秦汉思的标准配餐模式。点这三样东西没有语言障碍。三明治（sandwich）和沙拉（salad）的英文发音与俄文发音一样。“茶”的俄文发音与中文差不多。点这些东西，秦汉思不会出洋相。他还常去其它几家餐厅和酒吧吃饭，如“两只鹅”，“疯狂的妈妈”，以及“奥·布赖恩酒吧”。亚洲风味的“疯狂的妈妈”餐厅的领头厨师是一位来自泰国的小伙子，他已成为秦汉思的一个朋友了。秦汉思有时会去那里，一边吃饭一边与他聊天。

远离了朋友和熟人，会缺乏安全感。凡遇事，秦汉思必须即兴发挥，采取权宜之计。点一些简单的菜或要喝一杯饮料，看似简单，其实不易。秦汉思时常听不懂收银员说什么，收银员也听不懂他的表达。作为一个陌生的外国人，杂货店的售货员或出租车司机时而赚他的便宜。秦汉思尽量保持克制，避免纠纷。

绝望无助的时候，秦汉思的笔记本电脑成了他最好的朋友。

每天，他要阅读网上的新闻，检查自己的电子邮件。他的老朋友们处在千里之外的其它地方。秦汉思看不见他们，而只能通过电子邮件与他们联系。也许，自己应该抽出些时间来写点东西，他这样想。在国外长达一年的时间里，写作给了秦汉思新的生活目标，哪怕是随便写下一些日常感受。存在，工作，写作。这可能是生活的意义。

为了逃出公寓的禁闭，每天秦汉思会出去走走。基辅是一个树木葱茏的城市。它有许多大大小小的公园和花园。在这个城市中，板栗树、椴树、以及桦树无处不在。市民坐在栗树下的长椅上放松和休闲。基辅的地形是丘陵式的。秦汉思很熟悉丘陵城市的魅力，比如美国的匹兹堡市和旧金山市。秦汉思曾住在那些地方多年。在基辅，他喜欢去弗洛狄米尔（Volodymir）山丘，在那里他顿觉心胸宽阔。走到山的制高点，他可以眺望远方：金色圆顶教堂，房屋，道路，汽车，树木，海滩，轮船，第聂伯河。无垠的第聂伯河以其有强大的生命力，蜿蜒贯穿乌克兰腹地，流向南方，最后进入黑海。此情此景，中国古代诗人一定会写出“登高”和“怀古”的难忘诗句。广袤的天地清除了秦汉思世俗的牵累，带给他喜悦和安慰。

在秋天，山上树木的叶子变成了黄金色，这使秦汉思回想起美国中西部小镇的秋天景色。在冬季，丘陵和房屋覆盖上白雪和薄冰，第聂伯河冻结，处于休眠的状态。通过自然的过滤，空气被洗涤干净，整个城市显得安静和平。在春天里，树木的新叶发芽，无数五颜六色的鲜花绽放出来。经过一个漫长的冬眠后，大地苏醒，第聂伯河又变成了蓝色，从新流动。城市的街道再次充满行人。当夏日到来的时候，人群点缀着第聂伯河沿岸的沙滩，在温暖的阳光下休息或玩耍。

精力旺盛的阿列克谢，又打电话来邀请秦汉思参加他组织的一个新的电影节。在2005年2月13日，基辅将举办“爱情电影节”。那天晚上，一共九部短片展现给热心的观众。观众主要是年轻人。这些电影的主题是爱。2月13日是情人节前夕，第二天便是在乌克兰和世界各地的情人节了。本次活动给了年轻人一个很好的礼物，特别是对于处于恋爱之中或正在寻找恋人的年轻人。阿列克谢让秦汉思写一篇有关这次电影节的影评。

一些影片是由秦汉思在基辅国际文化大学的学生制作。秦汉思很高兴看到自己学生的作品。九个短片呈现了独立后的乌克兰生活和爱情的各种面孔。

两天之后，秦汉思写好评论，用电子邮件发送给阿列克谢。但是，在接下来的三周内，秦汉思没有听到他的反馈。秦汉思多次打电话给他的手机，都没有接听。有一天，他的夫人维罗妮卡给秦汉思打电话。她说：阿列克谢突然中风，半身瘫痪。秦汉思愣住了。维罗妮卡给了秦汉思医院的地址，秦汉思跳进一辆出租车，立刻赶往那里。

阿列克谢躺在病床上。他很惊喜地看到秦汉思。他的头脑还清醒，与秦汉思交谈起来。他试图向秦汉思解释导致他病情的原因。在电影之家举行“乌克兰艺术家协会的全国代表大会”上他发言。会议上大家争吵不休。关于乌克兰总统选举，乌克兰艺术家和批评家的未来任务，以及协会组织的调整，人们意见不一。他在台上讲演，但是在台下的人们告知他，无法清晰地听到他的声音。他这才意识到自己的麦克风被关闭了。他大怒地责问：“为什么不事先提醒我，就关闭麦克风？”主持人是乌克兰艺术家协会的副会长，是一位实权人物。他反驳说：“阿列克谢，你讲话已超时，应该结束自己的演讲。”阿列克谢气愤不已。他慢慢地走回自己的椅子上，坐了下来。但是不知何故，阿列克谢的左腿已经麻木了，他不能移动左腿。他感到头晕目眩，昏倒在地上。阿列克谢被送往医院。后来医生告诉阿列克谢，他中风了，脑溢血。他的右脑有一个 26 立方毫米的血块。如果阿列克谢被送到医院晚一小时的话，他可能已经死了。

卧床的阿列克谢对自己的全面康复持乐观态度。他的左腿逐渐可以挪动一点。每天，他拄着拐杖走动一小会。一个按摩师和一个理疗师一直在帮助阿列克谢恢复体力。秦汉思尽量安慰他说："请安心养病，你会康复的。乌克兰的艺术会蓬勃发展，乌克兰文艺复兴的美好时代会到来！"

秦汉思每周去探望阿列克谢，并且带一些水果和果汁。阿列克谢一周周地恢复过来了。医生说他是百分之七十已经正常了。阿列克谢可以用手杖行走了。他的左腿肌肉仍然有些麻木，好像这些肌肉不是他身体的一部分。但总体上，阿列克谢还是充满信心。

阿列克谢说："在这个事故发生之后，我学到了一个生活的教训。结果是我成为一个更明智的人。"

秦汉思说："我们都应该控制自己的脾气，尽量不要太情绪化。在一定年龄之后，男性的血压趋于升高。我们需要冷静下来，控制好我们的情绪。"

阿列克谢说："是的，我们都应当冷静下来。我们发热的头脑需要降温，国家的政治也应该降温。"

网络空间的恋爱

曾几何时，在加利福尼亚州的家里，在一个孤独的夜晚，在写作了几个小时之后，秦汉思漫无目的地上网，在互联网上放松疲惫的身体和心灵。偶然，秦汉思会打开有关俄罗斯和乌克兰的链接和网页。有大量的介绍东欧女士的网站在秦汉思的眼前闪过。这是秦汉思的网恋世界的开始。在这些网站里，有成千上万诱人的东欧女士照片。秦汉思无法抗拒接触这些女士们的诱惑。虚拟世界也是现实的，不是吗？他注册了一个国际交友的网站，“Svetlana.com”，并在该网站上张贴了几张自己的照片以及自我介绍。在过去秦汉思从来没有用这种方式约会过女孩。他填写了各种类别的内容，以及自我介绍如下：

名称：秦汉思

年龄：39

身高：180 厘米（5′11”）

体重：72 公斤（157 磅），

头发颜色：黑

眼睛颜色：棕色

宗教：不可知论者

学历：博士学位

职业：教师

语言：英语，中文，能讲一些德国，一些法国，一些俄语

吸烟情况：不吸烟

饮酒：仅仅在社交场合喝一些

居住的地区：旧金山郊区

爱好和兴趣：电影，文学，戏剧，音乐，图书，旅游，运动。

自我介绍：我是世界文学和世界电影的老师。我出生在中国，现在我在美国生活和工作。我是一个善良、大方、聪明的人。我原意与乌克兰女孩或俄罗斯女孩交朋友，并且希望建立一个家庭，有孩子与妻子。妻子应该是一个体贴的，善良的，美丽的，以家庭为中心的女人。

除了与一些女士们进行一些初步的接触，秦汉思没有这样追求过任何遥远国度的姑娘：乌克兰，俄罗斯，白俄罗斯，立陶宛，摩尔多瓦和哈萨克斯坦。你必须和这些女孩见面，对不对？但是国际旅游的艰辛阻止秦汉思采取任何进一步的措施。他担心，这一切都可能变成为一个骗局，一个设置好的陷阱；前往千里之外并且花费了数千美元之后，却落得一场空。毕竟，他想：我了解东欧女人吗？她们是谁？冰滑运动员，芭蕾舞演员，体操运动员，田径运动员，邮购新娘……

不过，秦汉思琢磨着，自己目前在乌克兰，为什么不能再次上网，联系其中的一些淑女呢？晚上在家里他又开始在 Svetlana.com 网站上搜索。他想：什么是我理想的女人呢？我应该如何填写各种类型哪？身高、年龄、体重、头发颜色、眼睛颜色、语言能力，兴趣爱好等？通过量化人群的方式寻找自己的灵魂伴侣好似是穿越一个肉类市场。不管那么多了，先试一试吧。

最低高度：他写下一米七十五厘米（五英尺九英寸）。在他基辅的公寓里，他可以收看的为数不多的英语频道之一是“时尚电视”。他所看到的形象，是一个又一个高挑的女孩猫步行走在舞台上。他想：也许在乌克兰，他会遇到这样的一个女孩。

头发颜色：他填写“金发”。眼睛颜色：他填写：“灰色”，“蓝色”或“绿色”。秦汉思喜欢异国调情的氛围。

年龄：“二十四岁到三十岁。” 秦汉想结识一位妙龄女子，但是也不能太年轻。不能是二十一岁左右的，不能像奥尔哈那样心神不定。如果女孩太年轻了，在她在抵达美国之后，可能把伙伴抛弃，而去找年龄相配的另一名男子。他害怕。

是否吸烟：不。

英语水平：在一至四的等级范围内，她必须至少为“二级”，并且具有谈话和阅读的基本的能力。

应该寻找乌克兰什么区域的女孩呢？在网站里，秦汉思点击着“基辅”，“敖德萨”，“赫尔松”，“尼古拉耶夫，”和“第聂伯罗彼得罗夫斯克”的地名。毕竟，乌克兰不太大。它就像是美国一个较大的州，或者中国一个较大的省。秦汉思不在乎前往一个城市与那里的淑女约会。这比起从加州到乌克兰的十四小时的国际航程，沿途还要转机，并不算辛苦。

在各种类别下，秦汉思输入自己的选择标准，并且点击“搜索”。计算机提供了几十位满足他的标准女士。他看了看她们的个人资料和照片，最终选定的十五人。他给她们每个人发了相同的信，除了改变她们名字以外。其邮件内容是：

亲爱的塔尼娅：

我以极大的兴趣，看了你的个人资料和照片。你似乎是一位非常好的女士。我真心希望有机会能见到你。让我自我介绍一下：我在“北加利福尼亚大学”工作，讲授文学和电影的课程。

我住在旧金山郊区。本学年里，我作为美国的“乌克兰文化交流计划”的访问学者，在基辅居住和工作。我也上着乌克兰语和俄语的课程。我希望见到你，我可以到你的城市与你会面，或者你也可以来到基辅，作我的客人。我将会支付你所有的旅行费用。请随时给我打电话：380-44-2293898（我的家庭电话号码），或380979104645（移动手机）。我期待你的答复。谢谢！

当秦汉思完成自己的网上幻想时，已经是凌晨两点。他强迫自己离开了网络空间。在随后的日子里，女士们的信件一个个地到达他在Svetlana.com的邮箱。塔尼娅来自敖德萨，二十七岁，一米八零的身高，美丽的绿色眼睛，丰满的胸脯，是一位业务经理。她发送短信给秦汉思。

亲爱的汉思：

非常感谢您的来信。我相信你是一个善良而正派的人。但是我对你没兴趣。你缺乏身体的魅力，而身体的魅力对我来说很重要。祝你在我们的国家好运，希望你会实现你的梦想。

塔尼娅

柳芭来自第聂伯罗彼得罗夫斯克，她也给秦汉思写了信。她才二十五岁，经济学学生，兼职模特，具有长腿和匀称的身材，以及完美的颧骨和鼻子，仿佛她进行过整容手术似的。

亲爱的汉思：

感谢你的来信。你似乎是一位有为、英俊、而善良的人。但是，对不起，你不是我正在寻找的类型的男人。我希望你在乌克兰好运。

柳芭

类似的拒绝信，秦汉思收到了几封，有些女士根本不回答他。秦汉思感到无奈。他想，我只好回到“第聂伯河俱乐部”，与美国同胞们一起喝酒解闷吧。

尤莉娅

有一天，一位女士打电话给秦汉思的手机号码。她轻声地说着磕磕绊绊的英语。秦汉思听到：“您好，这是来自赫尔松的尤莉娅·尼基京娜。你写了一封信给我。Svetlana.com 在赫尔松的代理转发了你的信给我。”她还说：她很喜欢秦汉思的个人资料和照片，并且想和秦汉思见面。秦汉思不能马上想起这位女士是谁。谁是尤莉娅？他不记得了。他们进行了简短的交谈。秦汉思邀请她到基辅来，彼此见面。秦汉思想：如果事情会迎刃而解，这将是一个成功。如果没有成功，继续前进，尝试其她的女孩吧！

他们决定：在下周二，她坐火车来基辅，他在火车站外的麦当劳餐厅里等她。在他们的手机谈话之后，秦汉思查询了女孩们的个人资料。啊，找到了，这是“尤莉娅·尼基京娜，赫尔松市。”她是秦汉思发送邮件的最后一位女士。当秦汉思给她写信时，他有点犹豫。她的职业是什么？会计师吗？不太清楚。照片中的她过于娴静，不是那种令人兴奋的类型。她身高一米七八，也好像是一米八零。她的头发看起来是金发，但是似乎又像染过头发。在秦汉思的优先名单中，她的排位不高。在最后一分钟，几经犹豫之后，秦汉思点击了自己电脑的键盘，给她发了一封信。

在那一天，秦汉思等待着，等待着她。而在从赫尔松来的火车抵达一小时之后，秦汉思仍然没有看到这位女士出现。怎么搞的？他沮丧地回到了自己家里。一位女士打来电话，说：“你收到了我的短信吗？我说我将直接去你的公寓见你。”在基辅，秦汉思没有在手机上查询短信的习惯。这时他查了一下。瞧，真的，有来自她的信息。两人终于联系上了，并且她找到了来秦汉思家的路。

虚拟世界里的女子现在变成一个活生生的真人。她就站在秦汉思家门口。秦汉思上下打量她。金黄的头发。是不是染的呢？有待日后考证。明亮的棕色眼睛，精心修理的弯弯柳眉，雕刻般的鼻梁，高高的颧骨，红红的嘴唇，椭圆的脸庞。她身着一件黄色上衣。衣服并不能掩盖她凹凸有致的身段。她的蓝色牛仔裤衬托出她的匀称笔直的双腿。这个女子的特征是一个长字：长发，长腿，长长的手臂，修长的手指。

他俩在秦汉思家客厅的沙发上坐了下来，聊起各种不同的事情。当他们无法理解对方的语言，只能借助于秦汉思的一部《俄英·英俄词典》。他们谈到了彼此的工作和家庭，个人爱好和对未来的憧憬。秦汉思没想到，这样一位高个美女竟然相当害羞，娴静，文雅，含蓄，没有基辅的一些女孩的做作。她交谈的时候，带着甜蜜地微笑。她的一双闪烁的大眼睛透射出善良。

秦汉思多年来孤身一人，四海飘荡。他感觉疲惫了，渴望一个安详的生活和稳定的家庭。自己的终身伴侣，就是坐在眼前的异国女子吗？

中午，秦汉思请尤莉娅吃午饭。从秦汉思的公寓穿过街道就是“卡萨布兰卡餐厅”。在那里，他们一边交谈，一边进餐。尤莉娅坦诚地说：她今年二十七岁了，渴望结婚成家，生孩子。在社交网站上，她看到秦汉思的自我介绍和照片，觉得他人挺好，值得接触。秦汉思说：他今年四十岁。中国人有个说法：“四十而不惑”。男人到这个年龄，应当明白自己要什么。这是男人成家立业的年龄。

事先，阿列克谢邀请秦汉思去参加电影节“爱或恐怖：这就是生活”的开幕典礼，就在今天下午三点。秦汉思问尤莉娅是否有兴趣和自己一起去。她愉快地答应了。于是他们一起来到“电影之家”。阿列克谢，乌克兰文化副部长，表演艺术研究所的主任，以及秦汉思坐在讲台上，面对着观众。尤利娅就座于会议厅内。阿列克谢把秦汉思介绍给观众，说他从美国来到基辅研究乌克兰电影。阿列克谢的介绍使得秦汉思引人注目。秦汉思也向观众说了几句话，介绍了自己的情况和看法。

在招待会上，一位基辅电视台工作的记者，奥克萨娜采访了秦汉思。她是一位聪明年轻女子，有一双多情的大眼睛和漂亮的脸庞。经过正式的采访结束之后，奥克萨娜试图引诱秦汉思。但是，秦汉思站在尤利娅的旁边，尽量回避了奥克萨娜的眉来眼去。

尤莉娅提醒秦汉思说，她必须赶上傍晚六点十八分的火车，以便今明天回到赫尔松。秦汉思试图说服她留在基辅，和自己待在一起。但是她坚持说，她已经买好了往返车票，一定要回去。“这是我们第一次的见面。对不起，这次我不能在基辅陪你。如果我们有缘分，以后还会见面的。”在“电影之家”外面的街道上，秦汉思叫了一辆出租车，与尤莉娅一起前往火车站。他们到达车站之后，秦汉思拥抱尤莉娅，在她的脸颊上轻轻地一吻。然后，他们道别。

尤莉娅停留在秦汉思的脑海里，令他无法忘怀。通过手机，俩人聊了几次。大概十天后，秦汉思第二次邀请尤莉娅访问基辅。尤莉娅答应了。她再一次花了十四个小时，乘坐夜班火车从赫尔松来到基辅。这一次，他们之间有了更深层的了解。

秦汉思说，橙色革命令他兴奋不已。没想到，他在乌克兰遇到这样一场大事件。尤莉娅说，她对这场革命不感兴趣。秦汉思不禁吃了一惊。在乌克兰，这是第一次有人对他说，橙色革命没意思。他感到他对这个国家缺乏了解。

尤莉娅说，她不是乌克兰裔。她是俄罗斯人，居住在乌克兰南部。她的背景与在基辅居住的乌克兰人是非常不同的。“我虽然在学校里学习了乌克兰语，但在我生活的地区里，大多数人讲俄语。我的父亲是俄罗斯人。在我母亲嫁给了我的父亲以前，她是波兰裔。在家里，我们都说俄语。革命来，革命去，有什么结果呢？”

在乌克兰，秦汉思没有接触过有这种思想的人。他自己思维方式，被在基辅的朋友和同事影响。尤利娅使他加深了对乌克兰复杂性的了解。他担心，如果自己与一位俄罗斯女郎在一起，他的乌克兰同事和朋友会怎么想呢？

尤莉娅留下来了。她与秦汉思开始同居。尤莉娅喜欢观看俄罗斯和俄语的电视节目，听俄罗斯歌曲，阅读俄文的书籍和期刊。但是，她不爱听鲁斯兰娜，最流行的乌克兰女歌手。她是2004年欧洲歌唱大赛的冠军。在独立广场，她向庞大的人群献歌，力挺橙色革命。尤莉娅有她自己所爱的俄罗斯歌星，影星以及名人。秦汉思心想：糟了，自己学好乌克兰语的梦想会被这个俄罗斯姑娘终结。在很多方面，尤莉娅并不是秦汉思所希望的类型。奇妙的是，秦汉思接受了她，并且爱上了她。

一天，秦汉思对尤莉娅说："很多中国人喜欢听俄罗斯民歌和前苏联歌曲，比如《红莓儿花开》、《喀秋莎》、《卡林卡》、《山楂树》、《莫斯科郊外的晚上》、《三套车》。中国人能用中文演唱这些歌曲。没想到我爱上了一位说俄语的女人。你能给我唱一首吗？"

尤莉娅笑着说："我也喜欢这些俄罗斯歌曲。我爸爸，妈妈，一家人都爱听、爱唱这些歌。我对这些歌太熟了。我从小唱着这些歌长大。好的，我今天就给你唱一首吧。"尤莉娅深情地唱起《红莓儿花开》。她的嗓音圆润、清亮、悠扬。

田野小河边，
红莓花儿开，
有一位少年真使我心爱，
可是我不能对他表白，
满怀的心腹话儿没法讲出来！

他对这桩事情一点儿不知道，
少女为他思恋为他日夜想，
河边红莓花儿已经凋谢了，
少女的思恋一点儿没减少！

少女的思恋一点儿没减少！

少女的思恋天天在增长，
我是一位姑娘怎么对他讲？
没有勇气诉说，
我尽在彷徨，
让我的心上人自己去猜想！
让我的心上人自己去猜想！

尤莉娅唱罢，秦汉思高兴地说："你唱的真好听，原汁原味。我会用中文唱这首歌。这样吧，咱们来个合唱：你用俄文唱，我用中文唱，行吗？我唱歌不好，你别笑话我。"

尤莉娅说："好的。咱们试试吧。"

于是他俩用俄文和中文同时唱起这首歌。虽然他们说不同的语言，但是歌声把他们的心巧妙地连在一起，加深了他们之间的沟通。

秦汉思的公寓距离国家歌剧院近在咫尺。歌剧院已经有一百年的历史了。星期一除外，在每一周的每一天里，歌剧院都会有舞剧和歌剧的演出。观众花费大约五美元，就可以得到很好的座位。以前，秦汉思没有看过这么多的歌剧和芭蕾舞剧：《纳布科》，《波希米亚人》，《蝴蝶夫人》，《图兰朵》，《睡美人》，《天鹅湖》。这回，他和尤莉娅一个个看个够。在剧院，他俩度过了很多难忘的夜晚。去剧院看戏成为他们恋爱的一部分。在基辅，他俩本来都是陌生人，现在这座城市却成为了他们越发喜爱的家。

观看普契尼的《图兰朵》激起了尤莉娅的一个愿望：有朝一日，她要游览北京和紫禁城。《图兰朵》强大的音乐效果和宏伟的舞台布景震撼了她的心灵。令尤莉娅感到最亲切的剧目是歌剧《叶甫盖尼·奥涅金》。歌剧的语言既不是意大利语，也不是德语，而是她的母语俄语。她完全听懂了剧中的俄语歌词。他对秦汉思说："在学校里，我读过普希金的诗。我喜欢他的诗。能在基辅看到这场歌剧，我太高兴了。"

秦汉思逐渐迷恋这种家庭生活的安逸和融洽。作为一个光棍，以前秦汉思讨厌做饭。为什么一个人要花这么多时间做一顿饭呀？在饭馆用餐更便捷。但是，现在秦汉思开始享受在家里做饭。有一个女人每天为你做饭多美妙呀。

尤莉娅为他们每日准备斯拉夫式饮食。她烹制红菜汤，也叫罗宋汤。这是正宗的乌克兰式的红菜汤。汤里要添加红甜菜，土豆，白菜，豆类，胡萝卜，肉，调料。尤莉娅嘱咐秦汉思，吃的时候不妨添加些酸奶油。

尤莉娅显示了烹饪土豆的不同方法。你可以在平底锅里用油炒土豆；你也可以在烤箱里烘烤它；或者，你可以做土豆泥。

尤莉娅还喜欢吃荞麦。这是一种健康的食品。

鱼子酱含有丰富的蛋白质，给予男性和女性能量。你把红色的或黑色的鱼子酱以及黄油抹在白面包上。就这样吃。非常好吃。啧，啧！

尤莉娅还喜欢做鱼吃，特别是梭鲈鱼。她的做法大多是用油炸鱼。

她生吃蔬菜，也就是凉拌沙拉。她一流的刀工给秦汉思留下了深刻的印象。每顿饭时，她把切好蔬菜和水果，整齐地放置在一个盘子里。冬天里蔬菜供应有限。西红柿、黄瓜、葱、白菜是他们常吃的蔬菜。

几乎每一顿饭，尤利娅必须吃面包。这里面包种类不胜繁多，比如圆型的黑面包，长方形的面包。

她也时而煮俄罗斯饺子。味道和形状有似中国饺子。

尤莉娅拿手的一道菜是土豆烧牛肉！当年赫鲁晓夫总书记不是说：共产主义就是每人每天可以吃到土豆烧牛肉吗？毛泽东主席嘲笑苏联领导人的粗俗味觉。他写了一首词取笑赫鲁晓夫。秦汉思这一代人对毛主席的词《念奴娇·鸟儿问答》耳熟能详。词的最后几句是：

还有吃的，
土豆烧熟了，
再加牛肉。
不须放屁。
试看天地翻覆。

据说，毛主席喜欢吃中国的红烧猪肉。国际政治撇开不谈，无论如何秦汉思喜欢土豆烧牛肉这道菜，尤其在乌克兰寒冷的冬天。

秦汉思也尽量把自己常吃的东方食物介绍给尤莉娅。秦汉思带她到在萨克萨汉斯寇科街上的一家名叫“干杯”的日式寿司店，以及在赫梅利尼茨基街上的一家名为“龙王”的中餐馆。这是她第一次到日本餐馆和中国餐馆。但是，在自己温暖的家里俩人一起烹饪的感觉最好。在利比德斯卡地铁站附近的集市里，他们去中国杂货店购买了些中国食品。

秦汉思试图传授给尤莉娅一些中国饮食和烹饪文化。

豆腐。这是一种黄色的或白色的物质，被乌克兰人和俄罗斯人称为“奶酪”，但是它不是奶酪。这是由黄豆制成的。它含有丰富的蛋白质，但是没有脂肪。这是健康食品。很多美国人和中国人，特别是妇女和素食主义者，喜欢吃豆腐。

用旺火炒蔬菜。传统的中国人不爱吃凉沙拉，生吃蔬菜，或熬炖的蔬菜。 中国人用旺火炒蔬菜。炒好的青菜，色、香、味俱全。

烹饪时使用葱、姜、蒜。在中国的厨房里，这些东西都是不可缺少的调味品。你会发现用了这些调料，菜肴的味道更香。在中国烹饪中，色、香、味都非常重要。当你炒东西的时候，加入少量的酱油，可以提味。

喝的绿茶来源于绿色的叶子。从某个意义上讲，红茶和袋茶的茶叶不如绿茶新鲜。茉莉花茶和菊花茶也有助于健康。

品尝一下水果：荔枝。虽然是荔枝罐头，但仍是好东西。吃新鲜的荔枝，必须生活在中国南方的夏季。在中国唐代，有一个关于皇帝和他的妃子的传说。杨贵妃想吃新鲜的荔枝。于是，唐明皇派出快马由北方的首都长安到中国的南方，为了送新鲜的荔枝给杨贵妃。这表明唐明皇是多么宠爱杨贵妃。

你喜欢吃面条吗？有小麦制成的普通面条。还有米粉，也就是用米做的面条。在中国南方和东南亚地区，人们更喜欢米粉。

让我们试着煮不同类型的大米吧。煮一些圆粒大米。这种大米具有粘性，煮熟后香喷喷的。在基辅能买到从中国或东南亚进口的大米吗？

你细长的手指，适合弹钢琴。但是你的手指能夹住筷子？筷子看起来简陋，但是吃起东西来很便捷。如果你用筷子吃饭，菜的味道会更好。

咱们买一个蒸笼吧。用这个东西，我们可以蒸新鲜的鱼。我妈妈是中国南方人，她很喜欢吃清蒸鱼。蒸鱼的质地非常新鲜，柔软，可口。但是我们必须掌握制作方式和鱼的确切分量，以及蒸鱼所需的时间。如果多蒸半分钟，鱼的味道就可能会变老。

出乎秦汉思的意料，在冬季基辅的杂货店和超市，有大量的北京大白菜。秦汉思记得，在他的童年，大白菜是中国北方冬季最主要的蔬菜。

尤莉娅的母亲伊琳娜，每天或每隔一天与女儿通电话。虽然秦汉思的俄语不够好，不能了解他们的谈话内容，但是他想她们一定在谈论自己，以及他与尤莉娅的关系。他理解母亲对女儿的感情和担忧。

每年的三月八日是国际妇女节。在讲俄语的国家里，这是一个法定假日。当年勃列日涅夫把这一天定为假日，人们不必上班。此日，城市里的花店，以及街头和地铁站的摊位，摆着大量的万紫千红的鲜花供人们挑选购买。卖花人的生意特别好。巧克力生意也很好。这是一个热爱鲜花的国度。人们有送花的习俗和传统。秦汉思买了三束玫瑰花给尤莉娅：一个是红色，一个是橙色，一个是粉红色。在这个地区，人们应该记住，一定买奇数数量的鲜花。而偶数则是给死亡者的数目。尤莉娅欢喜不已。

她说：“你也应当送我巧克力。去买‘阿纶卡’牌的。现在有各种牌子的巧克力，‘阿纶卡’牌看起来好像有点土气。可那是最好吃的巧克力。我小的时候，总盼着能吃到那种巧克力。”

他说：“你年龄不大，但是挺怀旧的。好的，我马上去买。”

三八妇女节当天，晚间电视新闻播放了俄罗斯总统普京访问一名老年妇女。她经历了伟大的卫国战争。她穿着一件挂满军功章的军装，充满自豪。普京祝贺她为俄罗斯做出的贡献。他没有忘记这些曾经捍卫自己国家的俄罗斯英雄们。

在“德国之声”的频道上，尤莉娅和秦汉思看到关于一则有关伏尔加格勒（即斯大林格勒）的报道。一位记者采访了许多俄罗斯人，问他们对目前俄罗斯生活的看法。这个城市已调拨了资金来修复“俄罗斯母亲”纪念碑。这是世界上最大的雕像之一。“俄罗斯母亲”的一只胳膊就重达数吨。雕像挥舞着一把巨剑，这把剑也重达数吨。维修工人表现出对自己城市和这个雕像的巨大自豪感。斯大林格勒战役标志着第二次世界大战的一个转折点。红军由守势转为攻势，最终击退了纳粹德国的侵略军。

记者也采访了一位祖母。她是一位领取养老金的人。她讲述了这样一个故事。在一次电视直播节目中，普京总统向民众说：如果谁有困难，可以当场打电话告诉他。祖母的孙女说：“奶奶，普京说人们可以现在给他打电话。你看到这个电话号码？拨号吧。现在就直呼总统吧。”她于是拨打这个号码，并且马上就接通了。普京拿起了电话，与祖母对话。她说：“我是一个领取养老金的人。我经历了伟大的卫国战争，我负过伤。我的退休金很低，没有增加。你能帮助我解决吗？”普京感到非常震惊。他保证立即调查这一事。几天后，这位奶奶接到了一个电话，来自政府部门。他们提高了她的退休金。她喜出望外，为拥有这样的俄罗斯总统感到自豪。她对德国记者说：“只要普京愿意，总统他可以一直当下去。”

尤莉娅半真半假地说：“俄罗斯终于有一个能说标准俄语的总统。斯大林是格鲁吉亚人，俄语很糟糕；赫鲁晓夫在乌克兰长大，俄语也不好同。戈尔巴乔夫的俄语，居然有语法错误。只有普京能说着流利的俄语”。

秦汉思说：“你是在乌克兰长大的，难道你的俄语不标准？看样子，我得加把劲，把俄语学好。要不然我不能辨认谁是好总统，谁是坏总统。”

南方之旅

到了秦汉思拜访在赫尔松市的尤莉娅家人的时候了。秦汉思与尤莉娅已经同居了一段时间，现在他必须面对尤莉娅的父母了。秦汉思也乐意顺便去南方看看。他和尤莉娅计划首先到尤莉娅在赫尔松的家，然后再前往著名的港口城市敖德萨旅游。敖德萨距离赫尔松仅需要几个小时公交车的时间。

秦汉思习惯坐飞机旅行，但是在赫尔松没有机场。这个城市大约有三十万的人口。他们只能搭乘火车。火车在晚上离开基辅，十四个小时之后，于第二天的上午抵达赫尔松。如果通过特快列车或现代化高速公路，这个距离应该仅仅用六小时。但是，老旧的火车慢慢地移动，并且在沿途的很多站停留。

他们在在火车上度过了一个通宵。夜里，他们关掉车厢包间内的灯光。尤莉娅已睡着了。但是，在颠簸的车程中，秦汉思不能入睡。他闭着眼睛，但是脑海却很活跃。历史的片段涌入他的意识流。

乌克兰是“边疆”的意思，其一直处于一个战略性的十字路口。乌克兰位于亚洲和欧洲之间，东方和西方之间。在今天的赫尔松、尼古拉耶夫、敖德萨地区，一个古代的游牧文明在这里繁衍：斯基泰人。位于赫尔松城市的附近墓葬和古坟，虽然也被盗过了多次，是世界级的重要考古遗址。斯基泰人漫游在无边的欧亚大陆草原，从中国的北部和西部，经过中亚，小亚细亚，黑海北部地区，顿河，俄罗斯南部，乌克兰，到喀尔巴阡山脉。这些可怕的武士是世界上最早的骑兵。他们是移动游击战的高手和专业的弓箭手，擅长在奔腾的骏马上射箭。他们击退了波斯国王大流士一世。在公元前五世纪，希腊史学家希罗多德，西方史学之父，在他的《波斯战争》的书里有大量斯基泰人的记载。

斯基泰人居住在连接中国和欧洲的古老的丝绸之路北部。在斯基泰国王的陵墓中，发现了中国丝绸。当希腊人来到黑海建立殖民地时，与斯基泰人相遇。斯基泰一度控制这一带的广大土地，但是以后逐渐衰落。

司马迁在《史记》记载了名为“月氏”的一个民族。月氏应当是斯基泰人的一支。汉武帝派遣张骞作为大使找上门来，希望与月氏联合，一起抗击匈奴。张骞踏上了艰难的旅程，进入了不熟悉的领域。为了找到月氏，张骞必须经过匈奴人占领的地带。张骞被匈奴人俘虏拘押。他娶了一位匈奴女子，并且和她生育了一个儿子。他最终找到了月氏。经过了十三年，在公元前一二六年，张骞返回了中国。他向汉武帝报告了在旅途中的所见所闻。张骞为中国发现了西域。

斯基泰人后来被另一个游牧民族，撒玛利亚人所取代，而撒玛利亚人又被匈奴人所取代。匈奴人从亚洲大草原闯入欧洲。在公元四世纪，匈奴人活跃于乌克兰地区，然后转移到罗马帝国。在匈奴王阿提拉的指挥下，匈奴人使得欧洲的城市满目疮痍，威胁了罗马帝国的安全。罗马皇帝必须缴纳贡品给匈奴人以免受其攻击。阿提拉去世后，匈奴在欧洲销声匿迹。在十三世纪，另一群亚洲勇士，蒙古人，横扫乌克兰和俄罗斯，并统治这个地方数百年之久。

在俄国女皇叶卡捷琳娜二世的命令下，赫尔松始建于1778年。这个城市的创始人，王子格里戈里·波特金给这个城市取名为“赫尔松”。这个名字来源于希腊文“赫尔松”（khersones），即“半岛”的意思。赫尔松曾是希腊的殖民地，靠近当代的克里米亚的塞瓦斯托波尔。因为靠近尼古拉耶夫，赫尔松具有了造船业和修船业。同是，赫尔松，尼古拉耶夫和敖德萨这些南部州有良好的农业。许多品种的葡萄酒和食品在这里制作。由于苏联的解体，这一带往日的荣耀逐渐暗淡。前苏联在黑海维持一支强大的舰队。现在的俄罗斯和乌克兰已无此必要。当地的造船业和经济也受到影响。

如今，在这些南方州的城市里，人们主要说俄语。出生在苏联解体以前的人，是苏联人。可以现在他们是乌克兰的公民。俄罗斯族裔成了少数民族。根据法律，这些人都是乌克兰公民，但是在心理上他们仍然是俄罗斯人。

秦汉思处于半睡眠状况。他的意识又漫游到另外一段经历。

赫尔松虽然是个神秘的地方，但是对很多在互联网冲浪的单身汉来说，并不是一个完全陌生的地名。Khersonrose.com 和 Khersonbride.com 是男人熟悉的网站。在 2003 年的夏天，秦汉思在莫斯科国立大学的一个强化俄语学习班学习。晚上，在莫斯科的一间酒吧里，他遇到一个美国黑人男子。他和这位高大魁梧的中年男子漫无边际的闲谈起来。他的名字叫乔治。他第二天正要乘火车前往圣彼得堡，参加了一个国际婚姻介绍所举办的社交活动。乔治抱怨在莫斯科这样的大城市里的女孩诡计多端。他说：“如果让我重新开始，我会去赫尔松。那里有一些不错的交友机构，比如‘赫尔松玫瑰’。小城市里的女孩更漂亮，更诚实”。从那时起，秦汉思的脑子里有了赫尔松名字。秦汉思又想起一个叫“娜塔莉”的女孩，从赫尔松曾经写信给他。她声称自己曾经是乌克兰乒乓球队的选手，想和秦汉思见面。

秦汉思记得在互联网上看到她甜美脸蛋的照片，读到她信里很多亲切的话。

第二天上午十点，列车抵达赫尔松。在第聂伯港口的一家酒店，尤莉娅帮秦汉思办理登记入住手续。第聂伯河从基辅向南流，蜿蜒穿越乌克兰中部和西部，到达赫尔松，最后进入黑海。它是乌克兰的南北交通的水路大动脉，运送大量物资。第聂伯河流经之处，灌溉千里沃野，滋润两岸土地。

尤莉娅带秦汉思去她家。她家位于伊里奇街。她的爸爸尼古拉和妈妈伊琳娜一直在等待他们的到来。一见面，秦汉思立刻感觉到他们的温暖和关爱。他们都已经六十岁出头了，但是仍然精神饱满，身体健康。

寒暄之后，伊琳娜去厨房准备午饭。在客厅里，尼古拉和他们聊了起来。虽然他是工人阶级，但他喜欢阅读各类书籍。客厅书架不仅装满了工程学，数学，物理，造船方面的书籍，而且还有文学书籍。秦汉思看到了俄罗斯作家的小说以及外国作家的小说，如杰克·伦敦，亚历山大·小仲马，和巴尔扎克的小说俄语翻译版。

在饭桌上，伊琳娜准备了红菜汤，梭鲈鱼，以及几种的蔬菜。尤莉娅的姐姐玛丽娜，也来看望妹妹和秦汉思。姐姐已经结了婚，有一个儿子，在自己的公寓里居住。尤莉娅已经是高个女孩，但姐姐玛丽娜个头更高，有一米八十几公分。后来秦汉思知道，她以前是排球运动员。尼古拉和伊琳娜询问了秦汉思在中国和美国的生活，他的家人和他现在的工作。伊琳娜建议秦汉思搬出酒店，住在他们的家里。秦汉思接受了她的建议，搬了过来。

在感谢了家人的热情款待之情，秦汉思说自己想请他们到中国餐馆或日本料理店吃饭。玛丽娜说：以前市里这里有一家中国餐馆和一家日本餐馆。但是两家餐厅已经关闭了。在这个城市里，好像没有其它的亚洲餐厅了。

第二天，尤莉娅带秦汉思逛街。他们沿着城市的主要街道，乌莎克瓦（Ushakova）大道行走。到达“自由广场”。尤莉娅指着旁边的一个大楼，说那是赫尔松州政府所在地，她曾经在那工作过。他们来到市中心，沿别林斯基大街和卡尔•马克思大街漫步。穿着时尚的窈窕女士时而出现在他们的视线中。似乎是那些出入于大街小巷的美貌女郎点缀打扮着这个衰败城市的景观，给它注入新鲜活力。谁能想像这个三十万人口、不通航、不起眼的城市，居然在国际上是一个主要的新娘狩猎场！

城市的两个大型公园，被称为“列宁公园”和“共产主义青年团公园”。在独立的乌克兰，这样名称似乎已经不合时宜。但是，赫尔松居民好像无所谓，或者无暇更改它们的名称。

在赫尔松停留了三天之后，秦汉思和尤莉娅告别了她的家人，坐公共汽车去海滨城市敖德萨旅游。他俩在“敖德萨酒店”登记入住。这是在港口码头上新建的一座摩天大楼，客人能够俯瞰黑海。海湾水光潋滟，烟波浩渺。

从酒店走几步路，便到达了优雅的敖德萨歌剧院。再往前走，便是“敖德萨阶梯”，也叫“波将金阶梯”，或是“海上阶梯”。阶梯建造于19世纪中叶。它有192个阶梯。阶梯在底部比较宽，而在顶部比较窄。当游客从底部向上走的时候，产生的视觉效果使阶梯比其实际显得更宽。谢尔盖•爱森斯坦的电影《战舰波将金号》使得这个阶梯和这所城市名扬世界。影片中“敖德萨阶梯”的蒙太奇序列是电影史上的杰作。

他们参观了敖德萨电影制片厂，这是前苏联最大的电影制作中心之一。来以前，阿列克谢为秦汉思与制片厂牵线，取得联系。这是导演基拉·穆拉托娃的基地。晚上，他们在入住酒店看电视。电视正好播放在2005年4月中旬举办的“俄罗斯尼卡电影节”的新闻。穆拉托娃电影《调音师》荣获了最佳导演的奖，她是这个城市骄傲。

敖德萨曾经有一个庞大的犹太人口。秦汉思在学校的很多同事是犹太人。他们不止一个对他说，他们的祖先居住在奥德萨，这座城市被称为“母亲奥德萨”。敖德萨已经有了两百多年的历史。在沙俄时代，它曾经是俄国的第三大城市，排在圣彼得堡和莫斯科之后。它是帝国南部的主要贸易港口。由于海上贸易发达，敖德萨人曾被誉为警觉的商家，聪明的店主人和机敏的居民。在这里，每个人似乎都在寻找机会。在前苏联时期，重工业的发展给了这个城市一个蓝领的烙印。劳动阶级的粗俗和贵族的高雅在城市共存。优雅的住宅和重型工业机械同时装点这个城市的景观。望着窗外的海港，游客们可以看到休闲的游艇和小船以及扬帆的货船和起重机。

在老城区里的街道上行走，令人赏心悦目。漂亮的普希金大街铺着鹅卵石，两边种植着板栗树。街上有一座真人比例的普希金雕像。德里巴斯夫斯卡（Derybasivska）大街两旁种植了椴树。海边的普利摩斯基（Prymorsky）大道两边生长着高耸入云的板栗树。当地居民和游客们或漫步街头，或坐在沿途的长椅上休息。纪念碑，雕像，和博物馆到处可见。果戈里街也近在眼前。这位作家曾经在此处居住。这条街上的老建筑提醒着人们老敖德萨的辉煌。尤莉娅和秦汉思走累了，便坐在长椅上休息，感受和煦的海风，观看来往的行人。

在靠近德里巴斯夫斯卡街的尽头的一条小巷里，秦汉思发现一家中国餐馆，名为“香港”。在乌克兰，秦汉思一直渴望吃到中餐。没想到敖德萨的老城区居然有一家中餐馆。秦汉思带着尤莉娅来到“香港”饭馆。每次秦汉思在欧洲城市旅行时，当他在一家中餐馆坐下的那一刻，便感觉到一种宾至如归的亲切感。当他拿起了筷子，喝茶，吃中国菜的时候，仿佛又回到了中国或美国。今天，尤莉娅也高兴换换口味。她一边吃饭，一边练习使用筷子夹菜。

第二天，他们去海运码头附近的海滩。许多当地普通居民来到这里，而不只是游客。所有年龄段的人们都在海滩上，呼吸清新的空气，沐浴温暖的阳光。在四月份，海水依然寒冷，但是一些男孩和女孩不在乎穿着游泳衣跳入海中玩耍，溅起浪花。尤莉娅俯首拾起色彩缤纷、造型秀美的贝壳。海水把这些贝壳冲刷到岸边。尤莉娅在孩童时代经常随家人来到黑海海滨。她从小喜欢拾贝壳。他俩在沙滩上坐在一起，望着地平线。清澈的天空和蔚蓝的大海在远方混为一体。海边的风光引起了尤莉娅的回忆。她给秦汉思讲述她家人的故事。

尤莉娅的家庭

尤莉娅的父亲尼古拉·尼基京出生在赫尔松。1962年，在他18岁的时候，他加入苏联的黑海舰队，成为一名海员。他年轻英俊，长着强壮的肩膀和手臂。他搭乘的军舰离开了黑海，进入地中海，经过直布罗陀海峡，航行在大西洋上，然后抵达了加勒比海，最后停靠在古巴的港口。在苏联领导人赫鲁晓夫统治的时期，这是一历史转折点。苏联军舰秘密地带着核武器进入古巴。美国总统约翰·肯尼迪得知情报后，感到震惊。他威胁赫鲁晓夫，要与苏联在军事上摊牌。赫鲁晓夫屈服于美国的压力，从古巴撤出了核导弹。这就是所谓的“古巴导弹危机”。这个事件让约翰·肯尼迪的威信提高了，而令赫鲁晓夫和苏联颜面尽失。1964年，勃列日涅夫取代了赫鲁晓夫，成为苏联的领袖。

在每次出海回来之后，尼古拉的军舰停靠在克里米亚的港口城市塞瓦斯托波尔，苏联黑海舰队的基地。在接受下一个任务之前，在水手们可以在这里休息和恢复体力。在城市的一个舞蹈晚会上，尼古拉遇到了一个漂亮、聪明的女孩，她也是赫尔松本地人。她的名字叫伊琳娜，是塞瓦斯托波尔一所学院的生物学学生。她是波兰裔，出生于白俄罗斯，小时候随家庭搬迁到赫尔松地区。尼古拉和伊琳娜同样对自然科学感兴趣，喜欢动手制作东西。他们志趣相投，互相吸引。每当尼古拉从海上回来的时候，他们都设法会面。

在伊琳娜的记忆中，塞瓦斯托波尔的街道到处是年轻、强壮、帅气、身穿白色和蓝色制服的水手。尼古拉是其中之一。船靠岸后，这些年轻水手们走出船，在港口呆一段时间。伊琳娜总是期待他和尼古拉的下一个约会，并且数着天数。克里米亚风景宜人，气候舒爽。湛蓝的大海，晴朗的天空，白色的云朵，绚丽的山川，温和的气候，以及海上吹来的微风，令伊琳娜陶醉欣喜。无论是在海边漫步，或是沿着城市宽阔的林荫大道行走，她都感到心旷神怡。

尼古拉在海军服役结束之后，先在赫尔松海洋学院学习，然后加入了举世闻名的尼古拉耶夫市的黑海造船厂。造船厂位于乌克兰的南部，离赫尔松很近。尼古拉是一位高级焊工。这个骄傲的船厂生产了一系列的船只和军舰，使得苏联海军的发展达到了顶峰。工厂的工人们和工程师们建造了世界著名的船舶，包括基辅号航空母舰，明斯克号航空母舰，以及未完工的瓦良格号航空母舰。尼古拉用他炉火纯青的焊接工艺，把钢片焊接在一起，形成船只的骨架和重要结构。这些舰船巡航世界各地，宣示苏联的强盛和优越。

伊琳娜嫁给了尼古拉，和他一起搬到了尼古拉耶夫居住。在一所学校里，伊琳娜成了一名生物学教师。他们的第一个孩子，玛丽娜很快就诞生了。即使在童年，玛丽娜已是一位身体结实、充满活力的女孩。在学校里，体育教练意识到了她的运动潜力，便劝说其父母，送她到基辅体育学校里学习。基辅是了乌克兰共和国的首都。当时，玛丽娜刚满十三岁。作为溺爱孩子的父亲，尼古拉不愿意让这样一个小小年纪心爱的女儿离开家。但是，伊琳娜想到了自己女儿的长远未来。伊琳娜同意了。于是玛丽娜进入基辅特殊体育运动学校。从这一刻起，在苏联的体育体制下，玛丽娜被培养成为一流的排球运动员。在她十七岁的时候，玛丽娜身高已达到一米八十四厘米。当她成为一名成熟的运动员以后，她代表基辅排球队、敖德萨排球队、以及乌克兰排球队四处征战。从乌克兰队退役后，她和意大利和德国的排球俱乐部签了合同，在这些国家打排球多年。在从竞技场完全退役之后，玛丽娜和自己的丈夫以及儿子一起生活在赫尔松。

尤莉娅是尼古拉和伊琳娜的第二个女儿。与姐姐健壮的体格比起来，尤莉娅身体苗条纤细。在学校里，体育教练让她练习跳高和短跑。但是，与她的姐姐不同，尤莉娅并没有兴趣成为一名女运动员。她喜欢看书，尤其是文学书籍。虽然按照要求她在学校里学习了乌克兰语言和文学，但是最喜欢俄罗斯作家和俄罗斯文学。她特别爱读的作家是托尔斯泰和普希金。在学校里的功课里，她的俄罗斯文学的成绩好，而理科的成绩却不高。尼古拉经常抽出时间来辅导尤莉娅的物理课程。尼古拉还鼓励自己的女儿学好英语。父亲买了一本精装厚重的《英俄词典》。词典拥有五万多项词目，八百多页长，由“莫斯科俄罗斯语言出版社”出版。这本古旧的文物式的字典，为尤利娅打开了一个新世界。

慈爱的父亲培养了女儿吃鱼子酱的习惯。鱼子酱种含大量蛋白质，营养丰富，有益于身体的发育。父亲希望女儿成长为一个健康、可爱、和聪明的女人。他有很多航海的朋友。他也有机会去俄罗斯的远东地区，萨哈林，堪察加。从那里他带回来由太平洋中捕捞的鱼做成的红色的和黑色的鱼子酱。尤莉娅得以食用高品质的鱼子酱，并且从小就成为了鱼子酱的品尝专家。对于各品种鱼子酱的质地、口味、和质量，她可以敏锐地品尝到微妙的差异。

当寒冷的冬天侵袭乌克兰的时候，大地上覆盖着白色的雪片和冰块。在尤莉娅第九个生日的时候，父亲用他灵巧的双手，为小女儿做了一个精致的雪橇。尤莉娅坐在新雪橇的上面，快乐地滑行在冰面上和邻居的小孩一起玩耍。春天到来之际，父亲带尤莉娅去公园散步玩耍。小尤莉娅有时干脆骑在爸爸的脖子和肩膀上，在鲜花盛开的公园里遛弯。在灼热的夏季，尼古拉和伊琳娜带着孩子到黑海海滨或第聂伯河畔度过周末。他们在那里游泳、野餐，享受着温暖的阳光和清风。

暑假期间，学校的孩子们可以选择参加夏令营——列宁少先队夏令营。他们离开父母，在黑海的营地里与其他学生一起集体生活。尤莉娅参加了这种夏令营好几次。每天上午，所有的男孩和女孩起个大早，在海滩上一字排开，点名报到，做体操。然后，他们各做自己喜爱的事情。上午，尤莉娅去营地的图书馆阅读书籍。下午，她和同学们打排球。少先队员们在黑海里游泳，沿着海岸跑步，锻炼身体。男孩们大多喜欢踢足球，而女孩子们喜爱编织和刺绣，练习针线活。在当时，夏令营是免费的。现在，就不一样了。送子女去夏令营中，家长必须支付所有的费用。还是同样的夏令营，但是名称已被更改。孩子们不叫“少先队员”了，并且也不提及列宁的名字。

1991年，苏联解体了。社会混乱，经济前景不明朗，人心惶惶。人们为前途担忧。年轻人要考虑将来如何谋生。尤莉娅高中毕业后，进入赫尔松技术大学，主修经济学。大学毕业后，她在赫尔松州政府里找到了一份行政助理的工作。她的工作包括整理资料，准备文件，会议记录，协助地方官员解决税收、预算、土地使用等棘手问题。但是在她的心灵深处，尤莉娅幻想着飞到遥远的地方，离开乌克兰南部的狭隘生活环境。她也和当地的男士有所交往，但是没能遇到合意的郎君。

随着前苏联的解体，乌克兰和俄罗斯成为了相互独立的国家。曾经强大黑海舰队在基地里生锈。俄罗斯海军和乌克兰海军的规模只是苏联海军的一小部分。现在没有必要建那么多的船只和军舰。谁想要购买乌克兰的船只呢？船厂要么关闭，要么缩减规模。对于每个人来说，已经没有那么多的工作可做了。没有足够的资金维护现有的军舰。每年，一艘航空母舰的维护费就是一笔可观的开销。那些曾令人骄傲的老航空母舰退役了。

尼古拉和厂里的工人们精心建造的航空母舰成了废旧钢铁。乌克兰以废旧钢铁的价钱出售这些母舰给其它的国家。中国大陆和香港的买下它们。“明斯克号”航母停靠在深圳海港，成为了一个军事博物馆。“基辅号”航母停泊在天津海港，变成一个游乐园。在苏联解体的前夜，更先进的和更大的“瓦良格号”航母，在尼古拉耶夫造船厂里已经完成了百分之七十的建造。“瓦良格号”航母被出售给一家香港公司，并被拖船拖走，一路经过黑海，穿越大西洋，印度洋，中国南海，最终到达大连造船厂。中国工程师把它改造成了中国的第一艘航空母舰，命名为“辽宁号”。

苏联已经在这个星球上不复存在了，而尼古拉也失去了他自己的国家和公民身份。苏联航空母舰象征性地代表的东西也一去不复返。明斯克成为了独立国家白俄罗斯的首都。基辅成为独立国家乌克兰的首都。俄罗斯裔的尼古拉成为了一位新独立国家的国民。现在，他是乌克兰人了。

尼古拉从船厂退休，依靠养老金来生活。但是，赫尔松海洋学院邀请尼古拉讲授造船知识。于是，尼古拉和他的家人搬回到了自己的家乡赫尔松。他们卖掉了在尼古拉耶夫的公寓，而在赫尔松买了一幢新的公寓。在平日里，尼古拉在学院里讲课；在周末，尼古拉会在郊区乡间别墅的土地上耕作。他一生热爱劳动，喜欢使用他自己灵巧而强壮的双手。在朋友们的帮助下，尼古拉搭建起的一所乡间别墅。房子所有的管道都是他自己焊接起来的。城外空气新鲜、土地肥沃。在那里，尼古拉和伊琳娜种植各种各样的蔬菜和水果：土豆，白菜，西红柿，黄瓜，辣椒，洋葱，苹果，桃，杏子，花生，草莓，蓝莓等。他们还栽了一棵榛子树。榛子树长高长大后，每年结下大量榛子。伊琳娜非常喜欢鲜花。她种植了郁金香和水仙花。每年四月，花蕾绽放，美丽而繁茂。伊琳娜采摘几束的水仙花和郁金香，把它们带回家，放在花瓶里，令女儿玛丽娜和尤莉娅欢喜不已。伊琳娜在乡间别墅摘下桃子和杏子，带回家里研磨，制作出美味的果汁。直到今天，桃汁和杏汁是玛丽娜和尤莉娅喜爱的饮品。

乌克兰肥沃的黑土闻名天下。它总是能给尼古拉一家带来好收成。土壤不需施加化肥，生长的蔬菜和水果完全是天然有机。一年内收获的丰盛食物，他们一家人吃不完。他们把多余的食物送给朋友和亲戚。伊琳娜腌制多余的蔬菜和水果，将其储存在大大小小的罐子里和瓶子里。腌制的食品可以保持整整一年，帮助他们度过漫长的冬天。有些时候，他们也在市场上出售自己剩余的食品。

年轻一代乌克兰人和俄罗斯人没有老一代人那种对于乡间别墅的情怀。对于玛丽娜和尤莉娅来说，田间劳作辛苦乏味，搞得她们筋疲力尽。年轻人喜欢在咖啡馆，舞厅，酒吧和商店里打发闲暇的时光。但是，尼古拉试图引导自己的孩子来到乡间别墅。在六月份里，乡间别墅的草莓成熟。尤莉娅喜欢吃父亲种植的新鲜、多汁、大个的草莓。在夏季的周末，她总会来到乡间别墅。玛丽娜有时也带着她的儿子，格里戈里，来到乡间别墅。在乡间别墅的附近，有一条蜿蜒的小河。格里戈里喜欢钓鱼，通常在河里能抓到几条小鱼。然后，妈妈把格里戈里抓获的小鱼做成一顿美肴。

偶尔，尼古拉会约自己的哥们儿一起喝伏特加。他们会抱怨现在的生活，回忆过去，怀念勃列日涅夫时代。那是苏联国力的巅峰时代。虽然苏联的计划经济与富裕的消费社会相差甚远，但是国民有稳定的生活和工作。国家给人民提供就业，住房，社会福利，卫生保健，养老金。整个世界都敬畏苏联。可是现在，所有的这一切都消失了。

2005 年 3 月的最后一周里，在俄罗斯和乌克兰，四集电视电影《勃列日涅夫》在俄语频道里播放。电影侧重于勃列日涅夫青年时代和晚年生活。在他的最后一年里，勃列日涅夫是一个体弱多病的老人。他不像一个无情的政治家，而是被描述成为一个可爱，幽默，简单的人。在影片的结尾，勃列日涅夫观看一部二次世界大战结束后，红场胜利大游行的纪录片。他独自一人在放映室观看。他想起了自己当年，一位年轻士兵。在第二次世界大战中一场激烈的战役中，他和自己的同志们勇猛向前，冒着升腾的烈焰在海滩登陆。泪水顺着他的脸颊流了下来，老人哽咽了起来。这就是他一生最后的时刻。1982 年 11 月 10 日，勃列日涅夫去世。在很多人的记忆中，勃列日涅夫是一位伟人。他保持了苏联版图的完整，为苏联带来了稳定，巩固了苏联的超级大国地位。尤莉娅聚精会神地看完的这部影子。

2005 年 4 月 25 日，俄罗斯总统弗拉基米尔·普京向俄罗斯议会，即国家杜马发表年度讲话。普京说：苏联的解体是 20 世纪最大的地缘政治灾难。它导致数千万善良的俄罗斯人在俄罗斯联邦境外滞留，失去祖国。一夜间，人们一生的积蓄化为乌有了，寡头们统治了俄罗斯的经济。当普京发表讲话的时候，在他的脸上可以看到痛苦的表情。普京的讲话在俄语电视频道现场直播，来自十五个前苏联加盟共和国和世界各地的俄罗斯族人收看这位总统讲话。尤莉娅目不转睛地看着电视，若有所思，眼圈红了。

2005 年 4 月 26 日，尤莉娅和秦汉思正在家里吃早餐。大约 8 点，整个城市里听到庄严的钟声。他们望着窗外。他们的公寓楼毗邻一所学校。在学校的广场上，孩子们和老师排成队列，举行一场庄严的仪式。记忆突然闪现在尤莉娅的脑海里。这一天是切尔诺贝利核灾难的纪念日。在十九年前，也就是在1986年，乌克兰的切尔诺贝利核电站发生了事故，核反应堆泄漏出放射性物质。这一事件重破地破坏了周围的环境以及附近人们的生活。当时，尤莉娅还是一名小学生。学校老师要求所有的学生都回家，待在家里不要外出。那天学校放假了。虽然乌克兰南部距离切尔诺贝利很远，但是人们仍然心有余悸。

2005 年 5 月 1 日，复活节和劳动节两个节日正好是同一天。人们用不同的方式庆祝这双重特殊节日。复活节之前的周六下午，尤莉娅和秦汉思来到基辅植物园，欣赏盛开的木兰花。春天正是木兰花开的季节。此刻，木兰花园已经吸引了一大群游客。开绽的花朵呈现出各种颜色：绯红、粉红、洁白。明媚的阳光，和煦的春风，新生的绿叶，清香的花朵，令游人心旷神怡。

在博赫丹·赫梅利尼茨基大街的一侧，植物园的入口处正对着圣·弗洛迪米尔 (Volodymir) 大教堂。尤莉娅和秦汉思离开了植物园，进入教堂。教堂里充满了前来祈祷的人们。这座教堂的建筑是华丽的拜占庭风格。它的金色的和绿色的圆屋顶，以及庄重而华丽的内饰令造访者震撼不已，无论是虔诚的信徒，或是漫不经心的游客。尤莉娅烧着了一只蜡烛祈祷。然后，他们回到了自己的家中。

在复活节的星期日里，遵照东欧的传统，尤莉娅制作了复活节彩蛋。在前一天晚上，她买了红色的洋葱，把剥下的葱的外皮浸泡在水里煮。锅里的水变成了红色。然后，尤莉娅把生鸡蛋放在红色的水中煮沸。最终的产品是一道美丽的红色复活节彩蛋。尤莉娅也从商店买来传统的俄罗斯复活节蛋糕。蛋糕的顶部覆盖着一层白色的奶油和彩色的香甜薄荷糖。俩人在家里共度复活节。

与此同时，一部分乌克兰人进行着另一种传统的活动。五月一日是国际劳动节，大批民众聚集在基辅的独立广场。各政党和组织的代表面向庞大的人群，发表热情的演讲。乌克兰共产党，全乌克兰劳动党，全乌克兰左翼联盟，和基辅工人联盟都是这场活动的组织者。格瓦拉、列宁、和斯大林的名字被提及。带着他们肖像的旗帜和海报高高地飘扬在广场上。独立广场成为了红旗的海洋。一张海报上写着“尤先科：橙色的手别动白俄罗斯和古巴”。一些条幅写着“五一劳动节万岁！”“国际社会主义团结万岁”。发言者警告尤先科，不要把乌克兰卖给美国。集会者呼吁政府帮助养老金领取者，号召工人阶级团结起来，争取自己的权利。类似基辅独立广场的沸腾情景，同一天在世界其它地方亦能看到。成千上万的人们聚集在莫斯科的红场；号称有一百万人聚集在古巴哈瓦那的“革命广场”。

在演讲结束后，《国际歌》在广场播放。聚会者也引吭高歌。在中心舞台上，十几个孩子身着少先队员制服，一起歌唱，向人群敬礼。这来自另一个时代、熟悉的而又不合时宜的歌曲搅动着全场中每个人的强烈情感。当秦汉思听到了这首歌曲的时候，他混身颤栗，产生一种说不出的感觉。他已经很久没有听到这首歌了。广场的气氛把他带回到了自己在中国的童年时光。

《国际歌》播放结束以后，五一节的游行开始。游行队伍从独立广场开始，沿着克列夏季克大街，走向位于“比萨拉博斯卡亚广场”（Bessarabska Square）的列宁纪念碑。军乐队走在游行队伍的前列，吹奏着老革命歌曲。成群的人们在一旁观看，不少人也加入进来，随着游行队伍前进。

在列宁纪念碑前，游行队伍停止了脚步。高大的纪念碑矗立在舍甫琴科大街的终点处，正好面对着比萨拉博斯卡亚市场。两列高大的白杨树林耸立在街道两侧。似乎每一天，沉思的“列宁”注视着他眼下的这个市场，以及来往的人们和车辆。五一节这一天，在纪念碑前，人们献上了红色的花朵、郁金香、和康乃馨。人们互致问候，握手，在纪念碑前拍照留影。此刻，几位制服上佩有军功章的老人，话特别多。他们谈到了革命传统，伟大的卫国战争，以及击败纳粹德国的历史。

秦汉思一直忙着用自己的日本佳能牌两用的摄像机／照相机记录游行的场面。他的亚洲人面孔在人群中引人注目。一个中年女子走进秦汉思，问她从哪里来。

“你是日本人吗？”她问。

“不是，我是中国人。” 秦汉思回答。

“哦，我非常地尊重中国。中国是一个伟大的国家。欢迎来到乌克兰。我知道在二次世界大战中，中国对日本帝国作战。我的父亲和祖父也参与了卫国战争。”她接着说了许多，但是秦汉思的外语能力有限，很多话没听懂。总之，他觉得这个女子欢迎自己参加五一劳动节游行。

当那位妇女和秦汉思交谈时，一位年长的男性公民也到秦汉思身边。他坚定地握着秦汉思的手，说出一长串的句子。秦汉思再次遇到了麻烦，因为他不能完全明白这个男子在说些什么。但是从身体语言来看，秦汉思知道：这位长者是在这个特殊的日子里向自己表示祝贺。他大概说了如下内容：

你从哪里来？美国呢？还是中国呢？我亲爱的中国朋友，欢迎你呀！在过去的时代，中国、乌克兰和俄罗斯都是社会主义国家。我们拥有共同的理想……我喜欢你的相机。哦，这是数码摄像机吗？对我来说，买这样的摄像机实在是昂贵。在今天的日子里，你成为了一位艺术家了。我相信你拍了不少好照片。

秦汉思说了几句破碎的俄语，表达谢意。他草草地结束了与国际老前辈的友情和寒暄。他俩在彼此半知半解的情况下，告别了。

中国之旅

在秦汉思的要求和督促下，尤莉娅学习中文。秦汉思请舍甫琴科大学的安德烈和塔蒂亚娜给尤莉娅上中文课，每周上两堂课。安德烈和塔蒂亚娜已经成为秦汉思和尤莉娅的好朋友。渐渐的尤莉娅能说一点简单的中文用语。

尤莉娅这个准媳妇，必须去中国见她未来的亲家。2005 年 5 月的初夏，秦汉思和尤莉娅从基辅飞到北京。

秦汉思的父亲早已去逝。在几年前，母亲搬家到了一个新的生活小区，位于海淀区五道口成府路。住宅小区的对面是清华大学东门，向西走是北京大学，而向东走侧是北京语言大学。现在，新落成的轻轨列车在这里有一站。这个区域已经成为了人员往来和城市交通的重要枢纽，总是那么沸沸扬扬的。许多商店和餐馆在这里开张。

尤莉娅见到了秦汉思的家人。秦汉思的母亲梁雅珍一直担心自己的小儿子可能永远不会结婚。这么多年，小儿子一直浪迹天涯，不知道他何日收心。她很高兴地看到与秦汉思订婚的可爱女子。秦汉思的姐姐秦燕思专门从香港来到了北京，来看看未来的弟妹。秦汉思的哥哥秦民思住在北京，也过来看望弟弟秦汉思和未来的弟妹尤莉娅。尽管语言不通，尤莉娅还是滴滴答答地用英文、俄文、和中文与秦汉思的亲戚们交谈。

秦汉思惊奇地发觉，妈妈和姐姐竟然可以用俄语与尤莉娅进行简单的交流。

妈妈说："我以前没机会告诉你们一些事。1951 年，我在大学毕业后，从广东来到西北军区，参加解放军。军区领导知道我学过英文，有外文底子，便让我上了一个俄语速成班。我强化学习了几个月的俄语。苏联专家来我们军区访问时，有时就叫我去当翻译。那时我可以翻译一些简单的东西。几十年没用俄语了，差不多忘光了，把俄语全还给老师了。"

姐姐说："我在北京上中学的时候，差不多所有的中学都教英语。但是我们学校还是教俄语，没改英语。所以我也学了一点俄语。俄语难学，不少同学们不会发音。我记得，我们把俄文的‘星期日’（Voskresenie）读成‘袜子塞鞋里’。”

大家都笑了。妈妈说：“现在好了。以后我们和尤莉娅在一起，说不定还能把俄文捡回来。”

妈妈又说：“我们那一代青年人，是唱着苏联歌曲长大的。我参军时，同学为我送行，大家一起唱《共青团之歌》。”

秦汉思带尤莉娅逛北京城。随着时间的推移，在俄罗斯、乌克兰、和中国，许多西式购物中心蓬勃地发展起来，但是秦汉思依旧怀念老式的、国有的“百货大楼”。秦汉思带着尤莉娅来到市中心的王府井百货大楼。在社会主义时代，这是北京最好、最大的百货商店。它相当于在基辅的TSUM，莫斯科的GUM，字面意义都是“中央百货商店”。秦汉思猜测，王府井百货大楼是来自社会主义苏联的中央百货商店的模式。

几乎每一天，秦汉思的家人要带着尤莉娅去北京不同的餐厅。他们来到王府井全聚德烤鸭店，品尝北京烤鸭。在这座烤鸭店里，有毛泽东、周恩来与外国政要吃烤鸭的照片。在这些照片前，秦汉思也给尤莉娅拍了照。

哥哥带他们去王府井的工艺美术品商店，给尤莉娅的家人买一些礼物。姐姐带他们去了位于建国门外大街的友谊商店，买了一些中国传统的工艺品。尤莉娅注意到，在中国商店里销售服装的地方的人体模型不是中国人，而是洋人模样。她问为什么。秦汉思含糊其辞说：“我也搞不清楚。诶，你站在她们旁边，我给你照张相。”尤莉娅摆好姿势，秦汉思咔嚓按了一下相机，照了一张。他把照好的相片给尤莉娅看，说：“你瞧，你比那些在你身旁的人体模型更真实、更上相！”

在购物结束之后，他们在友谊商店旁边的巴斯罗宾连锁店一起吃冰淇淋。尤莉娅提醒秦汉思，位于列夫·托尔斯泰地铁车站的地下商城里的美食街，在也有一家巴斯罗宾冰激淋店。他俩在那里一起吃过冰淇淋。

尤莉娅和秦汉思的家人一起来到著名的莫斯科餐厅。北京人亲切地把这家餐厅称作“老莫”。秦汉思说：“小时候我们特别向往这个地方。餐厅的建筑雄伟华丽，菜也好吃。”他们点了红菜汤，土豆烧牛肉，牛排，沙拉，等等。

哥哥秦民思问道：“尤莉娅，这家餐馆的菜味道如何？”

尤莉娅说：“还好。”

秦汉思说：“尤莉娅是在客气。她做的红菜汤和土豆烧牛肉更纯正，味道更好。以后你们到我们家做客，尤莉娅会给你们做。”

姐姐秦燕思说：“好呀。那么你们得加把劲，赶快成家！”

在北京的一个晚上，他们俩去了一家新开的西餐馆，玉潭路上的“基辅餐厅”。餐厅入口处悬挂着乌克兰前总统列昂尼德·库奇马的大照片。在他的中国之行中，这位总统欣临此餐厅。来自乌克兰的歌手演唱斯拉夫民歌以及革命歌曲，许多曲目都是中国食客所熟悉的。客人可以点歌。尤莉娅点了自己爱听的《莫斯科郊外的晚上》。餐厅的歌手于是为他们唱了这首委婉动听的情歌。

深夜花园里，四处静悄悄，
只有树叶在沙沙响。
夜色多么好，
令人心神往，
多么迷人的晚上。
我的心上人坐在我身旁，

悄悄看着我不声响。
我愿对你讲，
不知怎样讲，
多少话儿留在心上。
长夜快过去，天色蒙蒙亮。
衷心祝福你，好姑娘，
但愿从今后，
你我永不忘，
莫斯科郊外的晚上。

歌手演唱期间，秦汉思与尤莉娅紧挨着坐，手拉着手，而不时含情脉脉地无语相视。看完表演，用餐完毕，他俩走出餐馆，漫步街头。北京夏天的夜晚同样迷人。天上，一牙皎洁的弯月嵌在穹庐，金星（维纳斯）闪耀其侧。地面上，灯火辉煌，霓虹闪亮，流光溢彩，树影婆娑。户外清风吹来，一扫夏日溽热。行人饶有兴致地逛街购物，车辆往返穿梭于道路上。

另外一天，他们去雅宝路一带逛街。这里的商店和餐馆用俄语标记，游人仿佛置身于另外一个国度。他们去“白熊餐厅”吃午餐。在餐厅里，俄罗斯乐队演奏音乐，演唱俄罗斯歌曲。他俩一边吃西餐，一边观赏表演。饭后他们继续逛街。在一家商店里，尤莉娅买了一款皮包，一双皮鞋。秦汉思买了一个皮钱包。

街道上，一个蹬三轮车的小伙子，对尤莉娅用俄文说：“女士，您想坐三轮车吗？来吧！试试。”

尤莉娅犹豫了一下，问秦汉思，说：“你说我应当坐么？”

秦汉思说：“挺有意思的，你试试吧。”

那个小伙子马上接着说："这个先生说得对！"他上下打量秦汉思一眼。不知他真不清楚实情，还是故意打趣，对秦汉思说："你们做导游的，够辛苦的。一有老外来北京，你们就得带他们逛。"

秦汉思说："是有点累。我能也上你的三轮车吗？"

"可以，上来吧。再加十块钱。以后有客人，尽管把他们带到我们这。谢了！"

于是秦汉思和尤莉娅一起坐上三轮车。车夫拉着他们在附近转了一圈。

尤莉娅非常享受秦汉思家人准备的菜肴，也喜欢外面馆子里的菜。每顿饭她都饱餐一番。她说："太美了，太好吃了。再这么吃，我要长胖了。"

尤莉娅和秦汉思俩人也毫不例外地去了故宫和天安门广场。她记得，在基辅的歌剧院里观赏歌剧《图兰朵》时，看到紫禁城的舞台布景。这次她得以身临其境。像每位游客一样，在天安门广场尤莉娅拍了一些照片，背景是天安门城楼和毛泽东画像。

在人民英雄纪念碑前他俩驻足。秦汉思陷入深思。他对尤莉娅说："尼基京娜同志，在小学时，我是一名共产主义少先队员。在一个春天，老师把我们全班同学带到了人民英雄纪念碑前。在这里，我们背诵革命诗歌，宣誓效忠共产主义事业。'时刻准备着'！"秦汉思行少年先锋队礼。

"Vsigda gatova！" 尤莉娅用俄语重复这句话，举起右手敬礼。"当然，我也是苏联的一名少年先锋队员。"他俩会意地笑了。

秦汉思说："以前，在纪念碑的后面，就是现在的毛主席纪念堂的地方，种植了许多苍松翠柏。我小时候的语文课本，就是这样写的。在班里我们一起朗诵课本。松柏象征永恒的生命，意味着牺牲了的革命英雄永远活着。但是后来，北京城市的规划者砍掉这些树木，以腾出空间来修建毛主席纪念堂。”

空闲时，妈妈拿出家庭的老相册给尤莉娅看。很多几十年前的老照片已经褪色了，但是更能使人感受到历史的沧桑。照片里母亲和父亲，当时还很年轻。上世纪50年代和60年代初期，父亲在陕西省委和在西安市政府工作，一家人住在西安。后来家里搬到北京。

妈妈也顺便讲了一点中国的当代历史给尤莉娅听。尤莉娅没想到，苏联曾经对中国人民的生活发挥了这么大的影响。尤莉娅叹了一口气，说她自己终于明白，为什么秦汉思那么痴迷于东欧地区。尤莉娅还建议秦汉思写一部有关的小说。

尤莉娅和秦汉思开始了西安之行。这是秦汉思的老家。他们飞到咸阳机场，然后乘坐一辆出租车到达了西安市区。在市中心，他们入住钟楼饭店。

白天，他俩散步街头，走到西安城墙。宏伟的城墙保存完好，没有像北京城墙那样被夷为平地。城墙环抱老城。城墙顶部宽十几米。城墙下面是美丽的环城公园。人们可以租借自行车在城墙上骑行。尤莉娅和秦汉思租了两辆自行车，在城墙上绕城骑了一周。

在南墙附近，离南门不远，有一个白色大楼。秦汉思对尤莉娅说，那是以前的西安市委大楼，父亲在那里工作。现在被一个警备司令部占用。以前他们家住在大楼附近的房子里。现在房子已经被拆除。

他们行走累了，便进入一家餐馆吃饭。秦汉思点了一份羊肉泡馍。这是陕北人爱吃的饭。尤莉娅要了一份户县软面。一碗软面端在桌上，香喷喷，热腾腾，筋斗滑软，荤素兼具，干稀混合，可口味美。尤莉娅用筷子慢慢地咀嚼品尝。

尤莉娅说："这面真香，好吃。"

秦汉思说："陕西这地方小吃多，面食有名。诶，看来你用中国筷子的技术大有长进呀。"

尤莉娅说："我还在练习用。西安真好，即有古城的深厚文化底蕴，又有现代大都市的气氛。我喜欢西安。"

吃完饭后，他们来到碑林博物馆一带。街道上很多摊位，出售古玩、民间工艺品。俩人从一个摊位走到另一个摊位，好奇地看看这、瞧瞧那。秦汉思挑选了两幅户县农民画。户县农民画深深地扎根在他的记忆里。小时候，他在中国上学的时候，全国宣传户县农民画，把它作为劳动人民掌握革命艺术的典范。

尤莉娅看上了一个项链。项链的下坠是一个小块晶莹闪亮的绿色石头。她把它买下来，戴在脖子上和胸前。女摊贩对尤莉娅说："小姐，你眼光好。这块石头是宝石，把它戴在胸前，能帮你辟邪，保你平安！"

夜幕降临，俩人回到饭店休息。他们眺望饭店窗外的景色。仰望天空，银河灿烂，星月交辉；俯视眼前，街头华灯齐亮，车来人往，川流不息，熙熙攘攘。古色古香的红灯笼悬挂在城楼上。西安的夜色如此诱人。

入睡前，他们打开电视机看节目。一个频道正在播放网球公开赛。比赛选手之一恰是俄罗斯美少女选手玛利亚•莎拉波娃。尤莉娅没想到，在中国她可以看到自已喜爱的俄罗斯运动员比赛。身高一米八八的莎拉波娃，身姿妙曼，柔中带刚。比赛中，她前后奔跑，上下左右舞动球拍，奋力拼搏，每一击球发出自己特有的喊叫。尤莉娅和秦汉思依偎在沙发上，欣赏网球比赛，为莎拉波娃叫好。

几天里，他俩参观了西安的主要景点。他们登上西安大雁塔，鸟瞰全城。佛塔建于唐代，是为远涉他乡、带回佛经的玄奘和尚而建。无数文人骚客登临此塔，留下诗作。他们还游历了位于临潼的秦始皇兵马俑。尤莉娅感叹兵马俑的磅礴气势和中国历史的源远流长。

最后，他们参观陕西历史博物馆。尤莉娅在这里看到中国历史全貌。陕西的每寸土地都承载和印证了几千年的中国文明。无数的部族和王朝在这里兴起。在“丝绸之路”展厅的前面，他们伫立良久。一个陕西人，张骞，离开中国，穿越西域，去寻找其他的民族。在这个过程中，张骞发现了当时中国所未听闻的的国家和文明。古老的丝绸之路起源于长安，经过中亚、乌克兰、俄罗斯南部、并且最终到达了罗马。丝绸之路连接了东方和西方，亚洲和欧洲。那些踏上丝绸之路的勇敢的旅行者成为文明的桥梁。

大团圆

在中国之旅以后，尤莉娅和秦汉思自然地走到下一步。在基辅，他们结婚。

尤莉娅的家人前往基辅，帮助他们举办婚礼。爸爸尼古拉，妈妈伊琳娜，以及姐姐玛丽娜都来了。七月的一个早晨，在“市政婚姻登记处”，他们举行了婚礼仪式。尤莉娅穿着一件长长的白色婚纱，而秦汉思穿了一件黑色的西装。到了晚上，在基辅的中餐馆“龙王餐馆”，他们举办了婚礼晚宴。尤莉娅没有再穿早晨的传统白色婚纱。她穿着一件红色的中国丝绸旗袍，上面有华丽的花朵图案。一条黄色丝巾披在尤莉娅的肩膀上，她的手臂上挽着一个黑色丝袋。尤莉娅还穿着高跟丝绸鞋。红色的鞋上面，绣着龙凤图案和“福”字。这些都是他们在北京的友谊商店里买的。她穿着中国传统服装显得熠熠生辉。尤莉娅已经把自己变成了中国新娘，一个汉化的乌克兰 / 俄罗斯妻子。

秦汉思邀请了十几个朋友和同事。这些人都是秦汉思在乌克兰一年所认识的：娜塔莉娅，拉瑞莎，博洛迪亚，奥列赫，安德烈，塔蒂亚娜，刘嘉彦，阿列克谢等。这是一个非常欢乐的夜晚。参加婚礼的客人吃着，喝着，聊着，互致问候。为了永远的记忆，照相机和摄像机记录了婚礼的场面。

客人们向新娘和新郎表示祝贺。他们轮流作简短的讲话。

娜塔莉娅首先用乌克兰语，然后用英语，说：“今天，我们看到了不只是两个人的婚姻，而是两个古老文明之间的婚姻。你俩每人带来了各自的文化，并把它们结合在一起。这应该是事物发展的方式。我祝贺你们！”

博洛迪亚讲到：“在这里，有几位人是移民，包括我在内。我们从一个国家到另一个国家。今天，我又一次看到了这样场面。你们两个人选择去美国，但是不要忘记自己的文化。我希望，尤莉娅能顺利地在新的地方安家。恭喜你们！”

安德烈已经喝了不少伏特加。现在，他才开口讲到：“尤莉娅，在你们婚礼的今天，我想赠送你一份礼物。这是两年前我从中国带回的一个手镯。它上面有许多红色的珠子。在你完成每一堂中文课之后，你就用手指来计数，移动一个珠子。看看你能学习多少中文课，你能计数多少个珠子。哈哈哈。我希望你能继续学习中文。你是一位善于学习语言的学生。继续努力，再接再厉吧。”

“谢谢了，安德烈。你是一位好老师。”尤莉娅说。“谢谢你教我中文，谢谢你的礼物！”

奥列赫接着说：“汉思，对于你，这一年确实是富有成效的一年。你来到我们国家，遇到一场革命，看到我们国家如何改变。而且，你认识了一位我们的姑娘，并与她结婚！你简直是一台机器，一个超人。欢迎你来到乌克兰！恭喜你了。”

阿列克谢说：“汉思，这一年咱们合作的很融洽，成为好朋友。希望你经常回到乌克兰。你已经是乌克兰的女婿了！”

刘嘉彦说：“秦老师，你太厉害了。才来基辅一年，就找到了新娘。我在这好几年了，还没找到个女朋友。应当向老师学习！”

秦汉思答道：“嘉彦，别开玩笑了。你年轻，机会有的是。以后你在各个方面一定比我成功！”

尤莉娅的妈妈伊琳娜想说些什么，但是没说几句，眼泪便夺眶而出。她说：“这是我感到非常快乐的一天。我的小尤莉娅已经长大了。她是一个漂亮聪明的女孩，很快将成为一位母亲。我很高兴你们会去美国，尤莉娅我会想念你的。亲爱的汉思，我们也爱你。尤莉娅已经找到了一个好男人。在基辅，我很高兴见到你的朋友们。谢谢大家的好意和祝福！”

“我也有同感，想说同样的话。”尼古拉补充说。

秦汉思喝了不少葡萄酒，脸上泛起红晕。他说：“我的确是一个幸运的男人。乌克兰对我是这么的好。我参与了‘橙色革命’，并且娶了一位美妙的女人。我已经拥有了一切，不是吗？谢谢大家！”

在晚宴快结束的时候，切吃蛋糕让婚礼达到了高潮。尤莉娅和秦汉思吹灭了蛋糕上的蜡烛，切开蛋糕，把蛋糕分给每位客人。在吃过蛋糕和敬酒之后，客人们纷纷离去。尤莉娅和秦汉思也回到家里，让自己兴奋而又疲惫的身体得到休息。

第二天，秦汉思的手机收到几封短信。他打开一看，一封是来自奥尔哈！奥尔哈写道：“我听到你结婚的消息，非常高兴。向你祝贺！我也告诉你一个好消息。我被南加州一所大学的戏剧系录取了，并且得到全额奖学金。我秋季就将赴美国留学。说不定，在美国能见到你。”秦汉思喜出望外，替奥尔哈高兴。他马上给奥尔哈留言，表示感谢，也向她祝贺；到达加州后，欢迎她到他的家做客。

一封短信来自约翰。约翰写道：“嘿，老伙计，你真行，结婚了！你比我动作快。不过，卡佳和我也可能步你后尘。戴维，哈利，也向你问好，向你祝贺！”秦汉思笑了。他也留言给约翰。“快乐的单身汉们，对不起，我离开你们的俱乐部了。祝大家在基辅玩得开心！”

在 2005 年的夏天，秦汉思结束了在基辅研究和教学。尤莉娅和秦汉思准备离开乌克兰，返回美国。在基辅的美国领事馆里，尤莉娅得到了签证和移民手续的文件。新的生活等待着尤莉娅。

当他们抵达旧金山国际机场的时候，秦汉思的朋友萨沙前来迎接他们。分别了一年之后，他们再次重逢，互相拥抱，兴奋不已。一位黑色长发的年轻亚裔小姐站在萨沙的旁边。萨沙把她介绍给秦汉思和尤莉娅。她名字是美媛，是来自韩国的人类学研究生。

“汉思，当初我告诉过你，你会带一个新娘回来的。我说得对吧！”萨沙说。

“是的，我当然记得。你是一位预言家呀。”秦汉思说。

“我不是预言家，但是我知道：在乌克兰，一个男人不可能不坠入爱河。”

“看起来你也坠入爱河了，萨沙。”

“可以这么说吧。半年前，我遇到了美媛。我们在一起过得很愉快。也快结婚了。” 在停车场里，萨沙带他们进入他的轿车，把他们送回家。

经过长达一年的异乡旅程，秦汉思回到了美国。尤莉娅和秦汉思在旧金山郊区安顿下来。有时候，他们驱车到海边，呼吸来自太平洋的新鲜空气，凝视远方的地平线。中国就在太平洋的另一侧。明亮的阳光穿透云层和烟雾，海面连接天空，一碧万顷，好似透明的晶体。浩瀚无垠的穹庐扩展了人们的心智。

在自己家里，秦汉思润色他的小说。这也是他的劳动生产。但是，尤莉娅在进行另一种更有成效、更实在、更有形的生产。她已经怀孕好几个月了，临产期即将到来。神奇的时刻终于来了。在医院里，他们的女儿出生了。宝宝大声啼哭。秦汉思喜出望外。浪子最终成为父亲。他的眼睛里充满了喜悦的泪水。尤莉娅喜极而泣，而脸上闪烁着欢乐的光芒。他们给女儿取名秦美兰。她好似美丽纯洁的兰花，又代表中国、美国、乌克兰的结合。

为了秦汉思工作方便，他们的家搬到加州州府萨克拉门托市。早在十九世纪，华人飘洋过海，来到加州。他们开山修路，披荆斩棘，刻苦耐劳，建构了雄奇的太平洋铁路。他们在萨克拉门托市一代居住生息。至今这里的唐人街叫做“二阜”，而有别于旧金山的唐人街。萨克拉门托市和比邻地区也是俄罗斯和乌克兰移民比较集中的地方。这里有他们的社区、商店、教堂。萨克拉门托市的老城区有一个庞大的“加州铁路博物馆”。老城区完整地保存了19世纪的建筑和街道。来此观光的游人在此可以搭坐马车、老火车、游轮。置身其处，仿佛有隔世之感。

萨克拉门托河奔流不息，从加州腹地流入旧金山湾，最后进入太平洋。这条加州最大的河流，滋润沿岸的田野，为居民提供可贵的水源。温暖花开的日子，游轮、划艇、小船充斥萨克拉门托河。岸边有人钓鱼，漫步，休闲，纳凉。秦汉思一家人有时在河畔散步，观赏沿岸风景。他们也爱去萨克拉门托市的老城和塔桥的附近游览。别致的黄色塔桥是萨克拉门托市的标识建筑。它跨越萨克拉门托河。当轮船需要经过时，桥可以向上打开。轮船度过后，桥身再收回到原位合拢。一年四季的大半时间，萨克拉门托晴朗的天空湛蓝而明净。

美兰出生的四年之后，他们的儿子出生了。儿子取名秦迈克。这是常见的男孩名字，而迈克中“克”又寓意乌克兰。孩子们会长大。到时候，他们会见证历史，懂得历史，创造历史。

上：陕北横山鲁家河风光，2014 年夏摄

下：基辅市，弗洛狄米尔山丘 (Volodymir Hill)，第聂伯河，2005 年春

上：第聂伯河，基辅，2005 年春
下：基辅市，舍普琴科公园，2005 年初春

上：基辅国立舍普琴科大学，2005 年春
下：基辅市，圣米哈依尔教堂，2005 初春

上：橙色革命，基辅独立广场，2004 年冬

下：圣诞节和新年，基辅独立广场，2004 年底，2005 年初（左）

列宁雕像，基辅，2005 年春。2013 年 12 月被捣毁（右）

上：乌克兰大饥荒（1932-1933）纪念碑，基辅，2005 年春

下：五一劳动节游行，基辅克列夏季克大街，2005 年

上：基辅市，克列夏季克大街，2005 年春
下：基辅歌剧院，2013 年重访基辅时摄

上：本书作者，基辅，背景是圣索菲亚教堂和第聂伯河，2005 年春
下：本书作者，参观奥斯托洛夫斯基纪念馆，博亚尔卡镇 (Boyarka)，2005 年春

上：赫尔松市风光，第聂伯河畔，2004 年秋
下：利沃夫市，歌剧院，2005 年

上：哈尔科夫市，1920 - 30 年代的“建构主义”建筑。2005 年春
下：奥德萨市，“奥德萨阶梯”，2005 年初春

图：奥德萨市，街头国际交友广告，2005 年初春